KB124518

우리가 거절을 거절하는 방식

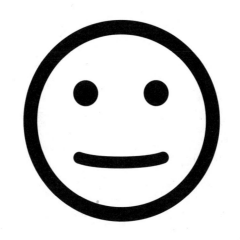

우리가 거절을
거절하는 방식

허남훈 장편소설

은행나무

차례

3장 백일몽

4장 특정 부위·질병 부담보 특별약관

prologue

비틀거리던 소가 주저앉았다. 시퍼런 작업복을 입은 인부는 소에게 전기충격기를 찔러댔다. 캘리포니아의 한 축산 농장에서 소는 쏟아지는 발길질과 물대포를 견디며 외롭게 웅크리고 있었다. 그것은 하루에도 몇 번씩 방송되는 자료화면. 광장의 함성 소리는 며칠 전부터 점차 커지더니 이제는 편집국 사무실이 있는 21층까지 생생하게 전해졌다. 모두들 기사 마감을 하느라 노트북 화면만 들여다보고 있던 시간. 나는 사무실 구석의 TV 화면에서 눈을 뗄 수 없었다. 인부가 소에게 매질을 하며 반복해서 소리치는 말 때문이었다. '일어서! 아니면 죽어!'

그날 나는 결별설에 휩싸인 연예인 커플의 후속 기사를 마감해야 했지만 도무지 집중이 되질 않았다. 기사를 쓰는 대신 대각선 맞은편에 앉은 독고준 선배에게 사내 메신저로 메시지를 보냈다.

「이번 주말까지만 출근하겠다고 부장께 말씀드렸습니다.」

독고준 선배는 모니터에서 눈을 떼지 않은 채 답신을 보내왔다.

「그래. 들어서 알고 있어. 누구나 시행착오는 겪는 법이니까 너무 자책하지 말고.」

메시지를 들여다보는데 갑자기 울컥하고 눈물이 차올랐다. 나는 얼른 엘리베이터를 타고 8층 버튼을 눌렀다. 잔뜩 인상을 찡그린 채 눈을 감고 있는데 어디선가 익숙한 멜로디가 들렸다. 'Baby, one more time.'

그해 늦봄 나는 백수가 되었다. 부장은 회사의 울타리를 벗어나는 순간 모든 것을 '0'부터 다시 시작해야 할 텐데 괜찮겠냐며 만류했다. 노트북을 반납하고 마지막으로 회사 로비를 나서던 길, 나는 처음으로 시위 대열에 합류했다. 늦은 저녁이었고 금세 어둠이 내렸다. 막막한 기분으로 멍하니 서 있을 때 누군가 내 빈손에 양초를 쥐여주었다. 그리고 또 다른 누군가가 불을 나눠주었다. 나는 그들을 따라 구호를 외치고 함성을 질렀다. 가슴속에 꽉 막혀 있던 뭔가가 조금씩 트이는 기분이었다. 신문사를 벗어났다는 후련함과 앞으로 내가 뭘 할 수 있겠나 하는 체념 사이에서 사람들이 만들어낸 길을 따라 나도 함께 걷기 시작했다.

한참을 걷다 뒤돌아보니 멀리 제일미디어센터 빌딩이 환하게 불을 밝히고 있었다. 모두가 부러워했던 직장. 하지만 그 누구도 행복해 보이지 않았던 얼굴들. 그곳에서 나는 선창에 묶인 배처럼 발밑으로 흘러드는 길을 바라만 보고 있었다. 실패를 좀 더 일찍 인정했더라면 어땠을까. 실패 속에서 끝이 아니라 시작을 보려 노력했다면. 빌딩 아래를 가득 메운 촛불들이 아득하게 일렁이고 있었다. 광장의 사람들은 함성 소리로 매듭을 지어 서로를 더 단단하게 묶었다. 그들은 서로를, 연대의 힘을, 무엇보다 세상의 변화를 믿고 있었다.

나는 길고도 혼란스러운 여름과 가을을 보내며 부장이 말한 '0'에 관해 생각했다. 그리고 작은 묘목처럼 내가 다시 일으켜 세워야 할 '1'에 관해. 서른 살 겨울, 내가 문을 두드린 곳은 보험회사였다.

1장

보험왕

고지의무 위반

나는 실패할 수밖에 없는 영업사원이었다. 모든 영업의 시작은 알리기 작업이다. 그 일을 시작했음을 주변 사람들에게 알리는 것. 영업의 기본은 지인영업이고, 지인 고객들을 성심성의껏 관리해 2차, 3차 소개를 이끌어내는 것만이 검증된 성공의 방식이었다. 그래서 면접 당시 보험회사는 이력서 외에 100인의 지인 리스트를 요구했다. 나는 신문사에서 거의 4년을 일했기에 100개의 칸을 채워넣는 것은 그리 어렵지 않았다. 공무원, 의사, PD, 작가, 연예인, 그리고 동료 기자들까지. 100칸이 아니라 200칸도 채울 수 있었다. 그러나 몇 달 후 지점장이 내게 지인 리스트를 내밀며 그들에게 연락하기를 종용했을 때, 그중 누구에게도 연락할 수가 없었다. 나의 영업 방침은 알리기가 아니라 숨기기였기 때문이다. 보험 하나 팔겠다고 오랜 지인과 전 직장 동료, 그리고 취재원이었던 사람들에게 연락할 수는 없었다. 높은 연봉을 받는 것보다 중요한 것은 자존심이었다. 아직 배가 덜 고팠고, 불과 뒤로 한두 발만 물러서면 삶의 벼랑이 있다는 것을 모르던 시절이었다. 신입 설계사 교육을 받는 한 달 동안 내 머릿속에 자리 잡고 있던 것은 오직 개척영업뿐이었다.

역설적이게도 기자 시절에 세상을 가장 몰랐다. 학창 시절 막연히 그려봤던 기자의 모습은 그 어떤 억압과 속박에도 굴복하지 않고 권력자의 비리를 끝까지 파헤치는 탐정에 가까웠다. 물론 그 탐정의 손에는 칼보다도 강하다는 펜이 들려 있었을 것이다. 그래서 카뮈는 '신문기자란 그날그날의 역사가'라고 하지 않았던가. 하지만 내가 간과한 중요한 사실이 하나 있었다. 그것은 바로 신문이 매일 아침마다 발행된다는 것. 미국의 탐험가 스티브 포셋이 어느 날 갑자기 사라지고, 일본 시마네현에서 독도 영유권을 주장하는 교재를 채택하는 것과는 상관없이, 누군가는 백화점과 아파트 분양사무소에서 받아온 광고 기사를 쓰고, 정부 부처와 자치단체의 보도자료를 정리해 홍보 기사를 써야 한다. 신문은 월화수목금토 아침마다 가판에 깔려야 하기에, 연쇄살인범이 극적으로 검거된 순간에도 누군가는 다운받은 〈도라에몽〉을 보며 TV 하이라이트 지면을 채워넣어야 하는 것이다. 짧게는 3~4개월에서 길게는 10여 개월이 걸리는 탐사 보도는 선택받은 극소수의 기자에게만 기회가 돌아갔다. 처음으로 나의 기명기사가 실린 신문을 받아들고 감격에 젖는 것은 잠시일 뿐이다. 기자의 삶이 공무원의 삶과 별반 다를 게 없다는 것을 몸소 깨닫기까지는 그리 오랜 시간이 필요치 않았다.

신문사에 호기롭게 사표를 던진 후에야 비로소 세상살이가 만만치 않다는 것을 알게 되었다. 지방지 기자 시절, 교육감이 공립유치원 계약직 전임강사들을 집단 해고한 일이 있었다.

전임강사들은 20여 년 전 유치원교사 정원 마련을 위해 도교육청에서 직접 채용한 교사들로, 타 시도에선 이미 정규직 전환이 완료된 상태였다. 그러나 우리 도의 교육감은 지방노동위원회의 부당해고 판정을 무시하고 해고를 밀어붙였다. '억울하면 이십대 초중반의 대학생들과 임용고시를 치르고 당당하게 정규직 발령을 받으라'며 말이다. 언뜻 보면 공정해 보일 수도 있는 말이지만, 이미 20년째 교육현장에서 일해온 강사들에게 이제와 시험을 통해 자신을 증명하라는 것은 너무 가혹했다. 그러나 오래된 약속이 헌신짝처럼 버려진 것에 대한 책임을 추궁하기엔 내겐 아직 모든 것이 남의 일처럼 여겨졌다. 그래서 겨울 아침 단식 농성에 돌입한 유치원 전임강사들을 취재하면서도, 나는 그저 귓불을 비비며 '어우 추워!'만 연발했던 것이다.

"어우 춥지?"

어깨를 툭 치며 오 팀장이 앞서 걸었다. 자칭 생명보험 마스터라는, 여기저기 강의만 나갔다 하면 계약을 쓸어 담는다는 그를 따라 신축 빌딩의 엘리베이터에 올라섰다. 방금 점심을 먹었는지 한껏 부풀어오른 오 팀장의 배 위에는 김칫국물 몇 방울이 튀어 있었다. 오십대 초중반 정도로 보이는 그는 뭔가 기분 좋은 일이 있는지 나를 힐끗힐끗 쳐다보며 알 듯 모를 듯한 미소를 지었다.

"다음주에 지점 개소식이야. 국내 생명보험사로는 전국 최초의 남성 지점이 될 거야."

오 팀장이 9층 버튼을 누르며 말했다. 마늘 냄새가 짙게 밴 자부심이 내 코를 찔렀다.

"아, 그렇군요."

나는 그저 감탄한 표정으로 고개를 끄덕이며 숨을 참았다. 지점이 새로 오픈하는 거라니 나로선 나쁠 게 없는 소식이다. 출근 첫날에 전학생의 기분을 느끼지 않아도 될 테니까. 나는 어색한 분위기를 지우려 괜히 층별 안내 표지판을 들여다봤다. 대충 봐도 삼진생명을 상징하는 초록색 글자들이 가득했다. 3층은 고객센터, 4층은 지역단 사무실, 5층은 동백 지점, 6층은 매화 지점, 7층은 백합 지점, 8층은 민들레 지점, 그리고 9층은 교육센터와 곧 들어설 봄봄 FA 지점. 이 큰 빌딩의 3층부터 9층까지를 전부 삼진생명이 쓰고 있었다. 일반 기업의 지점들이 각 지역에 하나씩 흩어져 있는 반면, 보험회사의 지점은 이렇듯 한 건물에 여러 개가 모여 있기도 한 모양이다.

오 팀장을 따라 9층의 소회의실로 들어섰다. 오 팀장은 가볍게 창문을 열듯 '월수입 500 보장'이라고 적었다. 월 500은커녕 300도 벌어본 적이 없는 나는 갑자기 막혔던 코가 뻥 뚫렸다.

"내가 금융 관련 자격증만 열 개가 넘어. 이 바닥에선 알아주는 강사이기도 하고. 재테크에 관심 없는 사람이 어딨어? 일단 재테크 강의라고만 하면 사람들이 알아서 모이니까 주식 펀드 얘기 좀 하다가 슬쩍 미끼를 던지는 거야. '상속세를 내지 않는 재산이 있다던데?' 하면 사람들이 귀를 쫑긋 세우고 쳐다봐."

면접이라더니 오 팀장은 질문은 하지 않고 자기 자랑만 늘어놓았다. 그런데 나를 쳐다보는 오 팀장의 눈에 하도 기대가 가득해서 나는 입질도 없이 미끼를 덥썩 물어주었다.

"상속세를 안 내는 재산도 있어요?"

이런 반응을 예상했다는 듯 오 팀장이 살짝 입꼬리를 올리며 말했다.

"그럼, 있고말고. 뭐 같애?"

"글쎄요. 빚?"

"뭐 빚도 상속이 되긴 하지. 하지만 우리에게 필요한 답은 바로 종신보험이야. 계약자를 자식으로 하고 피보험자를 아버지로 설정하면, 아버지가 돌아가셨을 때 나오는 보험금은 그게 몇 억이든 상속세가 없어. 보험료를 자식이 냈기 때문에 상속재산 산정에서 제외하는 거지."

"아, 그럼 상속세 때문에 골치 아플 일이 없겠네요? 종신보험을 여러 개 들어놓으면 그걸로 급히 처분하기 힘든 부동산에 대한 상속세 재원을 미리 마련해놓을 수도 있고."

"빙고! 고객들은 바로 그런 얘기를 듣고 싶어 해. 강연이든 일대일 상담이든 우리는 가려운 데를 긁어주기만 하면 되는 거야. 그렇지만 고객이 청약서에 사인할 때까지는 잠시도 마음을 놓아선 안 돼. 계약에 이르기까지 정말 변수가 많거든. 그런 면에서 고객과의 계약은 머리가 아니라 가슴에서 나오는 거야. 이 바닥에서 롱런하려면 바로 그 비결을 알아야 돼. 그걸 앞으로 내가 하나하나 전수해줄 거야. 선에 있던 보험사에서는 우리 팀원들 전부 억대 연봉이었어. 허 FA(Financial Agent)는 나만 믿고 따라오면 돼. 걱정할 거 아무것도 없어."

오 팀장의 말을 들으니 긴장했던 마음이 풀어지면서 안도감이 들었다. 단둘이 마주 앉은 9층 회의실의 고도가 갑자기 낮아지고 어디선가 훈풍이 불어오는 것만 같았다. 하지만 보험설계사는 보험사 직원이 아니라 상품 판매 위탁 계약을 맺은 개인사업자 신분이다. 그건 팀장도 마찬가지였다. 결국엔 서로가 각자의 사업을 하는 셈이지만 오 팀장은 함께 발로 뛰자며 내 두 손을 꽉 움켜쥐었다.

"그런데 저…… 저는 지인영업은 절대 하지 않을 건데요?"

순간 오 팀장의 얼굴이 살짝 일그러졌다. 내 손을 움켜쥐었던 두 손을 바지 주머니에 깊숙이 찔러넣은 채, 그는 창밖 어딘가로 시선을 돌렸다. 유리창에 비친 얼굴에 상념의 그림자가 가득 드리워져 있었다.

"내가 말야. 원래는 가구공장을 했었거든. 그런데 IMF 때 쫄딱 망했어. 회생이 불가능할 정도로 망했지. 그러니 뭘 어쩌겠어. 몇 달을 그냥 낚시만 다녔어. 그때 하루 종일 낚시터에 앉아 찌를 노려보면서 무슨 생각을 했겠어? 그래, 맞아. 죽을까. 죽어버릴까. 그 생각만 한 거야. 물론 나 자신만 생각했다면 그때 미련 없이 죽었겠지. 하지만 가족 때문에 하루하루 겨우 버텼지. 그런데 어느 날 보험회사 다니는 친구 놈이 찾아온 거야. 한번 같이 해보자고. 죽을 각오면 뭐든 못하겠냐고. 그래서 마지막이라 생각하고 시작한 게 이거였어. 쫄딱 망한 놈한테 주변에 지인이 어딨겠어. 다 떠났지. 나도 개척영업으로 시작했어. 그 첫날을 아직도 잊을 수가 없어. 강남의 아무 빌딩이나 들어가서 엘리베이터 맨 꼭대기 버튼을 누른 거야. 한 30층 정도 됐으려나? 서류 가방 하나 딱 들고 엘리베이터에서 내리는데 어찌나 다리가 후들거리던지. 괜히 화장실에 들어가서 멀쩡한 넥타이만 고쳐 매기를 여러 번, 도저히 사무실 문을 열 용기가 나지 않는 거야. 그래서 다시 엘리베이터를 타고 29층으로 내려갔어. 거기서 또 애꿎은 넥타이만 고쳐 매고. 그렇게 28층, 27층, 26층. 몇 시간을 문 앞에서 서성대기만 했나 몰라. 그렇게 한 15층 정도까지 내려갔을 때 엘리베이터 문이 딱 열렸는데 글쎄 거기는 복도가 아니라 바로 사무실 내부가 나오는 거야. 한 층이 통째로 그냥 다 하나의 사무실이었던 거지. 엘리베이터 문이 열리는 순간 책상에 앉아 있던 직원들이 다 나를 쳐다보는데, 이건 뭐 빼도 박도 못하게 생긴 거야. 그러니 어떡하겠어? 에라 모르겠다 그냥 무조건 제일 높아 보이는 사람한테 걸어갔어. 아마도 부장쯤 됐겠지? 내가 보험 안내 책자를 꺼내니까 이 사람이 의외로 관심을 보이더라고. '이게 뭐요?' 하면서. 그래서 그 자리에서 프레젠테이션을 하기 시작했는데, 어찌나 진땀이 나던지 내가 무슨 말을 하고 있는지 하나도 모르겠더라고. 그런데 부장이 갑자기 '이야~ 이거 좋네' 하면서 직원들을 불러 모으는 거야. '야, 일로 와봐. 이거 봐봐' 하면서. 그때의 짜릿한 기분이란 참……. 그 자리에서 바로 세 건을 계약하고 나온 거야. 그다음부터는 너무 쉬워진 거시. 14층, 13층, 12층 자신 있게 들어가고. 거절이야 뭐 영업하는 사람에겐 일상이니까. 그런 거에 상처받으면 일 못하는 거지. 독하게 마음먹으면 못할 게 없는 거야. 나 봐봐. 보험 몇 년 하면서 빚 다 갚고, 지금은 강연 다니면서 돈도 쉽게 번다니까."

일장 연설의 효과는 나쁘지 않았다. 얼었던 몸과 마음이 후끈 달아오르면서 갑자기 뭐든 할 수 있을 것만 같은 기분이 들었다. 오 팀장은 그걸 '쉽(ship)'이 충만해졌다,라고 표현했다. 갖고 있는 '쉽'이라곤 휴대폰 통신사 멤버쉽 뿐이었지만 어쨌든 내 안에 뭔가가 충만해진 건 분명했다. 아무 대책 없이 신문사를 때려친 후 내겐 한 톨의 자신감도 남아 있지 않았다. 어느새 신입사원 공채 지원 가능 연령을 훌쩍 넘겨버린 상황에서 내가 매달릴 것은 전문직뿐이었다. 그것만이 이 험한 세상에서 자존감을 지키며 살아갈 수 있게 해줄 것 같았다. 그때 우연히 신문에서 CFP(Certified Financial Planner)에 관한 기사를 읽게 되었다. 국제공인 재무설계사. 주식, 펀드, 부동산, 보험 등 재무설계의 모든 영역을 아우르는 전문가로서 고객의 재무적 목표를 달성할 수 있게 도와주는 직업이라고 했다. CFP 시험은 세무사나 회계사 시험만큼이나 어렵지만 전망은 그보다 더 밝다는 게 기사의 요지였다. 그날부터 나는 CFP에 대해 알아보기 시작했다. 그런데 곧 한 가지 난관에 봉착했다. CFP는 시험을 통과한다고 해서 무조건 자격증을 주는 게 아니다. 한 가지 조건을 더 충족해야 했다. 그것은 바로 금융회사에서 근무한 경력. 고객의 소중한 재산을 다루는 일인 만큼 실무경력 없이는 인정해줄 수 없다는 얘기였다. 나의 선택은 보험회사였다. 보험회사는 은행이나 증권회사와 달리 취업 문턱이 낮았다. 게다가 비교적 자유로운 영업직인 만큼 일을 하면서 동시에 시험공부를 하기에도 수월할 것 같았다. 마침 지역 취업 정보 사이트에는 남성만을 모집한다는 보험회사의 채용공고가 올라와 있었다. 공고에 적힌 전화번호는 오 팀장의 휴대폰 번호였다. 왜 회사의 채용 공고를 인사담당자가 아닌 오 팀장 개인이 내는지 의아스럽긴 했지만, 어쨌든 오 팀장을 만난 지 30분도 지나지 않아 내 적막한 가슴속으로 갈매기 한 쌍이 날아든 기분이었다. 오 팀장의 ship은 안락했고, 보험의 바다는 잔잔하게만 보였다.

불완전 판매

　용수에게 석사 천변에서 만나자는 연락이 온 것은 지점 개소식 하루 전이었다. 얼굴 용(容) 자에, 빼어날 수(秀) 자를 쓰는 용수는 고등학교 문예반에서 만난 친구다. 비록 이름처럼 '빼어난 얼굴'은 아니지만 키가 크고 날씬해서 남녀 공학이던 고교 시절 여학생들에게 제법 인기가 많은 친구였다. 농구를 잘했고 (그래서 한때 〈슬램덩크〉 북산고의 에이스 서태웅으로 불렸고), 글재주도 좋아서 문예반 대표로 나간 백일장에서 매번 상을 타왔으며(그래서 감수성이 예민한 소녀들에게 더욱 어필했으며), 갑자기 결석을 하더니 다음날 삭발을 하고 나타나는 식의 호기심을 자극하는 스토리텔링으로 끊임없는 관심 대상이 되었다. 그러나 그날부터 남학생들 사이에선 '사카이'로 불리게 되었다. 사카이는 어릴 적 봤던 드라마 〈여명의 눈동자〉에서 주인공 최대치가 일본군 학도병 시절 불렸던 이름. 당시 삭발한 용수의 모습이 사카이의 빡빡머리와 쏙 빼닮아서 붙은 별명이다. 이름에서 풍기는 경박한 느낌과 혀끝에 까실까실하게 달라붙는 독특한 어감이 주는 중독성 때문에 용수는 10여 년째 사카이로 불리고 있었다. 그리고 녀석은 나를 '허구라'라고 불렀다. 내 입장에선 상당히 억울한 별명이다. 나는 녀석에게 구라를 친 적이 없기 때문이다. 허구라는 고교 시절 수업시간에 황당한 무용담을 늘어놓길 좋아하던 생물 선생님의 별명이었다. 1학년을 마치고 생물 선생님이 전근을 가시면서 불행히도 그와 이름이 같았던 내게 별명이 옮겨붙은 것이다. 마치 살아 있는 생물처럼.

사카이는 군 제대 후 매해 9급 공무원 시험에 응시하고 있었다.

"구라야. 이거 좀 봐봐. 내가 올겨울에 노가다라도 좀 해볼까 하는데, 여기 숙식도 제공하고 일당도 세다."

사카이가 취업사이트에서 출력해온 구인광고를 내밀었다. 아무래도 사회경험이 전무하다 보니 누군가의 조언이 필요했으리라.

"어디 보자."

나는 천변의 벤치에 등을 기대고 앉아 가로등 불빛을 향해 종이를 펼쳐들었다.

"어우 추워."

초겨울의 찬바람이 코끝을 스치고 지나갔다.

"어라? 이거 대기업이잖아?"

구인광고 상단에는 누구나 알 만한 기업의 이름이 큼지막하게 적혀 있었다.

"아니, 옆에 협력업체라고 조그맣게 쓰여 있어."

사카이가 실눈을 뜨고 손으로 짚어주었다. '건설현장 노가다 단순노무 실내공사 당일취업 전기공사 설비 생산직. 각종 전자제

품 포장업무 등 단순 작업으로 힘든 일 거의 없음. 일급 7만 5천 원'

"그래도 괜찮은 것 같은데?"

"그치? 괜찮은 거 같지?"

벤치 위에 쪼그려 앉은 사카이가 옷깃을 여미며 말했다.

"그래서 말야. 내가 전화해봤거든. 면접 보러 어디로 가면 되냐고. 그러니까 뭐라는 줄 아냐?"

"글쎄? 뭐라는데?"

"월요일에 건대입구역 2번 출구로 오래."

"응? 2번 출구 어디로?"

"아니. 저녁 7시에 2번 출구 앞에서 전화하래. 술이나 한잔하자면서."

"헐."

나는 눈을 치켜뜨고 다시 한번 구인광고를 들여다봤다. 적혀 있는 연락처는 사무실 번호가 아니라 개인 휴대폰 번호였다.

"요새는 채용 공고를 다 이렇게 개인이 낸다냐?"

"응? 뭐라고?"

"아니, 무슨 면접을 술집에서 보냐고. 정모 하는 것도 아니고."

"그래서 말인데. 이거 뭔가 냄새가 나지 않냐?"

어느새 내 앞에 선 사카이가 머리를 긁적이며 물었다. 냄새는 사카이 머리에서 나는 것 같았지만 나는 아무 말 없이 다시 한번 종이를 들여다봤다. '일급 7만 5천원, 월수입 200 이상. 숙식 제공.' 짧고 굵게 몇 달만 일하고 다시 공부해야 하는 사카이에게 최적의 일자리이긴 했다.

"음, 너한테 딴 건 안 물어보디? 혈액형이라든가. 키랑 몸무게나, 어디 아픈 데는 없는지. 특히 콩팥……."

짐짓 심각하게 말하다가 나도 모르게 피식 웃음이 나왔다.

"면접 보러 갔다가 신장이랑 콩팥 떼이고 올까봐?"

자기가 생각해도 웃긴지 사카이는 턱밑까지 치켜세운 옷깃에 얼굴을 묻고 낄낄거렸다.

"미친놈아, 신장이랑 콩팥은 같은 거거든. 맨날 공부만 하는 놈이 그것도 모르냐?"

"아이고, 공부만 하는 내가 뭘 알겠냐. 이 구라 놈아."

우리는 서로를 바라보며 소리 없이 웃었다. 빈속을 움켜쥐고 숨 참으며 웃었더니 괜스레 눈가에 눈물이 맺혔다.

천변에는 안개가 자욱했다. 언젠가 "누구나 조금씩은 안개의 주식을 갖고 있다"라는 기형도의 시구를 읽으며 그 배경이 틀림없이 여기일 거라고 생각한 적이 있었다. 비록 우리 중 누구도 안개의 주식을 갖고 있지는 않았지만, 매년 이맘때면 어김없이 찾아오는 안개는 분명 우리의 것이기도 했다. 날씨가 추워서일까. 오늘따라 운동 나온 사람이 별로 없었다. 우리는 한적한 둑방길을 나란히 걸었다.

"구라야, 돌뿌리 소식은 들었어?"

석근(石根)이 역시 고등학교 동창이다. 사카이와 함께 공무원 시험 준비 중이었다.

"걔도 1년 더 해보기로 했다며?"

"응. 삼촌이 공장 관리직 자리 하나 알아봐줬다는데 거절했대. 낙하산은 싫다고. 그것 때문에 부모님이랑 대판 싸운 모양이야. 며칠째 독서실에도 안 나와. 어디서 술만 퍼마시는지."

"너는 어때? 몇 살까지 공부할 생각이야?"

"그러게 말이다. 이십대 중후반을 몽땅 독서실에서 보냈는데 그걸 이제 와 포기하자니 너무 아깝고. 그렇다고 계속하자니 참……. 이 나이 먹고 9급 공무원이 돼서 무슨 부귀영화를 누리겠다고."

사카이는 혼잣말처럼 중얼거렸다. 그래도 집 안에서조차 숨 쉴 곳이 없는 돌뿌리에 비하면, 혼자 살고 있는 사카이는 그나마 형편이 나은 편이었다.

"나 연주랑 헤어졌다."

요즘 예전 같지 않다더니 결국 헤어졌구나. 사카이와 이십대 초중반부터 사귀었으니 꽤 오래 사귄 셈이다.

"걔도 더 늦기 전에 시집가야지. 내가 언제까지 붙잡아둘 수는 없으니까."

대학 시절 내가 연애를 할 때는 사카이, 연주와 함께 넷이서 참 많이도 놀러다녔다. 그때는 당연히 두 커플 다 결혼까지 할 줄 알았고, 서른이 될 즈음에는 어느 정도 안정된 삶을 살고 있을 거라 생각했다. 직장을 다니고, 결혼을 하고, 아이를 낳고, 그냥 평범한 삶이라 생각했던 것들이 이렇게 이루기 힘든 것일 줄이야.

"사카야, 나도 긴히 할 말이 있다."

26

"뭔데?"

"나 월요일부터 보험회사 나간다."

"응? 웬 보험회사?"

사카이가 눈을 동그랗게 뜨고 쳐다봤다.

"그렇게 됐어. 당분간 영업 뛰면서 이런저런 자격증 좀 따려고."

보험과 영업이라는 단어에 귀가 약간 움찔하는가 싶더니 사카이의 발걸음이 갑자기 빨라졌다.

"그래. 넌 구라쟁이라서 영업도 잘할 거야. 참고로 말하지만 나는 이미 보험 다 들어놨다."

사카이가 뺀질뺀질한 뒤통수를 흔들며 앞서 걷기 시작했다.

"걱정 마라 쨔샤. 너한테 보험 들어달라고 안 할 테니. 다만 방금 보여준 우정의 말은 내 평생 잊지 않으마."

웃는 건지 우는 건지 사카이의 어깨가 가늘게 흔들렸다.

"구라야. 아까 내가 준 종이 갖고 있지? 그거 잘 보관하고 있어라."

사카이는 뿌옇게 습기가 찬 안경을 닦으며 말했다. 제법 진지한 얼굴이었다. 나는 점퍼 주머니를 확인했다. 종이는 구겨진 채 그대로 있었다.

"왜?"

"나 거기 가려고. 건대입구역 2번 출구. 혹시 월요일 밤 12시까지 나한테 연락이 없으면 네가 경찰에 신고해. 만약 정말 구인광고가 맞으면 내가 너한테 먼저 연락힐 테니까."

휴. 나도 모르게 한숨이 나왔다.

"진짜 가려고?"

사카이는 말없이 고개를 끄덕였다.

"혹시 연주 때문이야?"

"아니야. 인마. 진작부터 생각하고 있었어."

안개의 소액주주가 아니라 인생 자체가 안개인 녀석. 몇 해 전에는 난데없이 마루타 아르바이트를 하고 나타나서 나를 깜짝 놀라게 한 적도 있었다. 제약회사의 복제약 효능 실험 대상이 된 것인데, 서너 달을 주말마다 서울에 올라가서 주사를 맞고 내려왔다. 일당이 무지 세다고 좋아하던 녀석은 그날 이후부터 급격하게 살이 올랐다. 물론 비만의 원인이 정체불명의 그약 때문인지는 단정할 수 없다. 다만 몸무게 초과로 인해 이제는 더 이상 마루타 아르바이트도 할 수 없게 되었다.

우리는 벤치에 앉아 코앞까지 내려온 안개를 말없이 바라보았다. 바로 옆에 앉은 사카이의 모습조차 희미하게 보일 정도로 심한 안개였다. 하지만 우리가 안개 속으로 완전히 들어갈 수는 없었다. 한 발 다가서면 안개도 한 발 뒤로 물러섰다. 안개는 그저 시야를 흐릿하게 지우기만 할 뿐 완벽한 어둠을 선사하지는 않는다. 오히려 어둠은 언제나 안개 너머에 숨죽이고 엎드려 있었다.

"가지 마. 어쩐지 예감이 안 좋아."

나는 주머니 속의 종이를 한 번 더 구기며 말했다.

"아니야. 갈 거야. 이 나이에 무서울 게 뭐가 있겠냐? 일단 가서 부딪혀보고, 공고 내용이 사실이라면 제대로 일 좀 배워봐야지. 혹시 아냐? 적성에 맞을지. 그럼 아예 말뚝 박을 거야."

굳이 가겠다는 녀석을 뜯어말릴 수는 없었다. 사실 앞날이 막막한 건 나도 마찬가지니까. 나는 영업에 관해 아는 게 하나도 없었다. 단지 지금까지 해왔던 일과는 정반대의 무엇일 거라고 짐작만 할 뿐이다. 어릴 적부터 그저 나 잘난 맛에 취해 살아왔는데 고객들 앞에서 나를 어디까지 낮출 수 있을까. 아니, 지금까지의 나를 얼마나 버릴 수 있을까.

MDRT(Million Dollar Round Table)*

지점 개소식이 있는 날이었지만 아직 사무실 책상의 반 정도는 비어 있었다. 단상과 칠판 주변에 풍선을 달고 있는 여직원만이 홀로 분주해 보일 뿐, 네 개로 나누어진 팀별 테이블에는 설계사들이 삼삼오오 모여 나지막이 얘기를 나누고 있었다. 나는 지점의 가장 안쪽에 위치한 4팀이었다. 남성 지점이라더니 우리 팀은 나와 오 팀장을 제외하곤 사오십대 여성 두 명이 전부였다. 일고여덟 명에서 많게는 십여 명이 모여 있는 다른 팀에 비해 우리 팀은 아무래도 조촐해 보였다.

"오늘 한 명 새로 온다더니 진짜로 젊은 오빠가 왔네."

옆자리의 여성 FA가 바짝 다가앉으며 말을 걸어왔다. 능글맞은 표정이 금방 나의 볼이라도 꼬집어 흔들 기세였다.

"아, 네. 잘 부탁드려요."

내가 살짝 당황한 것을 눈치챘는지 오 팀장이 금세 다가와 정식으로 소개시켰다. 옆자리의 사십대 여성은 오 팀장이 전에 있던 보험회사에서 함께 일했던 팀원, 테이블 맞은편에 앉은 오

---

* Million Dollar Round Table. 생명보험업계에서 고소득 설계사만이 가입할 수 있는 단체.

십대 여성은 오 팀장 와이프의 친구라고 했다. 둘 다 경력자였다.

"이거 외워놔. 이따 개소식 때 외칠 우리 팀 구호야."

오 팀장이 메모지에 뭔가를 적었다. '3W 12개월 달성하여 MDRT 가입하자!' 무슨 말인지는 몰라도 외우기 어려운 문장은 아니었다.

보험영업이 여성들의 직업이라는 인식이 바뀌기 시작한 것은 1990년대 외자계(外資系) 보험사들이 들어오면서부터다. 그들은 맞춤형 재정 안정 서비스와 종신보험의 도입이나, 변액유니버셜 보험의 출시 등을 통해 보험을 연금이나 주식, 펀드와 같은 하나의 금융상품으로 바라보게 했다. 그리고 당시로서는 파격적이었던 남성 설계사 위주의 채용과 전문성을 강조하는 마케팅으로 보험영업에 대한 선입견을 바꿔나가기 시작했다. 그 결과 외자계 생명보험사들의 시장 점유율은 어느새 20%를 상회했다. 이에 위기감을 느낀 국내 보험사들도 점차 남성 설계사의 채용을 늘려갔으며 삼진생명 또한 전국 최초의 남성 지점을 선보이게 된 것이다.

"그런데 3W가 뭐예요?"

옆자리의 여성 FA에게 물었다. 그녀의 명찰에는 김진숙 FA라고 적혀 있었다.

"응, 일주일에 계약을 3건 하는 거."

그렇다면 3W를 12개월 한다는 것은 한 달을 4주로만 계산해도 1년에 144건을 한다는 의미였다.

"그거 쉬워요? 3W?"

"그러엄, 하루에 밥 세 번 먹는 거만큼이나 쉽지. M.D.R.T 는 뭔 줄 알아?"

"아니요. 그게 뭔데요?"

"마이. 도그. 리얼리. 테이스티. 오~호호호."

이것은 마치 R.O.T.C의 약자가 '로터리 오리발 튀김 센터' 혹은 '로마 올림픽 턱걸이 챔피언'이라던 아재 개그가 아닌가. 의자를 뒤로 젖히며 자지러지는 김진숙 FA 너머로 사무실 천장에 걸린 플래카드가 눈에 들어왔다. '우리 지점장 기 살리기 리쿠르팅만이 할 수 있다.' '간절하게 증원하고 사랑으로 육성하자.' 뭔가 구호가 가득한 사무실이었다. 영업이란 게 끊임없이 기합을 넣고 서로를 향해 구호를 외치면서 기운을 북돋아주어야 하는 일인 걸까. 어쩌면 그게 오 팀장이 말하는 ship일지도 모르겠다는 생각이 들었다. 3W. 일주일에 세 건을 하는 것이 얼마나 어려운 일인지는 한 달이 지난 후 지점 선배들 중 3분의 1이 단 한 건의 계약도 하지 못하는 것을 보고서야 알게 되었다. 불행히도 그중에는 김진숙 FA도 포함되어 있었다.

"그렇게 무서운 표정으로 쳐다보지 마세요."

지점장의 개소식 인사 치고는 제법 솔직한 첫마디였다. 사무실을 둘러보니 정말 다들 지점장의 얼굴을 심각한 표정으로 쳐다보고 있었다. 20여 년을 여성 설계사들 하고만 일해왔을 지점장에겐 남성 설계사들의 시커멓고 무뚝뚝한 얼굴이 낯설

게 느껴질 만도 했다. 나는 그가 삼진생명 최초의 남성 지점에 발령받은 것이 영전인지 좌천인지 알 수 없었다. 마찬가지로 지금 이 순간 개소식을 함께하는 사람들의 심정은 또 어떨지도 가늠하기 힘들었다. 보험설계사라는 직종은 의지만 있으면 누구나 시작할 수 있을 만큼 문턱이 낮다. 삼진생명의 경우 기본급이 전혀 없기 때문에 회사 입장에서는 자사 상품을 팔아보겠다고 온 사람을 굳이 내칠 필요가 없는 것이다. 판매사원은 많으면 많을수록 좋으니까. 하다못해 자폭*으로 한두 건만 팔고 그만둬도 회사 입장에서는 나쁠 게 없었다. 그렇게 생각하고 사무실을 둘러보니 어쩐지 모두가 패잔병의 어깨를 하고 앉아 있는 것만 같았다. 이십대 중반부터 오십대 중반까지, 공통점이라곤 정장을 입고 앉아 있다는 것뿐이었다.

"반.드.시.우.리.지.역.단.의.대.표.지.점.이.되.겠.습.니.다.아. 아.아."

과하다 싶게 틀어놓은 히터 때문에 살짝 졸음이 밀려올 즈음, 역시 과하다 싶게 지점장의 얼굴이 상기돼 있었다. 동글동글하게 생긴 인상과 다르게 그가 힘찬 팔뚝질로 인사말을 마무리하자 여기저기서 어색한 박수 소리가 흘러나왔다. 삶의 전장에서 한 번도 패배해본 적 없는 대기업 정규직 지점장이, 방금 겨우 목숨만 건져 돌아온 계약직 병사들의 등을 떠밀며 다시 힘차게 출정 선언을 하는 듯한 광경이었다. 사무실 뒤편에는 같은

---

* 영업 실적 압박에 못 견딘 보험설계사가 자기 자신의 보험을 가입하는 것.

건물에 입주해 있는 다른 지점의 지점장들과 팀장들이 팔짱을 낀 채 서 있었다. 개소식을 축하해주러 왔다기보다는 어디 얼마나 잘하나 두고 보자며 견제하러 온 것만 같은 자세와 표정이었다. 아니, 사실은 모두의 표정이 그랬다. 1팀부터 4팀까지. 그리고 열심히 박수를 치고 있지만 사실은 나도. 그런데 옆 분단 뒷줄에 혼자 마냥 들뜬 표정으로 방글방글 웃고 앉아 있는 남자가 있었다. 삼십대 후반으로 보이는 그는 유독 까만 피부에 까치둥지를 튼 머리 때문에 눈에 띄지 않으려야 않을 수가 없었다. 그는 3팀장 바로 앞에 앉아 있었는데 명찰에는 '에디 FA'라고 적혀 있었다.

지점장이 큰 소리로 에디를 호명했다. 그러자 에디와 함께 3팀의 장 팀장이 자리에서 벌떡 일어났다. 이번에는 최명석 FA를 호명했다. 이미 서 있던 장 팀장이 최명석 FA와 살짝 목례를 했다. 이어서 이춘근 FA, 유영식 FA, 성만식 FA를 호명하자 모두의 시선이 마치 탁구 랠리를 지켜보듯 지점장과 장 팀장 사이를 오가기 시작했다. 그때마다 장 팀장은 뿌듯한 미소를 지어 보이며 화답했다. 그렇게 십여 명 정도의 이름이 불렸을 무렵, 이번엔 오 팀장의 이름이 불렸다. 그러자 이번에도 역시 장 팀장이 살짝 고개를 숙여 인사했다. 그의 벗겨진 이마가 투탕카멘의 황금 가면처럼 번쩍이고 있었다.
"장용호 팀장님께 박수!"
곳곳에서 환호성이 터져나왔다. 이번에도 에디가 가장 열심히 박수를 쳤다. 그제야 나는 지점장실에서 얼핏 봤던 피라미드 모양의 조직도가 무엇을 의미하는지 알 수 있었다. 지금까지 이름이 불린 사람들은 모두 장 팀장이 도입(導入)한 사람들이었다. 조직도에는 세 개의 피라미드가 그려져 있었다. 그중 가장 큰 피라미드의 꼭대기에는 장 팀장의 이름이 적혀 있었다. 그리고 그 아래로 오 팀장을 비롯한 십여 명의 사람들이, 그리고 다시 그 아래로 그들 각자가 도입한 사람들의 이름이 적혀 있었다. 내 이름은 피라미드의 맨 아래에 깔려 있었다. 나는 스스로 진로를 선택하고 제 발로 찾아왔다고 생각했지만 어쨌든 나도 오 팀장에 의해 도입된 것이었다. 왜 오 팀장이 사비를 들여 취업사이트에 공고를 냈는지, 사무실 곳곳에 붙어 있는 리쿠르팅 관련 구호들이 어떤 의미인지를 비로소 알 수 있었다.

"영업이 힘들 땐 도입이라도 많이 해둬. 그 사람들 영업 수당 일부가 너한테도 오니까, 자기 밑에 계보를 많이 쌓을수록 좋아. 친구들 많이 데리고 와."

김진숙 FA의 귀띔이었다.

"대학교 졸업하고 쭉 백수로 지낸 친구들이 몇 명 있는데 괜찮을까요?"

"아이고. 백수는 안 돼. 사회생활 경험이 있어야지. 인맥도 좀 있어야 하고. 가족들 파먹어가지고는 두 달도 못 가."

환수

901호 교육실에 앉아 펼쳐든 신문엔 이런 기사가 실려 있었다.

미국 오클라호마 주립대의 한 연구팀이 동물의 지능 한계를 알아보기 위해 열다섯 살이 된 침팬지에게 수화를 가르치기 시작했다. 4년에 걸친 피나는 노력 끝에 그들은 침팬지에게 140여 개의 단어를 가르치는 데 성공했다. 드디어 침팬지가 자신의 생각을 수화로 표현할 수 있게 된 것이다. 기쁨에 겨운 연구팀 앞에서 침팬지가 수화로 표현한 첫 마디는 다음과 같았다.

'Let me out(나를 놓아달라).'

오클라호마의 침팬지 기사를 읽으니 문득 몇 년 전 사카이가 해준 이야기가 떠올랐다.

"추석 때 말이야. 성묘를 가려고 큰댁을 나서는데, 사랑채 툇마루에 앉아계시던 할머니가 갑자기 소리를 지르시는 거야.

아버지와 내가 얼른 사랑채로 달려갔지. 할머니는 치매를 앓고 계셨거든. 할머니 몸이 뒤로 넘어가는 걸 내가 딱 받치고 앉혀드리니까 나한테 울면서 그러시는 거야. '놔줘, 어서 빨리 놔줘.' 우리는 어리둥절하고 있었지. 그때 할머니 손이 마당 한편을 가리켰어. 거기에 뭐가 있었는 줄 알아? 새장. 텅 빈 새장이 놓여 있었어. 할머니의 울음은 통곡으로 바뀌고 있었고. 보다 못한 아버지가 마당으로 내려가서 새장의 문을 열어 젖혔어. 훠어이 훠어이 새를 날려보내는 시늉을 하니까 그제야 할머니가 조금씩 진정되시는 거야. 나는 정말 놀랐어. 놔달라는 말이 내게는 마치 이 병든 육체에서 당신을 그만 꺼내달라는 말처럼 들렸거든."

그리고 며칠 뒤 사카이의 블로그에는 이런 시가 올라와 있었다.

새

나무는 시간을 어떻게 견뎌내는가
선산에 앉아 성묘주를 한 잔 따를 때
툭, 등을 때리고 굴러가는 밤송이

놓아줘어서빨리놓아줘
놓아줘지금당장지금당장

서산에 ㅇ ㄹ던 길,

오열하며 쓰러지는 할머니가 가리킨 곳에는
텅 빈 새장이 놓여 있었다

할머니거긴아무것도없어요
시간의빗살이있을뿐이에요

훠어이 훠어이
텅 빈 새장 안을 나뭇가지로 휘저어 보이며
우리는 쓰린 울음을 삼켜야 했지만
병든 육체가 더 이상
할머니를 가두지 못하리라는 예감만이
산길의 모퉁이를 질척이던 오후

나무는 시간을 어떻게 견뎌내는가
할아버지 산소 옆에
또 하나의 작은 산소처럼 웅크린 밤송이

날고 싶은 나무여,
희망이 욕망으로 변할 때
지탱해주던 뿌리는 족쇄가 되고

나는 아직 뜨거운 김이 올라오는 둥굴레차를 마시며 창밖
을 내다보았다. 영하 10도를 밑도는 한파주의보 속에서도 거리

엔 제법 많은 사람들이 오가고 있었다. 다들 어디로 가는 걸까. 개소식이 끝나고 선배들은 모두 각자의 영업을 위해 뿔뿔이 흩어졌다. 나를 포함한 신입들은 보험 상품과 자격증 취득에 관한 강의를 듣기 위해 901호 교육실에 모였다. 한 달간의 교육이 끝나면 신입들도 영업을 시작하게 될 것이다. 아직은 준비할 시간이 남았지만 영업을 시작하게 되면 어디부터 가야 할지는 여전히 막막했다. 오 팀장처럼 아무 건물이나 들어가서 빌딩 타기를 해야 할지, 아니면 동네를 정해서 집집마다 문을 두드려봐야 할지. 사무실에 가만히 앉아 있을 수도, 그렇다고 딱히 갈 데도 없는 상황이 오면 그때는 어떻게 해야 할까.

"저는…… 대학교를 마치기 전에 미국으로 이민을 갔습니다."

에디였다. 신입들의 첫 수업은 자기소개로 시작되었다. 박 EM(Education Manager)은 영업을 위해서는 자기 PR이 기본인 만큼 자기소개를 최소한 5분 이상 할 것을 요구했다.

"이런저런 사정으로 미국에서는 학교를 다니지 않았고요. 멕시코 국경지역에서 이민자들을 대상으로 옷 장사를 하기도 하고, 시골 마을에서 흑인들을 상대로 자전거포를 운영하기도 했습니다. 그러다 무역회사에 취직해서 몇 년 일했는데, 오퍼상으로 독립해서 한국에 돌아오자마자 금융위기가 터지는 바람에 지금은 잠시 쉬고 있습니다."

"그럼 삼진생명에는 어떻게 오게 된 건가요?"

누군가 질문을 던졌다.

"생활정보지에서 광고를 보고요. 삼진그룹은 이름만 대면 누구나 알 만한 대기업 아닙니까? 구인광고가 났기에 물어나보려고 전화를 한 건데 그게 장 팀장님 번호였어요. 저는 사실 보험에 대해선 아무것도 모릅니다. 미국의 보험회사는 들어가기가 굉장히 어렵고, 고객들이 보험에 가입하는 것도 절차가 굉장히 까다롭거든요. 보험회사 직원들은 뭐랄까, 마치 영화 〈맨인 블랙〉의 요원들처럼 차가운 에이전트 느낌이랄까. 그런데 장 팀장님이 하루에도 몇 번씩 전화를 하시고, 대학교 졸업증명서나 성적표도 필요 없다 하시고, 나중에는 집까지 찾아오셔서……."

여기저기서 웃음소리가 터져나왔다. 에디는 무안한 듯 머리를 긁적이다 자기도 따라서 웃었다.

"참 밝아. 사람이."

뒤쪽에서 누군가 중얼거리는 소리가 들렸다. 나는 샌디에이고의 국경 어딘가에서 옷 장사를 하는 에디를 상상해봤다. 왜건의 보닛과 지붕에 잔뜩 쌓여 있는 옷들, 이제 막 국경을 넘어선 사람들을 향해 깃발처럼 티셔츠를 흔들고 있는 에디의 모습을.

"엘리하 엘리하, 꼼쁘라 에스따 로빠."

자기소개를 하던 에디가 갑자기 과장된 몸짓으로 발을 구르며 손뼉을 쳤다. 그러곤 속사포 랩을 하듯 알 수 없는 말을 쏟아내기 시작했다.

"베르다데라멘떼 에스 무이 바라따 이 무이 부에나. 에스따로빠 레스 시르벤 꼬모 알라 데 리베르땃. 노 땡고 딴따 메르깐

시아. 뽀르 오르덴 데 예가다, 쁘리메리 세르비다. 엔 오르덴, 우노 뽀르 우노 아세 꼴라, 뽀르 퐈보르. 아오라 시 꼼쁘라, 레바하 디에스 뽀르 시엔또, 시 꼼쁘라 암보스, 레 도이 엑스뜨라 우노 마스. 엘리하엘리하, 도스 뻬르소나스 께 쁘루에반 데 로빠. 이루에고 우노 아 오뜨로 노 사벤 알고 께 모리르.*"

교육실에 있던 사람들 절반이 배꼽을 잡고 쓰러졌고, 나머지 절반은 반쯤 넋이 나간 표정으로 에디를 쳐다보고 있었다.

다음은 내 차례였다. 인간은 침팬지와 달리 첫마디보다는 마지막에 남길 말이 훨씬 더 중요하겠지만, 이렇게 가끔 자기소개를 해야 하는 순간이 오면 나는 도무지 무슨 말을 해야 할지 난감했다. 더욱이 박 EM이 나를 호명하며 〈제일스포츠〉 기자 출신이라고 소개해서 다들 의아한 표정으로 쳐다보고 있었다. 나는 호기심 가득한 그들의 눈동자를 바라보며 그냥 떠오르는 대로 아무 말이나 떠들기 시작했다. 어린 시절, 영화 〈영웅본색〉에 완전히 매료되어 그 후로 100번도 더 봤다거나, 심지어 수능시험 날 아침에도 장국영이 부른 〈당년정〉을 들으며 시험장에 들어갔다는 등의 시시콜콜한 이야기들. 아, 수능시험 도중에 롱패딩에 불이 붙었던 이야기도 했다. 수능시험이 모두가 똑

* 정말로 싸고 좋은 옷이에요. 이 옷이 여러분에게 자유의 날개가 되어줄 거예요. 물량이 많지 않아요. 선착순, 먼저 집으면 임자예요. 다투지 말고 차례차례 줄서요. 지금 사면 10% 할인. 두 개 사면 하나는 덤이에요. 골라 골라. 둘이 입나 하나가 죽어도 모르는 옷이에요.

같은 환경에서 공정하게 치러진다는 말은 다 거짓말. 시험장에도 풍수지리가 있고 작은 교실 안에도 명당과 흉당이 있기 마련이다. 고3 때 이미 키가 180이 넘었던 나에게 중학교 1학년 교실을 배정해줘서 어찌나 고맙던지. 나는 접이식 낚시의자에 쪼그려앉듯 엉덩이를 뒤로 길게 빼고 앉아 시험을 봐야 했다. 그나마도 하필이면 난로 앞자리에 앉게 되어 의자에 걸쳐놓았던 롱패딩에 불이 붙었던 것이다. 남들이 한창 언어영역을 풀고 있을 때 나는 불붙은 롱패딩을 흔들어대며 방방 뛰어야 했으니. 머리 위로 함박눈처럼 흩날리던 오리 깃털들과 황당한 수험생들의 표정. 그때 가출한 멘탈이 아직도 돌아오지 않았다고. 열심히 보험 영업을 다니다 보면 언젠가는 만나지 않겠느냐고 말도 안 되는 소리로 서둘러 마무리를 시도할 때, 이춘근 FA가 손도 들지 않고 질문을 던졌다.

"그런데 왜 그 좋은 직장을 관둔 건가요?"

2장

연예계라는 낯선 생태계

혼자 하는 숨바꼭질

세상에 길이 하나만 있는 것은 아니다. 이건 내가 술만 먹으면 언제나 사카이와 돌뿌리에게 하는 말. 서른이 다 되도록 독서실에 박혀 있는 녀석들이 안쓰러울 때마다, 세상엔 공무원 말고도 근사한 직업이 많다고, 때로는 포기할 줄 아는 것도 용기라고 취기를 빌려 떠들곤 했다. 물론 녀석들은 눈 하나 깜박하지 않았다. "잘못 든 길이 지도를 만드는 거야." 어느 시인의 멋들어진 시구를 내 것인 양 떠들다 내가 고주망태가 되면 두 녀석은 나를 사카이의 자취방에 던져놓고 사라졌다. 자기들은 아직 무엇에도 취할 수 없다는 듯이. 아무리 마셔도 머릿속이 자꾸 환해지는 그런 밤이 오면 녀석들은 다시 독서실로 돌아갔을까. 아니면 어느 뒷골목 유실물 보관소의 문이라도 열고 들어가 잠시 잠을 청했을까.

〈제일스포츠〉를 생각하면 가장 먼저 떠오르는 것은 두 개의 작은 공간이다. 눈을 감으면 아직도 그곳을 홀로 서성이는 나와, 두 손에 얼굴을 묻은 채 숨죽여 울고 있는 내가 보인다. 기억의 가장 깊고 어두운 복도에 아직 불이 꺼지지 않은 두 개의 방. 그중 하나의 문 앞에는 '대기실 5번'이라고 적혀 있다. 벽이 온통 하얗게 칠해진 그 작은 공간에서 나는 누군가 어서 나를 데리러 와주길 기다리고 있었다. 꽃병을 하나 갖다놓으면 병실처럼 보이기도 하고, 달리 보면 차가운 감방처럼 보이기도 하는 그 방의 창문에는 창살 대신 블라인드가 쳐져 있었다. 블라인드를 살짝 들춰보면 창밖엔 흐린 하늘 아래 멀리 이순신 장군 동상이 보이고, 그 아래를 분주히 오가는 차와 사람들이 보였다. 그간 내가 지내온 곳과는 다른 활기 넘치는 풍경. 그때 나는 얼마나 간절했던가. 그날은 중앙 일간지인 〈제일일보〉의 경력기자 공채 최종 면접일이었다. 〈제일일보〉가 스포츠 엔터테인먼트 전문 일간지인 〈제일스포츠〉를 창간하기로 하면서 새로운 인력이 필요했던 것이다. 당시 지방지 기자였던 나는 지역에 국한된 이슈를 벗어나, 보다 세상의 시선이 집중된 취재 현장에 뛰어들 날을 오랫동안 고대해왔다. 물론 더 좋은 직장, 더 높은 연봉을 좇아 부나방처럼 달려가는 이들의 틈바구니에서 홀로 뒤처지지 않기 위해 버둥거리다 찾아낸 돌파구이기도 했다. 그날 낯선 빌딩의 낯선 방에서 나는 얼마나 서성였을까. 그 방으로 안내를 해줬던 직원은 얼마나 기다려야 하는지를 말해주지 않고 가버렸다. 경력직 공채는 신입사원 공채와 달리 현직에 근무하는 기자들을 대상으로 하기 때문에 지원자의 프라이버시를 철저히 보장해줬다. 그 덕분에 면접 대기실도 여러 곳을 준비해 한 사람씩 사용하게 하고, 복도에서도 서로 마주치지 않도록 동선까지 신경을 써줬다. 업계 바닥이 좁기 때문에 지원자들이 이직을 시도했던 사실이 소문나면 각자의 회사에서 불이익을 받을 수도 있기 때문이다. 대기실은 나란히 있지 않았다. 아마도 층을 달리하여 하나씩 있는 것 같았다. 그 작은 방에서 잔뜩 긴장한 채 서성이던 시간들이 오래도록 잊히지 않는 것은 왜일까. 갇힌 것은 아니지만 그렇다고 스스로 문을 열고 나갈 수도 없던 그 방. 하얀 벽에 기대어 예상 질문과 모범 답안을 읊어보던 그 공간에서 내가 기다린 미래는 무엇이었나. 내가 놓쳐버린 가장 중요한 질문은 무엇이었을까. 〈제일일보〉 공채는 거의 두 달 가까이 진행되었다. 이미 기명기사와 자기소개서를 중심으로 한 서류심사와, 부장단의 실무면접을 거치며 세 자릿수 경쟁률이 한 자릿수까지 줄어든 상태였다. 사장과 임원진 앞에서 치르는 인성면접이 마지막 관문이었다. 사실 서류접수를 할 때까지만 해도 무덤덤했는데 전형을 거치면서 혹시나 했던 기대가 점점 커져갔다. 그리고 최종까지 온 이상 여기서 떨어진다면 후유증이 정말로 클 것 같았다. 긴장한 탓인지 기다리는 시간이 정말 길고도 아득하게 느껴졌다. 아무리 기다려도 나를 부르러 오는 이가 없었다. 내 존재를 잊은 채로 이미 면접이 다 끝나버린 것은 아닐까. 대기실은 어느새 바다 한가운데 떠 있는 종이배처럼 위태롭게 흔들리고 있었다. 축축하게 젖어드는 하얀 벽 앞에서 홀로 서성이다 블라인드를 들춰보면 흐린 하늘 아래 멀리 검은 구름이 몰려오고 있었다. 나는 황급히 조타실의 문을 두드렸다. 그러지 조타실의 문이 금세 구겨져버렸다. 벌써 모두

들 퇴근해버린 걸까. 똑, 똑, 똑. 텅 빈 조타실 지붕 위로 빗방울
이 떨어지는 소리. 똑, 똑, 똑. 그리고 누군가 문을 여는 소리.

　면접관은 다섯 명이었다. 아침 일찍부터 시작된 면접에 하
나같이 지친 표정이었다. 나는 문 앞에 서서 허리를 숙여 인사
를 한 뒤 면접관들 앞에 놓여 있는 의자에 가슴을 펴고 앉았다.
그저 문을 열고 들어가 의자에 앉는 단순한 행동이었지만 사실
지난 며칠 동안 수없이 이미지 트레이닝을 해온 것 중 하나였
다. '겸손함 속의 당당함, 두려움 속의 자신감.' 면접관 앞에는
서류 뭉치들이 수북했다. 그들은 내가 제출한 입사지원 서류와
기명기사들을 들춰보고 있었다. 아침부터 몇 시간째 이어지는
면접에 피곤한 기색이 역력했다.
　"주로 사회 문화 관련 기사를 썼고, 특기가 영상 촬영과 편집
이라고 되어 있네요? 동영상 취재 부서에서도 근무했었고요?"
　가운데 앉은 면접관이 질문을 하기 시작했다. 다섯 명의 임
원중 가장 직책이 높아 보였다.
　"네. 그렇습니다."
　"그런데 기계 만지는 사람들이 이게 많이 딸리더라고."
　면접관은 펜을 쥔 오른손을 흔들어 보였다. 압박면접이었
다. 장점은 다 제쳐두고 굳이 단점을 콕 집어 질문을 던지고 어
떻게 대처하는지를 살핀다.
　"어린 시절부터 책 읽고 글 쓰는 걸 좋아했습니다. 대학에서
신문방송학과 국어국문학을 복수 전공했고, 각종 문예 공모전

에 참가해서 여러 차례 입상한 경험이 있습니다. 동년배 기자들에 비해 필력이 떨어진다고는 생각하지 않습니다."

면접관은 무표정하게 다음 질문을 이어나갔다.

"자기소개서를 보면 영화를 상당히 좋아하는 거 같은데, 신문사에서 일하다가 영화 한다고 어느 날 갑자기 사표 쓰고 나가는 거 아닌가요?"

"영화감독이자 평론가인 프랑소와 트뤼포는 이런 말을 한 적이 있습니다. '영화를 사랑하는 방법에는 세 가지가 있습니다. 첫 번째는 영화를 두 번 보는 것이고, 두 번째는 영화에 관한 글을 쓰는 것이며, 세 번째는 영화를 만드는 것입니다.' 물론 저도 언젠가는 제 영화를 만드는 것이 꿈입니다. 하지만 영화를 사랑하는 두 번째 방법. 즉 영화에 관한 글을 쓰는 것 또한 제게는 너무도 즐거운 일입니다. 언제까지 기자를 할 수 있을지 이 자리에서 확답을 드릴 수는 없습니다. 하지만 신문기자 또한 영화감독과 마찬가지로 어릴 적부터 꿈꿔온 직업이라는 것은 확실히 말씀드릴 수 있습니다."

"그럼 만약에 방송이나 영화가 아니라 스포츠부에 발령이 나면 어떡할 건가요?"

"물론 영화 담당 기자가 된다면 정말로 행복할 것입니다. 하지만 영화에 관한 글을 반드시 기사로 써야 하는 건 아닙니다. 저는 회원 수 7만 명 정도의 영화 카페를 10년째 운영해오고 있습니다. 커뮤니티건 블로그건 영화에 관한 글을 공유할 수 있는 공간은 얼마든지 있습니다. 회사에 소속되어 있는 동안 인사에 관해서는 회사 운영 방침에 당연히 따라야 한다고 생각합니다. 그리고 저는 스포츠도 굉장히 좋아합니다. 야구는 물론이고 주말 밤마다 잉글랜드 프리미어리그의 경기를 빼놓지 않고 보고 있고, 빅4의 주전 라인업은 다 외우고 있습니다."

내 말이 끝나기가 무섭게 이제껏 듣고만 있던 옆자리의 임원이 입을 열었다.

"좋아하는 팀이 있나요?"

"맨체스터 유나이티드를 가장 좋아합니다."

"그럼 리버풀의 베스트 일레븐을 말해보겠어요?"

"공격수 페르난도 토레스와 디르크 카윗, 미드필더 해리 키웰, 사비 알론소, 하비에르 마스체라노, 저메인 페넌트, 수비수 욘 아르네 리세, 다니엘 아게르, 제이미 캐러거, 스티브 피넌, 골키퍼 호세 레이나입니다."

"나는 축구는 잘 모르지만 주장인 제라드가 빠진 거 같군요."

"제가 말씀드린 건 지난주 선발 명단입니다. 제라드는 현재 부상 중입니다."

질문을 했던 임원이 안경을 살짝 고쳐 썼다. 다시 가운데 앉은 면접관이 입을 열었다.

"신문의 창간 작업이라는 게 체력적으로도 여간 힘든 일이 아닌데, 허 기자는 너무 말라서 좀 약해 보이는군요?"

"대학 시절 4년 내내 아르바이트를 쉬지 않았습니다. 겨울에는 붕어빵 장사로 등록금을 벌었습니다. 체력이나 근성 모두 자신 있습니다."

숨 돌릴 틈을 주지 않고 질문이 이어졌다.

"만약 허 기자에게 김수현 작가를 인터뷰하라면 어떻게 섭외할 건가요? 김수현 작가는 인터뷰 안 하기로 유명한데."

전혀 예상하지 못한 질문이었다. 난데없이 김수현 작가를 섭외하라니. 그녀의 드라마를 제대로 본 적도 없었다.

"김수현 작가님은…… 방송 프로덕션을 운영하는 CEO이기도 합니다. 방송 프로덕션 사장님들의 커뮤니티가 있는 걸로 알고 있습니다. 제 지인 중에 방송 프로덕션을 운영하는 사장님이 한 분 계시니 그쪽으로 부탁드려서 연결을 시도해보겠습니다."

당황하거나 주저하는 모습을 보여선 안 된다. 머릿속이 하얘졌지만 생각나는 대로 거리낌없이 대답했다.

"음, 그런다고 과연 김수현 작가가 허 기자를 만나줄까요?"

싸늘하다. 인터넷 시대에 종이신문은 사양길에 접어든 지 오래다. 게다가 이미 포화상태인 스포츠지 시장에 뒤늦게 뛰어든다는 건 누가 봐도 미친 짓이다. 그럼에도 불구하고 회사는, 그리고 나는 그 불구덩이 속으로 뛰어들고 있는 것이다. 불안한 것은 사장이나 나나 마찬가지가 아닐까. 지금 이 순간, 마음속의 불안을 거두고 자신감을 피력할 수 있다면, 아직은 모든 것이 불확실할지라도 나부터 〈제일스포츠〉에 대한 자부심을 보여줄 수 있다면, 그게 창간 멤버로 뽑는 직원에게서 가장 바라는 모습이 아닐까.

"제가 〈제일스포츠〉 기자라고 말하면, 만나줄 겁니다."

그 순간 서류를 뒤적이던 심사위원들의 눈동자가 일제히 내 얼굴로 향했다.

*

"그러니까…… 행복하지 않아서 관뒀다고요? 그래서 그걸 때려치우고 여기에 왔다고요?"

질문을 했던 이춘근 FA가 휘둥그레진 눈으로 나를 쳐다보며 되물었다.

"네. 세상에 길이 하나만 있는 건 아니니까요."

나는 머쓱하게 머리를 긁적이며 내 자리로 돌아왔다. 고개를 갸우뚱거리는 동료 FA들의 의아한 시선이 느껴졌지만 개의치 않았다. 내가 한 선택에 조금의 후회도 없었다.

이번 달에 새로 시작하는 신입은 총 열 명이다. 다른 회사에서 옮겨온 경력자들은 우리와 함께 교육을 받지 않았다. 그들은 이미 보험 판매 자격증을 가지고 있었기 때문에 따로 간단히 삼진생명의 상품 교육만을 받았다. 901호에서 함께 교육을 받는 신입들의 소속 지점은 서로 달랐다. 봄봄 FA 지점이 다섯 명, 그리고 각기 다른 지점의 여성 FC(Financial Consultant)가 다섯 명이었다. 봄봄 FA에는 나와 에디, 오십대인 이춘근 FA, 그리고 이십대 중반의 어린 친구 둘이 있었다. 한 명은 김혁, 또 한 명은 정호식이었다. 김혁은 다른 지점의 FC인 고모에 의해, 정호식은 삼진생명의 말단 직원인 친구에 의해 도입된 신입이었다. 둘 다 삼진생명이 첫 직장이었다. 사회생활 경험 없이 가족 파먹어선 두 달도 못 간다던 김진숙 FA의 말이 떠올랐지만 내가 남 걱정할 처지는 아니었다.

펄프 픽션(Pulp Fiction)

"강호의 의리가 땅에 떨어졌구만."

에디가 테이블 빈자리를 둘러보며 중얼거렸다. 신입들의 첫 출근 뒤풀이. 가볍게 시작한 술자리가 어느덧 자정을 훌쩍 넘기고 있었다. 모두 집으로 돌아가고 남은 건 나와 에디 둘뿐이었다.

"그래도 반장은 의리가 있을 줄 알았지."

그랬다. 자기소개가 끝나고 나는 본의 아니게 신입 교육생들의 반장이 되었다.

"〈영웅본색〉을 좋아한다고 할 때부터 알아봤다고. 좀 애늙은이 같기도 했지만 말이야."

에디가 나를 보며 씨익 웃었다. 내 잔을 채워주는 에디의 등 뒤로 영화 〈비포 선라이즈〉의 빛바랜 포스터가 비스듬히 걸려 있었다.

"형은 집에 안 가? 시간이 많이 늦었는데."

"난 상관없어. 기다려주는 사람도 없고. 넌?"

"나도 뭐, 혼자니까"

"자, 그럼 건배. For better tomorrow!*"

단순해 보였던 첫인상과 달리 에디는 참 알 수 없는 사람이라는 생각이 들었다. 그가 1년 만에 때려치운 학교는 우리나라 최고의 명문대였다. 별로 믿기지는 않지만 에디의 말에 따르자면, 꼴등으로 붙어서 1, 2학기 과 수석 두 번 하고 미련 없이 미국으로 떠났다고 했다.

"그런데 미국은 왜 간 거야?"

"첫사랑이 재수하다가 갑자기 유학을 가버렸거든. 그래서 나도 따라갔지."

"헐, 형 부모님께서 기절하셨겠는데?"

"글쎄. 관 속에서 벌떡 일어나 앉으셨을지도 모르지. 두 분 다 고등학교 때 돌아가셨으니까."

"그럼 첫사랑은 지금 어디에?"

"집에서 애 분유 먹이고 있겠지."

"아, 역시. 첫사랑이 이루어진 거구나?"

"She sits at home. Feeding the baby, she's all alone. She turns on TV. Guess who she sees. Sk8er boi rockin' up MTV"

에디가 갑자기 노래를 흥얼거리기 시작했다. 어디서 많이 들어본 노래였는데 제목이 당최 기억나질 않았다.

"내가 좋아하는 노래야. 자기가 찬 남자가 슈퍼스타가 된 걸 보고 후회한다는 내용."

---

* 영화 〈영웅 본색〉의 영어 제목.

에디가 어깨를 으쓱하더니 엄지손가락으로 자신을 가리켰다. 좀 진지해졌나 싶더니 여지없이 장난스러운 표정. 에디는 곧이어 술집에 흐르는 노래를 따라 부르기 시작했다.

"Girl, you'll be a woman soon, Please, come take my hand."

이 노래라면 나도 잘 알고 있다. 닐 다이몬드의 〈Girl, you'll Be a Woman Soon〉. 이 노래가 흐르던 영화를 좋아했다. 유혈이 낭자한 장면에서조차 유머를 잃지 않던 영화. 펄프한 농담과 치명적인 픽션. 그러고 보니 에디가 그 영화의 감독과 닮았다.

"노래는 안 좋아해?"

에디가 물었다.

"좋아하지. 집에선 늘 노래를 들으니까."

"누구 좋아해?"

"글쎄……. 뭐 여러 명이 있지만 지금 생각나는 건 이상은."

"오, 담다디 담다디 담다디 담?"

벌건 얼굴로 에디가 갑자기 어깨춤을 추기 시작했다. 한두 잔만 더 마시면 테이블 위로 올라가 봉산탈춤이라도 출 기세였다.

"물론 〈담다디〉도 좋아하지만 이상은이 뉴욕에서 유학한 이후에 발표한 앨범들을 들어보면 깜짝 놀랄걸? 아이돌에서 아티스트로 진화한 최초의 뮤지션이니까."

고된 하루를 보내고 집으로 돌아온 나의 영혼을 어루만져준 것은 언제나 이상은의 노래였다. 그녀의 목소리는 내 지친 마음

을 숨겨두기 좋은 커튼이었고, 때로는 덮고 자기 좋은 그림자였
다. '어제의 일들은 잊어. 누구나 조금씩은 틀려.' 그녀의 위로가
없었다면 그 수많은 불면의 밤들을 어찌 견딜 수 있었을까.

"내가 구상해놓은 영화가 있는데 한번 들어볼래?"

어깨춤을 멈추고 에디가 말했다.

"그래? 무슨 내용인데?"

"신경쇠약 직전의 하드보일드 스릴러."

반쯤 풀려 있던 에디의 눈동자에서 갑자기 빛이 나기 시작
했다. 그는 이미 누아르의 깊고 어두운 터널 속에 잠입한 형사
처럼 비장한 표정을 짓고 있었다.

"영화의 시작은 사립탐정 브래드의 작은 사무실이야. 책상
에 엎드려 깜빡 잠이 들었던 브래드가 잠에서 깨며 이야기는 시
작돼. 책상에는 노트와 몇 장의 사진들이 정신없이 흩어져 있고,
갑자기 밖에서 시끄러운 소리가 들리는 거야. 누군가 쿵쿵쿵 계
단을 뛰어오르는 소리도 들리고. 브래드가 창밖을 슬쩍 내다보
니 총을 든 갱들이 달려오는 게 보이는 거야. 브래드는 황급히
책상 위의 노트를 가방에 넣고 창문으로 탈출했어. 본능적으로
자신이 위험에 처했음을 알게 된 거지. 그런데 도망가면서도 자
신이 왜 도망가는지를 모르겠는 거야. 그래. 단기기억상실증. 자
기가 어디 사는 누구고 무슨 일을 하는 사람인지는 알겠는데 지
난 한 달 정도의 기억이 전혀 없는 거지. 그 상태로 계속 갱들과
의 추격전이 벌어지고, 이느 순간 갱들뿐만 아니라 경찰도 자신

을 쫓고 있는 걸 알게 돼. 브래드로서는 환장할 노릇이지. 그래서 도망치는 와중에 지난 한 달 동안 자신에게 무슨 일이 있었는지를 추적해가는 거야. 유일한 단서는 수사 기록이 담긴 노트. 자신이 노트에 적었던 메모들을 근거로 어떤 살인사건을 추적하기 시작해. 그리고 결국엔 살인자와 마주하게 되는 거지."

에디는 자기가 말해놓고는 긴장해서 침을 꼴깍 삼켰다. 나를 쳐다보는 눈빛엔 뭔가 강렬한 기대가 잔뜩 담겨 있었다. 하지만 나는 이 클리셰로 가득한 이야기 앞에서 조금의 자비도 베풀 생각이 없었다.

"설마 살인자와 거울 앞에서 마주하게 된다거나 뭐 그런 결말은 아니겠지?"

"허걱."

에디의 눈동자가 심하게 흔들렸다.

"노트에 적혀 있다던 수사 기록은 브래드가 범행을 계획하며 끄적인 것들일 테고. 범인을 잡으려는 경찰과, 복수를 하려는 갱들이 동시에 그를 추적하는 것일 테고."

에디가 허탈한 미소를 지으며 잔을 내밀었다.

"역시 반장이야. 보험반장보다 수사반장을 하지 그래?"

누군가와 밤을 새우며 영화 이야기를 한 적이 얼마 만이던가. 몇 시간 후면 다시 출근해야 한다는 사실도 잊은 채 모든 것에 열정이 넘치던 대학 시절로 돌아간 기분이었다. 하지만 서로를 애틋하게 바라보는 에단 호크와 줄리 델피 너머로 비엔나의 하늘엔 해가 떠오르고 있었다. 이제 곧 집으로 돌아가야 할 시간.

"반장은 뭐 생각해놓은 거 없어?"

"글쎄, 단편영화 시나리오를 써놓은 게 있기는 한데."

"그래? 제목이 뭐야?"

"르 코스모폴리트*"

"뭐? 르…… 뭐라고?"

"붕어빵을 파는 소년에 관한 이야기야."

"오호라. 붕어빵 좋지. 팀 버튼처럼 만들어봐. 〈찰리와 초콜 릿 공장〉 죽이잖아."

"아하, 이건 그런 블록버스터가 아니야."

"뭐 어때. 뭐든 스케일이 커야 된다고. 제작비 때문이라면 특별히 내 영화의 주연배우를 빌려주지."

에디는 대단한 결심이라도 한 것처럼 으스대며 술잔을 털 어넣었다.

"주연배우라면 설마…… 브래드?"

"그래. 브래드 피트! 이름부터가 브래드야. 이게 바로 운명 아니겠어? 브래드 피트와 붕어빵이라니. 국진이빵도 울고 갈 환 상의 조합이지. 그러니 얼른 얘기를 해봐. 붕어빵이 어쨌다고?"

"그러니까…… 내가…… 붕어빵 장사를 할 때 말이야……."

인형가게에는 아직 주인을 만나지 못한 인형들이 허공을

* Le cosmopolite. 17세기 이후의 것들로 추정되는 연금술에 관한 저작의 작 가들이 사용한 가면.

바라보고 서 있었다. 숨 쉬는 것이 없으므로 움직이는 것도 없었다. 자물쇠가 채워진 가게 주변을 서성이던 소년은 끌고 온 포장마차의 백열등을 켰다. 폭설이 내려 어쩔 수 없이 며칠을 쉬고 나온 참이었다. '붕어빵 네 개 천 원' 간판도 비에 젖어 있었다. 비닐 코팅을 해놨지만 습기가 차서 수성펜으로 쓴 글씨가 번졌다.

"붕어 주세요."

또 그 소녀였다. 매번 제일 먼저 찾아오는 손님. 장사를 시작한 지 두 달이 다 되어가지만 소녀는 하루도 늦은 날이 없었다. 하지만 오늘은 소년이 늦게 나왔다. 소녀는 어디선가 계속 소년을 기다리고 있었던 것일까.

"오늘도 네 개?"

팥을 개고 있던 소년이 고개를 들자 소녀가 불쑥 뭔가를 앞으로 내밀었다.

"여기에 담아주세요."

반죽통에 연결된 고무호스를 조이고 있던 소년은 하마터면 손을 놓칠 뻔했다. 소녀가 내민 것은 작고 둥근 어항이었다.

소년이 자리를 잡은 곳은 고등학교 주변이었지만 방학이라 거리가 한산했다. 식어가는 붕어빵들을 버려두고 소년은 망해버린 인형가게를 한참이나 들여다보았다. 터널처럼 깊고 어두운 가게 안에 버려진 인형들. 소년은 그 인형들을 볼 때마다 어디선가 자신을 보고 있을지 모를 엄마를 생각하고 있었다. 얼굴이 떠오르지는 않지만 꼭 돌아오겠다는 말을 남기고 떠났다는 엄마. 그때 누군가 자신을 부르는 소리가 들렸다.

"오늘은 나왔네?"

붕어빵 재료를 대주는 아저씨였다.

"자취방에만 있자니 답답해서요."

"이따 밤에 눈 온다던데. 너무 늦지 않게 들어가."

여름에는 호두과자를 팔고 겨울에는 붕어빵과 호떡을 판다는 아저씨는 붕어빵 하나를 집으며 사람 좋게 웃었다.

아저씨 말대로 날이 어두워지자 눈발이 흩날리기 시작했다. 지긋지긋한 눈이다. 소년은 가스불을 끄고 포장마차를 쇠사슬로 전봇대에 맸다. 소녀에게 판 붕어빵 네 개가 오늘의 유일한 매상이다. 혹시나 하고 구워놨던 여덟 마리의 붕어빵을 종이봉투에 담았다. 괜히 나왔나. 소년은 다리를 건너며 강둑을 내려다봤다. 누군가 강으로 걸어들어가고 있었다. 낮에 본 그 소녀였다. 소년은 난간에 매달려 소리를 질렀다.

눈발이 점점 거세지고 있었다. 허리까지 물이 차오른 곳에서 소녀는 어항을 가슴 깊이 끌어안았다. 그러고는 붕어빵을 꺼내 한 마리씩 방류하기 시작했다. 멀리서 그 광경을 지켜보던 소년은 자신의 눈을 의심할 수밖에 없었다. 소녀의 손을 벗어난 붕어들이 갑자기 헤엄을 치며 강을 거슬러오르고 있었기 때문이다. 믿을 수 없는 광경이었다. 하지만 소년은 두 눈으로 똑똑히 보았다. 눈발이 솟구쳐오르는 교량의 틈 너머로, 금빛 비늘을 가진 붕어들이 물살을 거스르며 튀어오르는 것을. 소년의 눈에선 어느새 뜨거운 눈물이 흘러내리고 있었다.

Boy, you'll be a man soon

아침에 눈을 떴을 땐 이미 8시가 지나 있었다. 몇 시에 들어왔는지 기억나진 않지만 생각만큼 피곤하진 않았다. 오히려 격한 운동을 하고 나서 샤워를 했을 때처럼 시원한 기분마저 느껴졌다. 오랜만에 맛보는 상쾌함이었다. 에디는 잘 들어갔을까. 서로 취해 어떻게 헤어졌는지 기억나지 않았다. 나는 방전된 휴대폰을 챙겨넣고 어제 입었던 구겨진 셔츠 위에 재킷을 대충 걸쳤다. 출근은 9시까지다. 골목길을 달려내려와 버스에 올라타서야 휴대폰 배터리를 교체했다. 마음이 급했지만 출근 시간대의 도로는 이미 차들로 가득했다. 삼진생명은 빌딩들이 모여 있는 중심가 한가운데에 있다. 교통 체증을 피할 방도가 없었다. 나는 멍하니 차창에 기대어 밖을 내다보았다. 여전히 어디론가 빠르게 걷는 사람들. 셔터를 올리고 장사 준비를 하는 상점들과, 토스트와 커피를 파는 노점들이 보였다. 그리고 불과 며칠 전까지만 해도 눈에 들어오지 않던 보험회사 간판들이 보였다. 고객센터라면 몰라도 영업지점이 굳이 시내 한가운데에 있을 필요는 없을 것 같은데. 마치 경쟁이라도 하듯 번화가의 고층 빌딩에는 어김없이 보험회사가 입주해 있었다. 저 지점들에는 얼마나 많은 영업사원들이 있을 것인가. TV에선 연일 홈쇼핑들이 수많은 보험을 팔아대고 있다. 이제는 은행 창구에서 보험과 연금을 팔고, 인터넷을 통해 고객들이 직접 보험을 설계하고 가입할 수도 있는 세상이다. 과거에 비해 보험설계사들의 역할과 필요성은 계속 줄어들고 있었다. 영업 환경 또한 설계사들에게 불리해진 것은 부정할 수 없는 사실이다. 그럼에도 불구하고 이렇게 많은 설계사들이 아직 활동을 하고 있는 것은 뭔가 그들만의 노하우가 있기 때문이 아닐까. 앞으로 한 달 동안 그것을 배우고 나만의 전략을 수립하는 것만이 내가 살 길이란 생각이 들었다.

헐레벌떡 뛰어들어간 봄봄 FA 지점 사무실엔 그야말로 진풍경이 펼쳐져 있었다. 귀에 익은 구령 소리에 맞춰 배 나온 아저씨들이 체조를 하는 모습. 하루 일과의 시작은 체조인 건가. 셔츠 차림으로 다들 책상 옆에 나란히 선 채 옆구리를 굽히고는 오른쪽을 향해 왼쪽 팔을 머리 위로 둥글게 뻗고 있었다. 순서를 헷갈린 몇몇 사람들 때문에 곳곳에서 어색한 하트가 만들어졌다. '하나 둘 셋 넷 다섯 여섯 일곱 여덟.' 이게 얼마 만에 듣는 국민체조 구령 소리인지. '둘 둘 셋 넷 다섯 여섯 일곱 등배 운동~'. 에고에고. 몸을 앞으로 굽혔다가 뒤로 젖히는 동작에 여기저기서 신음 소리가 들렸다. 나는 슬며시 구석진 내 자리로 가서 재킷을 벗고 체조 대열에 합류했다. 오 팀장이 이제 살았다는 표정으로 한숨을 쉬며 눈인사를 했다. 내가 오기 전까지 4팀에서는 팀장 혼자서 체조를 하고 있었던 것이다. 두 여성 FA는 아직 오지 않은 모양이다. 우리 팀뿐 아니라 다른 팀에도 빈자리가 제법 눈에 띄었지만 팀장 혼자 체조하는 팀은 우리 팀뿐이었다. 괜히 나까지 머쓱했다. '둘 둘 셋 넷 다섯 여섯 일곱 팔다리 운동~' 스피커에서 나오는 구령 소리에 맞춰 호식이가 나와서 시범조교를 했다. 유도선수 출신이라더니 과연 동작에 절도가 있었다. 양팔을 벌리고 한쪽 다리를 드는 팔다리 운동 동작은 마치 한 마리 학을 연상시켰다. 그러나 시선을 조금만 옆으로 돌리면 수많은 닭들이 날개를 파닥이고 있었다. 깃털처럼 가벼운 웃음소리가 곳곳에서 흘러나왔다. 몸은 신음하고 있지만 체조로 시작하는 아침은 확실히 뭔가 생기가 돌았다. 체조가 끝나자 오 팀장은 손수건으로 이마의 땀을 닦으며 또 한 번 한숨을 쉬었다. 보험회사는 원래 출퇴근이 자유로운 걸까. 사무실엔 어제 봤던 얼굴의 반 정도가 보이지 않았다. 팀원이 제일 많은 장 팀장 앞에도 대여섯 명 앉아 있을 뿐이었다. 에디의 자리도 비어 있었다.

체조가 끝나자 단상 스크린에서 사내방송이 시작되었다. 이것이 말로만 듣던 대기업 사내방송이구나. 두 명의 아나운서가 나와 전국 지점의 영업 관련 소식과 업계 동향, 신상품 출시에 관한 안내를 했다. 대학 졸업반 시절 모 기업의 사내방송 PD 채용 공고를 보고 입사 지원을 고민한 적이 있었다. 그때는 사내방송이라는 것이 아무래도 여러 가지로 열악하지 않을까 싶었다. 그런데 지금 보니 생각보다 근사하다. 공중파 뉴스에 버금가는 퀄리티에, 무엇보다도 전국에 흩어진 지점들을 방송을 통해 하나로 연결하려는 본사의 강한 의지가 느껴졌다. 방송 시간은 매일 오전 9시 20분부터 40분까지. 전반부 뉴스가 끝나자 후반부는 〈인간극장〉 같은 미니다큐가 이어졌다. 반지하 단칸방에서 아이 둘을 키우는 엄마. 엄마는 몸이 많이 아프다. 하지만 아이들을 위해 오늘도 용달차에 과일을 싣고 길을 나선다. 그런데 어쩐지 모든 게 서툴다. 불과 얼마 전까지만 해도 함께하던 아빠가 없기 때문이다. 아빠는 갑작스러운 사고로 사망했다. 그가 남긴 것은 엄마 혼자 감당하기 힘든 빚과 낡은 용달차 한 대뿐. '이 가족이 만약 월납 13만 원짜리 종신보험에 가입되어 있더라면 어땠을까요. 아빠가 불의의 사고를 당한 뒤 남겨진 가족에게는 1억 원의 사망보험금이 지급되었을 것입니다. 그랬다면 남겨진 가족의 삶이 이토록 힘겹지는 않았을 것입니다. 더 이상 빚 독촉에 시달리는 일 또한 없었겠지요. 보험은 가족에 대한 사랑입니다. 그 사랑을 지킬 수 있도록 도와주는 것이 우리의 임무입니다.' 머리에 쏙쏙 들어오는 내레이션. 이런 방송을 매일 아침마다 보게 된다면 정말 보험을 사랑하지 않을 수 없을 것 같았다. 영업사원으로서 그게 좋은 것인지 아니면 냉정하게 보다 이성적으로 접근해야 되는지 아직 판단이 서질 않았다. 반지하에서 하루하루 힘겹게 먹고사는 가족에게 월 13만 원짜리 종신보험을 권유하는 것이 재무설계 관점에서 과연 옳은

일일까. 종신보험은 의료비 보험이 아니라 갑작스러운 사망에 대비한 보험이다. 물론 특약을 통해 암을 비롯한 중대 질병에 대비할 수는 있지만 종신보험의 목적은 어디까지나 사망보장이다. 금전적으로 여유가 있다면 챙겨두는 것이 좋은 보험이지만, 그렇지 않을 경우 당연히 가계 지출 순서에서 뒤로 밀릴 수밖에 없다. 내가 알 수 없다는 표정으로 어깨를 으쓱하자 오 팀장이 나를 향해 슬며시 엄지손가락을 세우며 말했다.

"종신보험이 수수료 짱!"

사내 방송이 나가는 사이 각 팀의 빈자리가 조금 더 채워졌다. 우리 팀 진숙 선배도 숨을 헐떡이며 자리에 앉았다. 집에서 급하게 나온 듯 머리가 아직 젖어 있었다. 그녀가 신경질적으로 머리를 털 때마다 독한 향수 냄새가 풍겼다.

'가·동·배·틀'

지점장이 이렇게 칠판에 적고 나서 FA들을 향해 돌아섰다. 한겨울인데도 셔츠를 팔뚝까지 걷어올린 지점장의 표정엔 뭔지 모를 자신감이 가득했다.

"동백 지점과 가동 배틀입니다. 내일모레까지 집계해서, 가동률 낮은 지점이 높은 지점에 비타민 음료 30박스를 쏘기로 했습니다. 다들 오늘 중으로 최우선 가망 고객을 만나서 결정을 지읍시다."

지점장이 주먹을 불끈 쥐며 말했다. 그러나 FA들은 아무런 반응을 보이지 않았다. 한번 해보자며 서로를 격려하기보다는

'이게 뭐지?' 싶은 곤란한 침묵이 흘렀다. 봄봄 지점이 오픈하기 두어 달 전부터 선배들은 삼진생명에 영입되어 이미 영업을 하고 있었다. 임시로 타 지점에 등록해놓았던 코드를 봄봄 지점의 오픈과 동시에 옮겨왔을 뿐, 그들에게 봄봄 지점의 첫 달이라고 해서 뭔가 특별한 각오나 열의가 생기는 것은 아니었다. 영업은 어차피 각자의 루틴대로 하는 것이니까.

"우리 지점에 대한 본사의 기대가 아주 큽니다. 그래서 이번에 지점 공사부터 인재 영입까지 아주 대대적인 투자를 한 거 아시죠? 이제 우리가 성과로 보여줘야 할 차례입니다. 그 시작이 이번 달 가동 배틀입니다. 지난달 지역단 전체 실적 1위를 한 지점이 바로 동백 지점이에요. 이번에 우리가 동백 지점 콧대를 꺾고 남자의 힘이 어떤 건지 확실하게 보여줍시다!"

지점장은 여전히 카랑카랑한 목소리로 말했다. 하지만 눈빛에 점점 의심의 그림자가 드리워지고 있었다. '니들 설마…… 할 수 있는 거지?'라고 말하는 듯한 표정이었다.

"아유~ 진짜 별 지랄들을 다 해요."

김진숙 FA가 짜증을 내며 투덜거렸다. 그 소리를 들은 몇몇 팀원들이 낄낄거리자 오 팀장이 김진숙 FA의 팔을 꼬집었다.

"가동 특별 포상 있습니다. 건당 카놀라유 한 박스씩을 드립니다. 가동하시는 분들은 지점 차원에서 판촉물 지원도 빵빵하게 해드릴 테니까 다들 각별히 신경 써주시기 바랍니다."

가동이 뭐지? 나는 슬그머니 노트북으로 검색해보았다. '가동(稼動) [명사] 사람이나 기계 따위가 움직여 일함.' 응?

지점장 조회가 끝나고 우리 팀은 소회의실로 자리를 옮겼다. 셋이서 하는 오붓한 팀별 조회였다. 오 팀장이 커피를 타러 간 사이에 김진숙 FA에게 물었다.

"선배님, 가동이 뭐예요?"

"선배님은 무슨, 그냥 선배라고 불러. 누나라고 부르면 더 좋고."

"네."

"가동은 뭐, 월초에 빨리 실적부에 한 건 적어 올리라는 거지. 월말 마감 끝난 지 이틀 만에 또 가동 마감하라고 난리치는 거야. 주말에는 또 주말 마감하라고 난리고. 실적 안 나오면 돈 못 버는 건 우리인데 지들이 더 난리라니깐."

마감이라는 게 월말에만 있는 게 아니구나. 신문사에서 늘 상 하던 기사 마감은 나 혼자 밤을 새워서라도 하면 되지만, 보험 설계는 고객과 함께해야 하는 건데. 닦달한다고 없던 계약이 갑자기 생길 리 만무했다.

"쉽지는 않겠네요. 마감의 압박 속에서 계속 일을 한다는 게."

"신기한 게 닦달하면 또 어떻게든 해오니까. 어디서들 그렇게 물어오는지. 사촌 팔촌에 초중고 유치원 동창까지 다 뒤지는 거지 뭐. 암 보험이나 어린이 보험 같은 건 얼마 안 하잖아."

"그래도 납입 기간이 보통 20년 이상인데. 그러면 거의 소형차 한 대 값 아니에요?"

"그렇지. 그런데 고객들은 한 딜에 5만 원싸리구나 생각만

하지, 내는 돈 다 합치면 그게 1200만 원이 넘는 상품이라는 건 잘 생각 못하니까. 그렇지만 이런 방법도 있어. 도저히 계약할 데가 없으면 조카한테 선물로 보험 하나 주는 거야."

"선물이요?"

"청약서에 사인만 받고, 보험료는 설계사가 대신 내주는 거지."

"그래도 돼요?"

"안 될 게 뭐 있어? 건수는 올려야 하니까. 어차피 계약하면 수수료 나오잖아. 그러니까 그걸로 보험료 내고 몇 달 유지하다가 연체시켜버리는 거지. 결국 또이또이야."

"아, 그런 방법도 있었네요."

"가동은 이런 식으로 많이들 해. 그런데 이런 거 말고 더 크게 한탕 하는 방법도 있어."

"크게 한탕이요?"

"그래. 이를테면 말이야……."

"어이구, 좋은 거 가르치고 있다."

커피를 들고 들어오던 오 팀장이 진숙 선배를 타박했다.

"너 목소리 밖에 다 들려. 그리고 보험료 대납 같은 건 웬만하면 하지 말자 우리."

"그런 거 하라는 게 아니고 이 바닥 들어왔으니 알 건 알아야지 싶어서 미리 말해주는 거예요. 어차피 알게 될 거."

"진숙아, 너나 잘해. 오늘은 왜 또 늦은 거야?"

"아유 말도 마요. 동대문시장 가서 새벽 5시까지 돌아다녔으니까. 하룻밤 새 2만 보 걸어봤어요? 다리가 퉁퉁 부었는데 팀장 혼자 앉아 있을까봐 겨우 나왔으니 고마운 줄이나 알라고요."

진숙 선배는 옷가게 오픈을 준비 중이라고 했다. 보험설계사는 어차피 개인사업자 신분이니 능력만 된다면 얼마든지 투잡이 가능했다.

"그래도 신경 좀 써. 여기서도 잘리지 말고. 이번 달 월초 70 이상은 해야 정착 지원금 나오는 거 알지?"

"알았어요. 그렇지 않아도 돈 꿔준 여편네가 있는데 이자 대신 보험이나 하나 들라고 지금 만나러 갈 참이니까."

신입과 달리 경력자들에게는 정착 지원금이라는 것이 있었다. 보험설계사는 기본급이 전혀 없지만, 다른 회사에서 옮겨온 경우 정해진 조건을 충족하면 석 달 동안 수수료에 정착 지원금을 더해주었다. 아마도 타 회사의 영업사원을 빼오기 위한 미끼인 듯싶었다. 약속 때문에 먼저 간다며 진숙 선배가 일어선 뒤 오 팀장이 내게 말했다.

"반장 됐다며?"

"네."

"그래. 동기들이랑 잘 지내고. EM들이랑 친해지도록 해봐. EM들한테도 여러 가지로 도움받을 게 많을 거야."

"네. 다들 좋은 분 같더라고요."

"그래. EM들도 설계사 출신이야. 친하게 지내면서 노하우도 많이 배워놔. 참 그리고 오늘은 지역단 조회가 있으니 오전

교육은 없을 거야. 나가서 담배 한 대 태우고 10시 30분까지 강당으로 올라와."

한 달에 한 번씩 열리는 지역단 조회를 위해 각 지점의 설계사들이 모두 강당에 모였다. 200명은 족히 넘어 보였다. 나는 맨 뒷줄의 구석자리에 앉아 슬그머니 노트북을 무릎에 올려놓고 이어폰을 한쪽 귀에 꽂았다. 조회 시간에 AFPK 동영상 강의를 들을 생각이었다. CFP를 따기 위해서는 그 전 단계인 AFPK 자격증이 반드시 필요하다. AFPK는 재무설계 개론과 윤리규정, 은퇴, 투자, 상속, 세금, 보험, 부동산 설계 등 총 여덟 과목으로 이루어져 있는데 하나같이 나에게는 생소한 분야다. 영업과 더불어 공부까지 하려면 어떻게든 시간 활용을 효율적으로 하는 수밖에. 하지만 강의에 집중할 수 없었다. 예상과 달리 지역단 조회가 왁자지껄한 분위기 속에서 진행되었기 때문이다. 단상에서 춤만 안 췄지 시종일관 팡파르 소리와 박수 소리가 끊이질 않았다. 지난달 영업 실적에 대한 축하와 포상을 위한 자리였다. 각 지점의 실적 우수자들이 호명되면 단상 스크린에 그들의 얼굴과 함께 체결 계약 건수가 표시되었다. 나는 몇 건을 해야 잘하는 건지 아직 감을 잡을 수 없었지만, 봄봄 지점 설계사중에 유일하게 최명석 FA의 이름이 호명되었을 때엔 나도 모르게 손뼉을 쳤다. 그의 얼굴 옆에는 숫자 15가 적혀 있었다. 최명석 FA는 3팀의 에이스였다. 나이는 나보다 서너 살 위로 보였는데 차가운 인상에 늘 전화 통화 중이거나 심각한 얼굴로 서류를 들여다보고 있어서 아직 통성명도 못한 사이였다.

"100만 원짜리 연금을 두 건이나 했다며?"

"어느 회사에서 온 사람이래니?"

"이번 달 월급이 1000만 원이 넘을 거래."

내 앞줄에 앉은 FC들이 웅성거리는 소리가 들렸다. 괜히 나까지 어깨가 으쓱해졌다. 대체 어떻게 하면 월납 100만 원짜리 연금을 팔 수 있지? 그런 연금을 드는 사람은 어딜 가야 만날 수 있는 걸까? 잠시 이런저런 생각에 빠져 있을 때 갑자기 강당에 우레와 같은 환호성이 울려퍼졌다. 스크린에는 오십대 여성 FC의 얼굴과 함께 숫자 20이 적혀 있었다.

"5년 연속 전국 연말 시상식의 유력한 대상 후보, 그 이름은 바로 최·복·순!"

사회자의 멘트가 끝나기 무섭게 FC들이 모두 일어서서 박수를 쳤다. 그 사이로 조금도 특별해 보이지 않는 아주머니 한 분이 슬로우모션으로 걸어나가고 있었다. 아이롱 매직 펌 사이에 우뚝 솟은 브로콜리 헤어, 커리어우먼들의 패션 센스를 비웃는 꽃무늬 기모 쫄바지, 그리고 시시각각 변하는 금융시장의 그 어떤 파도에도 끄떡없는 88사이즈의 위엄. 그녀는 바로 보험왕이었다.

연봉 10억. 그것도 무려 5년 연속. 평범한 주부에서 10억대 연봉의 영업사원이 되는 데 걸린 시간은 단 1년. 수입의 상한선이 없는 영업지의 장점이란 바로 이런 것인가. 지역단 조회가 끝나고 901호 교육실에 앉아서도 귓가에 환호성이 가시지 않았다. 뛰는 만큼 번다는 약속은 얼마나 매력적인 제안인가. 성공적인 영업으로 억대 연봉자가 된다면 굳이 고생해서 CFP를 딸 필요도 없겠단 생각이 들었다. 그런데 내가 과연 영업에 소질이 있을까. 아직은 막막하지만 막상 출발 신호가 울리면 또 왠지 잘해낼 수 있을 것만 같은 예감이 들기도 했다. 이 일을 하기로 마음먹은 것은 결코 돈 때문이 아니었음에도 기묘한 흥분이 나를 사로잡았다. 10억. 10억이라니. 교육실에는 아직 나 혼자뿐이었다. 편의점에서 간단히 컵라면으로 점심을 때우고 일찌감치 교육실에 올라왔기 때문이다. 나는 흥분된 마음을 가라앉히기 위해 교육실 안을 서성이다 신문을 펼쳐들었다. 경제에 대한 감을 익히기 위해 며칠 전부터 구독을 시작한 경제신문이었다.

자동차 내수 판매량 작년 11월보다 27.3% 줄어. 우리나라 최대 교역국인 중국에 대한 수출 급감. 노벨 경제학상 수상자 조셉 스티글리츠 컬럼비아대 교수, 오바마 당선자에 쓴소리. '버락 오바마 당선인은 부실 자산 구제계획을 대폭 수정하고 대규모 경기 부양책을 써야 한다.' 李 대통령 '청년실업문제는 나라의 걱정거리.' 이 대통령은 네 번째 라디오 연설에서 '청년실업은 청년들만의 고통이 아니라 우리 가족의 고통이고 또한 국민의 고통'이라며 청년 실업난 해소를 위한 대책 마련을 약속. 미래 산업 분야 청년리더 10만 명 양성 계획을 조기 시행하기 위해 특별

예산 7천 500억 원을 편성하겠다. 학자금을 빌린 뒤 갚지 못한 신용불량자 4천여 명에 대한 신용 회복 프로그램을 도입하겠다. 저소득 청년 1만여 명에 대한 뉴스타트 프로젝트를 가동하겠다. 이 대통령은 청년들을 향해 '1년이고 2년이고 새로운 경험을 쌓겠다는 각오로 국내든 외국이든 부딪쳐보고 도전하라'고 당부.

우리나라만의 경기 침체가 아닌 세계적인 금융 위기였다. 미국은 서브프라임 모기지 사태로 국가 경제의 뿌리까지 흔들리고 있었다. 세계적인 투자은행 리먼 브라더스의 파산은 모든 불황의 신호탄이었다. 불황의 여파는 고스란히 우리나라에도 영향을 미쳤다. 수출 지표는 마이너스로 돌아서고 내수는 바닥이었다. 수많은 사람들이 정리해고와 명예퇴직으로 직장을 잃었다. 허리띠를 졸라매고 가계의 고정 지출을 줄여야 한다면 그 우선순위에는 틀림없이 보험이 들어가 있을 것이다. 이 와중에 보험을 팔아서 억대 연봉이 되겠다고? 신문을 보고 있자니 갑자기 자신이 없어졌다. 새로운 경험을 쌓겠다는 각오로 국내든 외국이든 부딪쳐보고 도전하라니. 천만 원이 넘는 학자금 대출금을 등에 업고 떠밀리듯 사회에 첫발을 내딛던 이후의 하루하루가 도전의 연속이 아니었던가. 취업과 이직을 반복했던 나도, 매년 공무원 시험에서 낙방했던 사카이도.

해를 묻은 오후 I

  사카이의 짐 가방엔 서너 벌의 옷가지와 노트북, 시집 두 권이 전부였다. 그래도 몇 년 만에 집을 떠나는 건데 짐이 이렇게 단출해도 되는 건가 사카이는 헛웃음이 나왔다. 시험을 완전히 포기한 건 아니었다. 다만 당분간 수험서는 들여다보지 않을 생각에 한 권도 챙기지 않았다. 건대입구역에서 저녁에 만나자던 팀장이라는 사람은 갑자기 장소와 시간을 미주시 시외버스터미널에서 3시에 만나는 것으로 변경했다. 그는 오늘 새벽까지 서울에 있었는데 갑자기 급한 일이 생겨 서둘러 현장사무소에 먼저 가봐야 한다고 했다. 사카이는 어쩐지 불길한 예감이 들었다. 유괴범이 경찰의 추적을 따돌리기 위해 자꾸 접선장소를 바꾸던 영화 속 장면들이 떠올랐다. 시외버스에 오르며 다시 한번 패딩 속주머니를 확인했다. 호신용 가스총의 딱딱한 총신이 만져졌다.

  사카이가 미주시에 대해 알고 있는 건 산업단지가 있다는 것뿐이다. 그래서인지 버스터미널 앞에는 제법 큰 번화가가 펼쳐져 있었다. 하지만 지은 지 꽤 오래된 듯한 터미널의 외벽은 페인트가 벗겨져 시멘트가 드러난 곳이 많았다. 겨울이라 그런지 대합실 구석의 히터 앞 벤치는 노숙자들의 차지였다. 사카이는 화장실에 가서 거울 앞에 섰다. 팀장과 만나기로 한 곳은 터미널 출구에서 제일 먼 10번 게이트 앞. 그냥 터미널 앞에서 만나면 될 것을 왜 제일 어둡고 음침한 곳에서 만나자고 했을까. 거울을 보며 옷매무새를 고치는데 세면대 위에 놓인 명함이 눈에 들어왔다. '삽니다. 귀신 헬리콥터 고가매입. 010-8713-XXXX'

사카이는 취업 후에 열심히 일하는 자신의 모습을 그려보곤 했다. 그게 사무직이건 기술직이건 상관없었지만, 일용직 노동자의 모습은 아니었다. 흙먼지가 잔뜩 묻은 작업복과 가죽코가 벗겨진 안전화, 낮술을 했는지 대낮부터 불콰해진 얼굴. 한 번도 거울 속에 그려본 적 없는 모습을 한 사내가 손을 내밀며 걸어왔다.

"용수 씨? 반가워요. 이제 우린 한 팀이네."

그가 말을 놓는 데는 딱 세 마디면 충분했다.

"형이라 불러도 되고 팀장이라 불러도 돼. 편한 대로 해."

어색하게 인사를 나눈 뒤 팀장이 앞장서 걸었다. 10번 게이트 옆의 방화문을 열자 지하로 내려가는 계단이 나왔다. 사카이는 한 손을 패딩 속주머니에 넣고 일곱 걸음 정도 뒤에서 따라갔다. 가스총의 유효사거리는 최대 5미터. 팀장과 딱 그 정도의 거리를 유지했다. 계단을 먼저 내려간 팀장이 방화문을 열었다.

지하주차장이었다.

이런 일 해봤냐. 다른 일에 비해 그리 힘든 게 없다. 기술도 배울 수 있고 돈도 금방 모을 수 있다. 숙소로 가는 차 안에서 팀장이 이런저런 말을 했지만 사카이 귀에는 잘 들어오지 않았다. 팀장에게서 나는 술냄새가 신경 쓰일 뿐이었다. 그래도 운전을 험하게 하지는 않았다. 팀장은 신호대기를 할 때마다 룸미러로 힐끗힐끗 사카이를 관찰했다. 지금껏 많은 사람들을 픽업했지만 첫만남에 조수석을 놔두고 뒷자리에 앉은 건 사카이가 처음이었다. 팀장은 담배를 입에 물며 말했다.

"선루프 좀 열게."

사카이가 고개를 숙여 알았다는 표시를 했다. 팀장이 담배에 불을 붙이며 말했다.

"숙소에 데려다줄 테니까 두세 시간만 숙소에서 먼저 쉬고 있어. 나는 팀원들 데리러 다시 현장에 들어가봐야 돼. 오늘 어차피 야리끼리*니까 금방 끝날 거야. 저녁에 다 같이 소주 한잔 해야지."

"저, 그런데 뭐 하나만 물어봐도 돼요?"

사카이가 우물쭈물하다가 입을 열었다.

"그래, 궁금한 거 있으면 뭐든지 물어봐. 편하게 해. 편하게."

"저기, 귀신 헬리콥터가 뭐예요?"

---

* 공사현장 은어로 단축공정을 일컫는 단어.

"귀신 헬리콥터?"

"네. 누가 그거 고가로 산다고 해서."

기대했던 질문이 아니었는지 팀장이 고개를 갸웃거렸다. 그러곤 금방 생각이 났다는 듯 말했다.

"아, 화장실에서 명함 봤나보네. 그거 나도 궁금해서 옛날에 친구한테 물어봤었는데. 귀신이 귀하의 신선한이던가. 귀하의 신장이던가 뭐 그랬는데."

귀하의 신선한…… 신장……. 사카이는 머릿속으로 팀장의 말을 반복했다.

"그럼 헬리콥터는요?"

"그거는 뭐더라. 심장이 영어로 하트던가?"

"heart요."

"그래. 그리고 그다음 L로 시작하는 장기가 뭐가 있지?"

"liver, 간이요."

"그래. 그다음은 C인가?"

"cornea, 각막."

"영어 잘하네. 다음이 f던가 p던가. 에이 모르겠다."

팀장이 갑자기 신경질적으로 경적을 울려댔다.

"깜빡이도 안 켜고 막 들어오네. 어린놈의 새끼가."

사카이는 머리카락이 쭈뼛 섰다. 팀장이 꼭 자신에게 말하고 있는 것만 같았다. 하지만 다시 단어를 완성하는 데만 집중했다.

"헬리고…… 다음은 p. pancreas 췌상, t는 tendon 힘줄, r은

retina 망막. 귀하의 신선한 헬리콥터…… 고가매입."

사카이는 소름이 돋은 팔을 문질렀다.

"왜? 팔게? 내가 소개시켜줄까?"

사카이가 별 반응을 보이지 않자 팀장이 웃으며 말했다.

"농담이야. 농담. 그런데 확실히 가방끈이 기니까 다르네. 혹시 의대 나온 건 아니지?"

"그런 건 아니고요. 전에 제약회사에서 잠깐 아르바이트했었어요."

"그래? 인텔리네. 완전 인텔리야. 그런데 우린 뭐 그렇게 머리 쓰는 일은 없어. 여긴 다 몸 쓰는 일이야. 알지?"

"네, 제약회사에서도 몸 쓰는 일이었어요."

사카이는 들릴 듯 말듯 나지막하게 말했다.

숙소는 현장에 딸린 기숙사가 아니라 빌라의 2층 원룸이었다.

"203호로 가면 돼. 현관 비밀번호는 0203."

사카이가 짐을 챙겨 내리는데 팀장이 문득 생각났다는 듯 말했다.

"참, 오늘이나 내일 시간 될 때 근처 농협에 가서 통장 개설하고 체크카드 만들어놔. 비밀번호는 반드시 0203으로 하는 거 잊지 말고. 팀원들 통장 관리는 다 내가 하니까."

사카이는 얼떨결에 알았다고 고개를 끄덕이고 차에서 내렸다. 팀원들 통장 관리를 왜 팀장이 하지? 의아해하면서 현관문을 여니 좁은 방 여기저기 짐들이 흩어져 있었다. 방 한쪽 구석에 빨래 건조대가 펼쳐져 있었고, 맞은편 구석에는 대충 말아놓은 이불이 쌓여 있었다. 사카이를 포함해서 세 명이 지낼 곳이라고 했다. 셋이 지내기엔 좁아 보였지만 뭐 잠만 자는 거라면 상관없을 것도 같았다. 환기를 시킬 겸 창문을 열었다. 하루 만에 완전히 바뀌어버린 환경에 기분이 이상했다. 따지고 보면 이상한 게 한 둘이 아니었지만 그중에서도 가장 이상한 건 왜 집에서 멀어질수록 자꾸 연주 생각이 나는가 하는 거였다. 사카이는 텅 빈 눈으로 창밖을 응시했다. 빌라는 주택가 제일 안쪽에 있었다. 양옆으로 똑같이 생긴 빌라가 한 채씩 더 있었고, 앞쪽으로는 붉은 벽돌 이층집들이 골목을 사이에 두고 나란히 서 있었다. 사람들이 모두 직장이나 학교에 갔는지 텅 빈 골목 입구에 홀로 바람을 맞고 서 있는 눈사람이 눈에 띄었다. 사카이는 통장을 만들러 가볼까 하다가 시계를 보곤 벽에 기대앉았다. 잠시 멍하니 있는 것도 나쁘지 않을 것 같았다. 하지만 이내 온갖 상념이 머릿속을 파고들었다. 가방을 뒤적여 가지고 간 시집을 한 권 꺼내들었다.

'오! 그렇구나. 시간이 다시 나타났구나. 시간은 이제 절대군주로 군림한다. 그리고 이 흉측한 늙은이와 더불어, 그를 수행하는 추억, 회한, 경련, 공포, 고뇌, 악몽, 분노 그리고 신경증, 그 악귀 같은 행렬이 고스란히 되돌아왔다.

당신에게 확실히 말해두거니와 일 초 일 초는 이제 힘차고 엄숙하게 강조되고, 매 초마다 추시계에서 솟아오르면서 말한다 — "내가 바로 삶이다, 그 견딜 수 없는, 그 달랠 길 없는 삶!"[*]

사카이는 책장을 덮고 바닥에 누웠다. 갑자기 벽시계의 초침 소리가 거슬리기 시작했다. 어젯밤에 잠을 설쳐 피곤했지만 생각이 많아서 그런지 쉽게 잠이 올 것 같지 않았다. 이러면 곤란한데. 초침 소리에 맞춰 톱니바퀴 밑으로 빨려들어가는 것만 같던 의식이 어느새 군대 시절에 가닿았다. 이등병 때였다. 병장 하나가 본인의 제대까지 남은 시간을 수시로 사카이에게 물었다. 식사 중이건 취침 중이건 병장이 귀에 대고 '얼마나 남았냐?' 하고 물으면 무조건 5초 안에 대답을 해야 했다. '네! 김OO 병장님. 제대까지 남은 시간은 35일 13시간 55분입니다.' 제대로 대답하지 못하면 바로 주먹이 날아왔다. 덕분에 노이로제가 걸릴 정도로 하루 종일 시간을 계산하고 있어야 했다. 사카이는 고개를 저으며 일어섰다. 지금 왜 그 생각이 나는 거지? 맨손으로 얼굴을 문지르고 패딩을 챙겨 입었다.

"허튼 생각 하지 마. 움직이면 쏴버릴 테니까."
사카이는 방아쇠를 쥔 손가락에 힘을 줬다. 총이 너무 가벼워서 바람이 세차게 불 때마다 총구가 흔들렸다. 알루미늄 합금

---

[*] 〈이중의 방〉, 《파리의 우울》(샤를 피에르 보들레르 지음, 황현산 옮김, 문학동네).

이면 좋았을 텐데 한눈에 봐도 플라스틱이었다. 불안한 마음에 어제 부랴부랴 중고나라에서 직거래로 구매한 거였다. 사진과 달리 실물은 장난감같이 생겨서 '이거 혹시 라이터 아니에요?' 하고 물을 뻔했다. 직거래하러 나온 아저씨는 '제가 이걸로 서장훈만 한 거구를 제압했어요'라고 으스댔다. 지금 사카이 앞에는 서장훈 반의반만 한 눈사람이 서 있다.

"얼마나 남았냐?"

"……."

"이 새끼. 바로바로 대답 못해? 좋아, 딱 5초 준다. 하나, 둘, 세엣……."

가스총으로 상대를 제압하려면 반드시 눈동자를 겨냥해야 한다. 눈사람과의 거리는 불과 5미터. 사카이는 더 이상 기다릴 수 없다는 듯 방아쇠를 힘껏 당겼다. 찍! 가스총이라더니 어째 물총 쏘는 소리가 났다. 고추기름 같은 것이 긴장감이라고는 찾아볼 수 없는 속도로 날아가서 눈사람의 턱 밑에 척 하고 달라붙었다. 서로를 무안하게 쳐다보는 사카이와 눈사람 사이로 어색한 정적이 흘렀다. 아저씨가 총을 건네며 압축가스가 내장된 가스총은 관할 경찰서에 신고해야 하기 때문에 번거롭다고 말했었다. 이 총은 노즐과 펌프로 분사하는 방식이라 그럴 필요가 없어 편하다고. 그래도 그렇지. 딱딱하게 굳은 눈사람의 턱밑으로 고추기름이 칠칠맞게 흘러내리고 있었다. 긴장이 풀린 사카이는 숙소로 발길을 돌리며 중얼거렸다.

"내가 이걸…… 10만원이나 주고 사다니……."

발상의 전환

교육실 창밖으로 진눈깨비가 쏟아지기 시작했다. EM이 틀어놓은 가습기에선 쉬이이익 바람 소리가 났다. 교육실은 대학이나 학원가의 강의실보다 좀 더 가족적이고 따뜻한 분위기였다. 그것은 아마도 EM이 전담해서 꾸미고 관리하기 때문인 듯했다. 책상과 바닥은 항상 청결했고, 교육실 한쪽 구석에는 언제나 커피를 마실 수 있는 온수기와 초코파이를 비롯한 주전부리들이 준비되어 있었다.

첫 수업의 포인트는 암기였다. 이해할 필요조차 없는 무조건적인 암기. 강사는 김 주임. 호식이의 친구라던 어린 직원이었다. 그는 이 빌딩에서 일하는 수많은 사람 중에서 몇 안 되는 정직원이었다. 몇 년 차일까. 아직까지는 직장 생활의 고단함보다는 일에 대한 열정과 설렘이 느껴졌다. 남 가르치는 일만큼 재미난 게 없지. 혼자 피식 웃다가 주위를 둘러보니 강사보다 나이가 많은 수강생들이 있었다. 최소 형, 삼촌에서 아버지 어머니뻘 되는 동기 몇몇은 벌써 눈꺼풀이 반쯤 내려와 있었다. 생명보험의 의의와 역사. 고대와 중세의 보험. 상호 부조와 근대적 생명보험…… 설마 보험을 팔기 위해 그 역사까지 달달 외워야 하는 건가. CFP를 따기 위해 공부는 어차피 해야 하는 것이라 해도 적어도 이곳에선 영업의 실질적인 노하우를 배우고 싶었건만, 소림사에 왔더니 하루 종일 책 펴놓고 앉아 쿵후의 의의와 역사에 대한 강의를 듣는 기분이었다. 창밖엔 어느새 눈발이 굵어져 있었다. 가습기의 바람 소리가 점차 거세졌다. 아니, 그것은 깊은 잠에 빠져든 이춘근 FA의 숨소리였다.

"정답만 외우세요."

응? 멍 때리던 나와 눈을 맞추며 김 주임이 말했다.

"시험에 문제와 답이 그대로 나와요. 다른 보기는 쳐다보지도 마시고 모르겠으면 무조건 낯익은 보기만 찍으세요."

보험 판매 자격 시험의 교재는 별로 두껍지 않은 이론서 한 권과 예상 문제집 한 권이 전부였다. 그런데 예상 문제집에서 문제와 답이 그대로 나온다니. 문제는 볼 필요도 없이 객관식 보기의 정답만 반복해서 읽은 후에 시험장에서 가장 낯익은 보기를 선택하면 된다는 얘기였다. 금융 전문가를 길러내는 것과는 별 상관이 없는 일종의 요식행위. 어쩐지 홈쇼핑에서 보험 광고를 하는 연예인들도 다들 '생명보험 판매 자격증 보유'라는 자막을 달고 나온다 했더니만. 시험의 난이도와는 상관없이 김 주임은 자신의 역할에 최선을 다하겠다는 듯 열심히 교재를 읊었다. "우리나라에는 대표적인 상호부조제도로서 계(契)와 보(寶)가 있었다. 삼한 시대부터 시작된 계는……" 듣는 사람이 별로 없다는 걸 알아서인지 김 주임의 목소리는 점점 작아져 혼자 옹알옹알거리는 소리처럼 들렸다. 앞자리의 호식이는 친구의 옹알이를 들으면서 꾸벅꾸벅 잘도 졸았다. 그 너머로 교육실 문이 빼꼼히 열렸다. 머리에 까치둥지를 튼 에디였다. 김 주임과 눈인사를 하나 싶더니 내 옆자리에 와서 앉았다. 잠시 멈췄던 김 주임의 옹알이가 다시 시작되자 에디가 턱끝으로 김 주임을 가리키며 속삭였다.

"반장, 시험이 문제집에서 고대로 나온대. 강의 들을 것도 없대."

나는 아무것도 모르는 척 맞장구를 쳐줬다.

"정말? 누가 그래?"

"장 팀장이. 운전면허 시험보다 쉽대."

에디가 누아르의 깊고 어두운 터널 속에서 이제 막 빠져나온 형사처럼 속삭였다. 술냄새가 훅 풍겨왔다.

"뭐야, 대낮부터 술 마신 거야?"

"응, 우리 팀 회식. 점심 먹으면서 해장술 좀 했지. 팀 분위기가 아주 그냥 킹왕짱이야."

장 팀장의 3팀은 신입인 이춘근 FA와 에디를 제외한 팀원 대부분이 외자계 보험회사에서 함께 일했던 동지들이었다. 장 팀장이 삼진생명으로 넘어오면서 팀원들을 몽땅 데려왔다. 그 조건으로 적지 않은 뒷돈을 받았다는 얘기도 있었다.

"내가 재미난 소식 하나 알려줄까?"

"뭔데?"

"이따 오후에 최명석 선배가 여기서 특강 한대."

와우. 3팀의 에이스이자 봄봄 FA 지점의 에이스이기도 한 최명석 선배의 강연이라니. 드디어 강호를 호령하는 고수의 등장이었다. 언젠가 한 번은 최명석 선배의 얘기를 듣고 싶었는데 그 기회가 이렇게 빨리 찾아올 줄이야. 속으로 쾌재를 부르고 있을 때 에디가 책상 밑으로 차가운 뭔가를 건넸다.

"자, 받아. 키노 보이!"

내 손에 건네진 것은 딱딱하게 굳은 붕어빵이었다.

"먹지는 말고."

붕어빵 뒤에는 네임펜으로 이렇게 적혀 있었다. 'Brad Pitt Forever!'

김 주임의 강의가 끝나고 쉬는 시간, 교육실이 시끌벅적해졌다. 최명석 선배의 특강 때문이었다. 1차 월 신입을 위한 특강이었지만 희망자들은 누구나 들을 수 있었다. 교육실의 몇 개 안 되는 자리가 금세 채워졌다. 뒤편에는 서서 기다리는 사람도 있었다. 최명석 선배의 얘기를 궁금해하는 사람들이 꽤 많았던 모양이다.

교육실의 제일 앞줄에는 호식이와 혁이가 앉아 있었다. 이 춘근 FA가 그 앞에서 뭔가를 한참 얘기하는가 싶더니 호식이가 이내 고개를 절레절레 저었다.

"형님, 저는 아직 차가 없어요."

이춘근 FA는 작고 왜소한 체형임에도 본인의 사이즈보다 훨씬 큰 가죽점퍼를 입고 다녔다. 어깨에 뽕이 들어간 구형이었다. 머리는 드문드문 하얗게 세었지만 워낙 동안이라 웃는 얼굴엔 장난기가 가득해 보였다. 나와 눈이 마주치자 이춘근 FA가 머리를 긁적이며 내 앞으로 걸어왔다. 손에는 전단지가 들려 있었다.

"반장, 차 있지?"

"네. 있어요."

"엔진오일 6천 킬로미터마다 갈아줘야 되는 거 알지?"

"네? 아, 알죠."

"이거 한번 볼래?"

책상 위에 올려진 전단지에는 큼지막한 엔진오일 사진과 함께 이렇게 적혀 있었다. '한 번 넣고 지구 네 바퀴!'

"이게 뭐예요?"

"한 번 넣으면 거의 20만 킬로미터를 갈 수 있는 엔진오일이야. 사람으로 치면 밥 한 끼 먹고 20년 사는 거야."

"아하, 신기한 물건이네요. 그런데 이걸 왜……."

"이게 중소기업에서 개발한 제품인데 정말 기가 막히지 않아? 엔진오일 자꾸 갈아줄 필요도 없고 돈도 얼마나 절약되겠어. 내가 이걸 스쿠터에다 넣고 시험을 해봤는데 말야. 엔진에서 쳇소리가 나던 게 아주 그냥 싹 없어졌어. 엔진을 기가 막히게 살리더라고."

"아 네, 정말 놀랍네요. 이런 거 카센터에서도 못 본 거 같은데요?"

"내 말이 그 말이야. 이게 지금 중국이랑 동남아에는 수출되고 있거든. 그런데 정작 우리나라 카센터에서는 이 엔진오일을 보기가 힘들어. 차들이 엔진오일 갈러 자꾸 카센터에 들락거려야 정비도 받고, 타이어도 갈고 할 텐데 이걸 팔면 그게 안 된다는 거지. 이거 하나면 폐차할 때까지 엔진이 쌩쌩하니까."

"네. 그렇긴 하겠네요."

"반장 똑똑하니까 잘 알 거야. 중소기업 살려야 하잖아. 지금 판로가 막혀서 이 회사가 얼마나 고생하나 몰라. 물건은 완전 노벨상감인데 이게 시대를 앞서간 뭐 그런 물건이야."

"네. 좋아 보이네요. 그래도 판로가 막혔다니 당장은 힘들긴 하겠어요."

"아니, 판로가 아주 없는 건 아니고. 하나 있어, 하나. 바로 나. 내가 바로 판로야."

옆자리에서 가만히 듣고 있던 에디가 내 옆구리를 쿡 찌르며 고개를 살짝 가로저었다. 에디의 얼굴은 웃음보가 터지기 직전이었다.

"아, 형님 이거 하시는구나. 그런데 저는 그냥 단골 카센터에서 넣던 거 넣을게요. 사실 엔진오일 가격이 그렇게 큰 부담이 되는 것도 아니고요."

"어허. 반장 그렇게 안 봤는데 똑똑한 사람이 왜 이래. 기자했으면 다 알 거 아니냐. 발상의 전환을 해봐. 고객 차에 진짜 좋은 건 카센터에 없다고. 거기 있는 건 다 카센터 사장한테 좋은 것들이야. 적당히 성능 떨어지면서 가격만 비싼 것들뿐이라고. 이 엔진오일로 말할 거 같으면 말야."

"에이 형님도 참."

듣다 못한 에디가 일어나 이춘근 FA에게 어깨동무를 하며 온수기 쪽으로 끌고 갔다.

"영업 배우러 온 사람들한테 자꾸 영업을 하시면 곤란해요. 형님, 우리끼리는 파이팅만 하시고 고객 발굴은 밖에서. 그러니까 우리 커피나 한잔 마시면서……."

나는 책상 위에 놓인 엔진오일 전단지를 들여다봤다. '5년 동안 10억의 연구비. 타이어 회사의 주행 실험 결과 20만 킬로미터를 엔진오일 교환 없이 주행.' 뭔가 고개를 갸우뚱하게 만드는 문구들이었지만 이춘근 FA의 한마디만은 뇌리에 박혔다. 발상의 전환. 그래, 보험영업을 하겠다면서 지인영업을 하지 않겠다고 다짐한 내게 정말 필요한 것은 어쩌면 발상의 전환인지도 모른다. 남들과 다른 길을 선택했다면 그만큼 나만의 새로운 무언가가 있어야 살아남을 수 있을 것이다. 마치 싸구려 물건은 질이 떨어진다는 인식을 극복하고 '1달러 상점'을 열어 대성공을 거둔 미국의 '달러 제너럴'처럼. 혹은 시간을 해체하고 재구성해 완전히 새로운 서사를 선보였던 〈펄프 픽션〉의 쿠엔틴 타란티노처럼. 하지만 나에게 가장 충격적인 발상의 전환을 들려준 사람은 바로 최명석 FA였다.

"많은 분들이 제게 물어요. 어떻게 하면 그렇게 끊임없이 가망 고객을 만들어내느냐고. 글쎄요. 우리나라 가구당 생명보험 가입률이 얼마인지 아세요? 80%가 넘어요. 이젠 보험 안 든 사람이 없어요. 그나마도 요즘엔 홈쇼핑에, 인터넷 다이렉트에, 방카슈랑스에 판매 채널은 계속 늘어만 가잖아요. 상대적으로 출산율은 계속 줄고 있고요. 전국에 보험설계사가 20만 명이에요. 그중에 남자가 18% 정도인데, 삼진생명처럼 다른 회사도 남자 설계사들을 계속 늘려가겠죠. 자. 아직 보험이 없는 20%를 가지고 20만 명이 박 터지게 싸워서 먹고살 수 있겠어요? 사실 이쪽도 빈익빈부익부라, 영업도 잘하시는 분들이 거의 다 독식하고 대부분의 설계사분들은 힘들잖아요. 더구나 이제 시작하시는 분들은 마음 단단히 먹어야 할 거예요. 결코 쉽지 않아요. 자동차는 멋진 팸플릿이라도 보여주면서 영업을 하죠. 새 차 좋은 거 긴말 안 해도 사람들이 다 알고요. 그런데 보험은 어때요? 보여줄 수 있는 게 없어요. 기껏해야 암 걸리면 어쩔 거냐. 가족 남겨두고 죽으면 어쩔 거냐. 이거 뭐 협박하는 것도 아니고. 그럼 어떻게 해야 할까요? EM님이 절대 가르쳐주지 않을 거 제가 툭 까놓고 말씀드릴게요. 우리는요. 보험 가입시키러 돌아다니는 거 아니에요. 이미 가입된 보험 깨러 다니는 거예요. 아직 보험에 들지 않은 20%가 아니라 이미 보험에 가입한 80%가 우리의 타깃이에요. 어때요? 시장이 확 넓어졌죠? 넥타이 맨 금융전문가가 되세요. 회사가 우리에게 바라는 것, 그리고 고객이 우리에게 기대하는 것. 그 모습을 보여줄 수 있으면 백전백승이에요. 자, 무슨 말이냐. 사람들을 만나보면요. 자기가 가입한 보험에 대해 잘 몰라요. 그리고 신뢰도 없어요. 대부분이 지인계약이거든요. 매달 보험료가 나가는 걸 볼 때마다 울화통은 터지는데, 그렇다고 지인 눈치 보느라 해약은 못하겠고, 언젠가는 써먹을 날이 있겠지 하면서도 마음은 찜찜하고. 그럴 때 전문가처럼 보이는 사람이 짠 하고 나타나서 '제가 한번 봐드릴게요. 보험이 잘 가입된 건지 아닌지. 혹시 쓸데없이 너무 보장이 크다거나 부족한 부분은 없는지.' 이렇게 말하면요. 다 넘어와요. 무료상담, 재능기부, 보장 분석, 보험 리모델링 뭐 무슨 말을 갖다붙이든 다 좋아요. 고객의 보험 증권만 확보하세요. 구멍 없는 보험은 없어요. 물론 옛날 보험이 좋지요. 보험료 저렴하고 보장 빵빵하고, 암도 일반암 소액암 나누지도 않고. 의료 수가가 매년 올라가는 마당에 새로 나오는 보험이 기존 상품보다 더 좋을 수는 없어요. 물론 가끔 기막힌 신상품이 나오기도 하죠. S생명 '여성시대', K생명 '차차차' 같은 전설의 보험들. 만들어놓고 보니까 너무 좋은 거예요. 그래서 어떻게 됐죠? 가입자가 폭증하니까 보험회사에서 바로 없애버렸어요. 고객에게 지나치게 좋다는 건 회사 입장에선 남는 게 없는 장사라는 거니까요. 옛날 보험은 제왕절개도 다 보장됐어요. 지금은 어때요? 임신 출산 관련해서는 보장이 안 돼요. 의료 실비 가입해도 안 돼요. 가끔 수술특약을 넣어서 해주는 상품이 있기는 한데 조건이 까다롭죠. 이렇게 보장 범위를 계속 좁히면서 그걸 숨기려고 보험에 자꾸 새로운 기능을 넣어요. 뭔가 더 좋아졌다. 새로워졌다. 이런 이미지를 덧씌우는 거죠. 이를테면 연금전환 기능 같은 거요. 그거 보험 해지를 교묘하게 말만 바꾼 거예요. 연금전환하면 동시에 몇십 년간 유지해온 보험의 보장 기능이 다 날아가는 건데. 늙고 병들어서 우선적으로 필요한 게 보험이지 연금이 아니잖아요. 그렇다고 연금을 많이 주는 것도 아니고 어차피 받을 해약환급금을 몇 년에 걸쳐 나눠주는 거예요. 그럴 거면 아예 처음부터 연금을 들죠. 이율이라도 높게. 저는 개인적으로 이건 그냥 말장난이라고 봐요. 자, 그럼 신상품보다 옛날 보험이 좋다는 사실. 그건 그냥 깔고 가자고요. 하지만 그렇다고 80%의 사람들이 그 보험을 가지고 평생 가면 우리는 손가락이나 빨아야죠. 아까 보니까 엔진오일 전단지 보고 계시던데. 거기 쓰여 있는 대로 엔진오일 한 번 넣고 지구 네 바퀴 돌면요. 카센터 다 망하는 거예요. 우리가 바로 그 카센터예요. 아, 오해하지는 마세요. 그렇다고 반드시 고객을 속이자는 게 아니에요. 옛날 보험에도 단점은 있어요. 60세 만기, 70세 만기 이런 보험이 많아요. 이런 건 100세 만기로 갈아타야죠. 꼭 옛날 보험이 아니라 4~5년 정도 된 타사 보험이라면 그건 뭐 무조건 삼진생명으로 갈아타게 만들어야 되고요. 그 방법은 보험 증권 안에 다 있어요. 모든 보험에는 장단점이 있기 마련이죠. 사람도 그렇잖아요. 만약 저에 대해 말할 때 장점은 쏙 빼고 단점만 말하면 어떻게 되죠? 저는 아주 이상한 사람 되는 거예요. 보험도 마찬가지예요. 구멍 없는 보험은 없어요. ㄱ ㅜ멍을 여러분들이

찾아서 고객에게 알려주고 새로운 계약을 이끌어내면 되는 거
예요. 그러니까 보험 증권만 확보하세요. 그걸로 게임 끝이에
요."

해를 묻은 오후 II

일을 시작하려면 건강검진과 안전교육을 받아야 했다. 사카이는 행운기전 사무실에 팩스로 도착한 자신의 건강검진 결과지를 한참 들여다봤다. 이게 뭔 소리지? 살짝 고개를 들어 분위기를 살피니 아무도 자신의 건강검진 결과에 신경을 쓰지 않는 눈치였다. 팀장은 담배 피우러 밖에 나가고 없었다. 사카이는 사무실 여직원에게 빈 책상의 컴퓨터를 잠깐 써도 되느냐고 물었다. 여직원은 퉁명스럽게 그러라고 했다. 사카이는 떨리는 마음을 감추고 애써 담담한 표정으로 컴퓨터 앞에 앉았다. 마우스를 쥔 손이 약간 떨렸다. 컴퓨터가 요란한 소리를 내며 부팅을 하는 짧은 시간, 마음속에서 뭔가가 쿵 하고 떨어져나가는 기분이었다. 모든 가능성을 빨아들이는 블랙홀이 있다면 그것은 언제나 태양처럼 자신을 따르고 있을 거라고 믿었다. 하지만 미주시로 떠나오면서 비로소 블랙홀로부터 벗어났다고 생각했는데. 사카이는 떨리는 손으로 결과지에 적혀 있는 병명을 검색창에 옮겨 적었다. 'B형 간염 보균'

혈액검사상 B형 간염 항원(HBsAg)은 양성이나, 간 기능 검사상 정상인 경우를 B형 간염 보균 상태라고 말한다. 즉 B형 간염 바이러스가 몸 안에 있으나 간에 염증을 일으키지는 않은 상태라고 할 수 있다. B형 간염은 간암 발생 요인의 70%나 된다. 따라서 간염 바이러스가 만성 간염으로 이행되는지 주기적인 진찰 및 간 기능 검사를 통해 확인해야 한다.

대체 이 바이러스는 언제부터 내 몸에 있었던 거지? 지금은 아픈 데도 없고, 치료할 것도 없는데 그렇다고 정상은 아니다? 그러니까 언제 터질지 모르는 시한폭탄이 몸속에 들어 있는 셈인 건가. 바이러스가 활동성이 되는 것을 막기 위해 일상생활 속에서 특별히 주의해야 할 점 같은 것은 따로 없다고 했다. 그럼 그냥 속 편하게 지내면 되는 거 아닌가 싶지만, 사실 그 말은 바이러스가 활동성이 되는 것을 막을 방법이 없다는 말이기도 했다. 이러지도 저러지도 못하는 상황. 이러지도 저러지도 못하는 생활.

"뭘 그렇게 들여다보냐?"
언제 들어왔는지 팀장이 어깨에 팔을 걸치며 결과지를 들여다봤다.
"뭐야? B형 간염?"
역시 팀장도 깜짝 놀라는 눈치였다.
"너 어디 아픈 데는 없잖아. 그치? 혈압도 정상이고. 혈색도 좋기만 한데 뭐."

사카이보다 팀장이 더 건강검진 결과를 믿고 싶어 하지 않는 눈치였다.

"소장님! B형 간염은 괜찮죠?"

팀장이 큰 소리로 말하는 통에 사무실에 있던 사람들이 일제히 사카이를 쳐다봤다. 하지만 다행히 다른 직원과 대화 중이던 소장이 별거 아니라는 듯 손을 내저으며 말했다.

"비활동성이면 상관없어."

사카이는 속으로 안도의 한숨을 쉬었다.

"거봐 인마."

팀장이 사카이의 어깨를 툭 치며 서류를 내밀었다.

"이거나 빨리 써."

안전보건교육 수강 확인서와 안전기준 준수 서약서였다. 모든 절차가 순조롭게 진행된다면 다음주 월요일부터는 현장 투입이 가능할 터였다. 서류를 작성하고 있을 때 여직원이 다가와 말했다.

"작업복 사이즈 체크 좀 할게요. 105 사이즈 드리면 되죠?"

"네. 105나 110도 괜찮고요. 그런데 저 혹시 안전모 있잖아요."

"네. 안전모와 각반, 안전화 다 지급될 거예요."

사카이가 머리를 긁적이며 말했다.

"아 네, 그게 아니라, 안전모도 가능하면 큰 걸로 좀 부탁드려요."

사카이의 룸메이트는 오십대인 장씨 아저씨와 이십대 초반의 전직 프로게이머 찬우였다. 장씨 아저씨는 팀장보다도 경력이 오래된 기공이었다. 가장 중요한 일들은 주로 장씨 아저씨가 맡아서 한다고 했다.

"형이나 나 같은 조공들은 따라다니면서 시키는 일들만 열심히 하면 돼요."

사카이보다 두 달 먼저 들어온 찬우가 말했다.

"형, 어차피 여기서 기술 배울 거 아니잖아요. 적당히 몸 사리면서 시간 때우면 하루하루 날은 잘 가요."

사카이는 게임을 전혀 안 해서 몰랐지만 찬우는 나름 유명한 프로게이머였다. 포털사이트에 찬우의 이름을 검색하자 정말로 인물 정보에 찬우의 사진이 올라와 있었다. 몇 년 전 게임 대회에서 결승까지 진출했다는 이력과 함께. 하지만 곧 후배들에 밀리고 개인적인 사정까지 겹치면서 재계약에 실패했다고 했다.

"그래도 아직 포기하기엔 이른 나이 아니야?"

사카이가 말하자 찬우가 시니컬하게 대답했다.

"형, 우리는 판단이 빨라야 돼요. 생각하고 나서 결정하는 게 아니라 결정하고 나서 생각해요. 승패를 가르는 건 딱 1초거든요."

세 사람은 매일 밤 방에서 술을 마셨다. 냉장고 안에는 온갖 종류의 냉동식품과 안줏거리가 들어 있었다. 팀장이 항상 신경써서 냉장고를 채워준다고 했다. 다른 팀에서도 일해봤다는 찬우는 항상 꽉 차 있는 냉장고가 이 팀의 최대 장점이라고 했다.

"나야 뭐 인생 밑바닥에 공구리치고 더 떨어질 데도 없지만 니들은 앞길이 구만리 아니냐."

장씨 아저씨가 말했다.

"형, 공부하기 싫어서 도망친 거지?"

옆에서 골뱅이무침을 뒤적여 골뱅이만 빼먹던 찬우가 덧붙였다.

"그럼 넌 게임하기 싫어서 도망친 거냐?"

반은 맞고 반을 틀렸다. 도망친 건 맞지만 공부하기 싫어서는 아니다. 사카이는 사실 공부할 때가 제일 마음이 편했다. 자괴감은 오히려 휴식 시간에 왔다. 바람을 쏘이거나 친구들을 만날 때, 주위를 살피고 자신을 돌아볼 때 마음은 더 우울해지고 압박감은 가슴을 짓눌렀다. 그래서인지 아예 책을 덮어버리고 이렇게 내려와 있으니 마음이 한결 편했다. 당분간 미래에 대한 복잡한 생각은 하고 싶지 않았다.

"아 참, 팀장이 얼른 통장이랑 체크카드 만들어서 달라고 그러던데. 그걸로 뭐 하려는 거야?"

장씨 아저씨는 못 들은 척 술잔을 넘기고 있었다. 골뱅이를 다 골라 먹었는지 나무젓가락을 튕기며 찬우가 말했다.

"형, 여기 진짜 아무것도 모르고 왔구나?"

사카이는 말없이 턱 밑을 긁었다. 한심하다는 듯 사카이를 쳐다보던 찬우가 반건조 오징어 포장을 뜯으며 말했다.

"혹시 똥떼기라고 들어봤어요?"

상리공생(相利共生)

동백 지점과의 가동 배틀은 참패로 끝이 났다. 12월 3일까지 동백 지점 가동률 75%, 봄봄 지점 가동률 23%. 동백 지점은 봄봄 FA 지점의 상대가 아니었다. 남성 지점에 대한 과도한 기대가 낳은 미스매치였다. 안타깝게도 가동 배틀의 결과뿐 아니라 봄봄 지점의 전반적인 실적이 좋지 않았다. 지점의 FA들이 받아오는 계약서를 검토하고 접수하는 미희 씨가 손톱 손질만 하다가 퇴근하는 날이 잦았다. 지점장의 얼굴은 나날이 흙빛이 되어갔다. 지점 분위기가 좋을 리 없었다. 나와 에디를 비롯한 신입들은 아침 조회가 끝나기 무섭게 교육실로 도망갔다. 오 팀장은 예의 그 사람 좋은 얼굴로 교육 잘 받으라고만 할 뿐 별다른 말이 없었다. 오전에 출근하는 4팀 팀원은 대개 나 혼자였다. 진숙 선배는 아주 가끔 얼굴을 내밀었고, 오 팀장 와이프의 친구라던 선배는 개소식 이후 한 번도 출근하지 않았다. 주로 서울에서 활동한다고 했다.

오전 수업은 언제나 김 주임이 담당했다. 자격증 시험을 대

100

비한 이론교육이었다. 오후에는 각 지점의 지점장들이 돌아가며 특강을 했다. 특강이 없는 날은 박 EM이 기본적인 설계교육과 상품교육을 진행했다. EM의 역할은 1차 월 교육과 더불어 본격적인 영업이 시작되는 2차 월에 FA들과 동반을 나가는 것이라고 했다.

"필드에 동반을 나가보면 이 사람이 어떻게 살아왔는지가 다 보여요. 설계사가 대접받으면 저도 같이 대접받고, 설계사가 푸대접받으면 저도 같이 푸대접받아요."

오후 수업이 아직 30분 정도 남은 점심시간, 교육실에 혼자 앉아 책을 읽고 있는 내게 커피를 건네며 박 EM이 말했다.

"반장님은 잘하실 거 같아요. 기자였으니 워낙 아는 사람도 많으실 거고."

나는 대답 대신 짧게 미소를 지어 보였다.

"EM님이 보시기에 어떤 사람들이 성공하던가요?"

"보험업계 정착은 하나예요. 인력풀이 좋아야 돼요. 거기에 성실하고 마인드가 긍정적이면 성공적으로 정착해요. 영업은 초반이 어려운데 인력풀로 1년만 잘 버티면 그다음엔 자력으로 어떻게든 가더라고요."

"그럼 혹시 우리 중에 불안한 사람도 있어요?"

박 EM이 잠시 생각하는가 싶더니 목소리를 낮춰 말했다.

"이춘근 FA요. 저나 인사과장님이나 다들 걱정이에요. 우리도 남자 FA가 처음이라 일단 받기는 했는데 나이도 너무 많으시고. 사실 처음엔 인사과장님이 안 된다고 했었어요. 신입들

정착률이 임직원들 인사고과에 다 반영되거든요. 그런데 아시잖아요. 장 팀장님이 워낙 기가 세셔서. 자기가 다 책임지겠다고 해서 일단 받기는 했는데 앞으로 어떻게 될지. 그러니까 반장님이 옆에서 많이 챙겨주세요."

"아이고 뭐, 제 코가 석자인데요."

"아니에요. 다들 반장님한테 기대가 커요. 물론 영업은 해봐야 알겠지만. 이번에 봄봄 지점이 잘되면 앞으로 남성 지점이 계속 생길 거예요. 그러면 남자 EM도 필요할 거고요. 인사과장님이 반장님을 찍으셨던데."

나는 말없이 커피를 한 모금 마셨다. 맛이 썼다. 인사과장이 나를 좋게 봤다니 고마운 일이지만 주목받는 것에 대한 부담감이 더 컸다. 사실 보험회사에 있는 동안은 존재감 없이 그저 조용히 지내고 싶었다.

〈제일스포츠〉의 합격자 명단이 돌았을 때, 업계 일간지 기자들 사이에서 잠시나마 내 이름이 화제가 되었던 것을 나중에 알았다. 아무래도 중앙지에서 창간하는 신문이었기에 동종업계에선 새로 꾸려지는 팀의 멤버들이 관심의 대상이었던 것이다. 과연 어느 신문의 누가 〈제일스포츠〉로 옮길 것인가. 누구와 누가 옮긴다더라, 아무개는 벌써 스카우트됐다더라, 모 기자는 회사 몰래 면접을 봤다가 걸렸다더라. 수많은 예상과 뜬소문 속에 드디어 합격자 명단이 돌았다. 그리고 명단을 본 사람들은 호기심과 경계의 눈빛으로 명단을 훑어내려가다가 하나같이 한 사람의 이름 앞에서 멈췄다고 한다. 아니 이 사람은 도대체…… 누구지?

"다른 회사 사람들이 너를 제일 궁금해하더라."

창간을 앞둔 어느 날 자판기 커피를 건네주며 귀띔을 해준 사람은 독고준 선배였다. 연예부 경력만 9년 차. 부장의 신임이 두터운, 그러나 갸름한 인상에 턱선까지 내려오는 구레나룻과 턱수염. 도무지 언론사와는 어울리지 않는 외모의 소유자였다. 나의 몇 안 되는 인맥을 총동원해 독고준 선배에 대한 정보를 취합한 결과 매우 능력 있고, 취재원과의 관계에 있어서 피도 눈물도 없으며, 한편으론 도무지 종잡을 수 없는 인간이라는 게 그에 대한 중론이었다. 방송 프로덕션에서 작가로 일하는 대학 후배는 독고준 선배에 대해 이렇게 말했다.

"한마디로 연예인보다 더 연예인 같은 기자예요."

연예부의 팀원은 부장과 차장을 포함 총 열 명이다. 나를 제외한 팀원들 모두 다른 언론사 연예부에서 잔뼈가 굵은 기자들이었다. 지방신문 출신에 연예부 경력이 없는 사람은 나 하나뿐이었다. 그중 경력기자 공채를 통해 뽑힌 사람이 나 포함 네 명이었고, 독고준 선배를 비롯한 나머지 다섯은 부장이 타사에서 스카우트해온 기자들이었다. 합격자 소집일에 처음 만난 부장은 실무면접에서 본 낯익은 얼굴이었다. 당시 유일한 여성 면접관이어서 기억이 안 날 수가 없었다. 부장 또한 이번 창간을 앞두고 회사를 옮긴 것이리고 했다.

"연예부 출신이 아닌 사람과 함께 일을 해보는 건 처음이야. 그만큼 기대도 크고. 연차로 보아 허 기자가 앞으로 사회부의 경찰 기자 같은 역할을 많이 맡게 될 거야."

짬밥이 안 되니 몸으로 뛰는 일은 죄다 떠맡게 될 거란 얘기였다.

"네, 어떤 현장이든 보내만 주시면 최선을 다하겠습니다."

부장의 눈빛에서는 성공한 커리어우먼의 여유와 전쟁을 앞둔 장수의 비장함이 동시에 느껴졌다.

"너무 걱정하지는 말고. 전쟁터에 내보내더라도 헬멧은 씌워서 보낼 테니."

첫 출근일로 공지된 날짜가 아직 며칠 남았는데도 편집부원들 몇은 벌써 나와서 판 짜는 연습을 하고 있었다. 아직 제호(題號) 디자인도 결정되지 않은 상태였지만 그들의 뒷모습은 벌써 한참 전투 중이었다.

첫 출근을 하고 얼마 지나지 않은 어느 날, 점심시간이 막 지난 오후에 부장이 갑자기 회의를 소집했다.

"최유리가 지금 삼성동에서 웨딩드레스 보러 다닌다는데, 혹시 뭐 들은 사람 없어?"

최유리는 아이돌 출신 톱스타 여배우였다.

"일반인과 사귀고 있는 건 알고 있었습니다만 설마 벌써 결혼까지는……."

한 선배가 중얼거리듯 대답했다. 최유리는 이제 겨우 이십대 중반이었다. 우리는 아직 창간 전이었기 때문에 속보 경쟁에서 한발 물러서 있었다. 그러나 연예계의 주요 사건사고를 예의 주시하며 흐름을 놓치지 않기 위해 애쓰고 있었다.

"좀 있으면 배기동이한테 한 방 먹겠구만."

부장이 입술 끝을 깨물며 살짝 인상을 썼다. 아니나 다를까 한 시간이 지난 후에 최유리에 대한 단독 기사가 쏟아졌다.

[단독] '최유리 결혼, 5월의 신부 된다'
[단독] '최유리 결혼 상대자는 여섯 살 연상 의사'
[단독] '최유리 만남부터 결혼까지 풀 스토리'

바이라인은 모두 〈스포츠데일리〉 배기동 기자였다. 나는 배기동의 이름으로 뉴스 검색을 해봤다. 그가 쓴 기사 중에 특종은 모두 최유리가 속했던 아이돌 그룹 'jessie' 멤버들과 관련된 것들이었다. 'jessie'가 무명일 때부터 배기동이 사실상 업어 키웠다고, 그래서 최유리와 그 멤버들에 대한 특종은 모두 배기동한테서 나온다는 게 독고준 선배의 설명이었다. 연예인과 기자 사이에도 라인이 있었던 것이다. 그것은 일종의 공생관계였다. 새우가 모래에 구멍을 파면 고비 물고기가 들어와 함께 산다. 기자가 특정 아이돌을 끊임없이 이슈화시키는 데 성공하면 할수록 모래 구멍은 더 깊고 견고해진다. 기자는 눈이 먼 새우와 같다. 고비 물고기는 포식자가 나타나면 새우의 꼬리를 건드려 위험 신호를 보낸다. 안전한 보금자리를 제공받은 고비 물고

기들은 연예계라는 생태계 속에서 그렇게 기자의 눈과 귀가 되어 은혜를 갚는다.

　나는 연예 파트 중에서 방송 담당 기자가 되었다. 출입처는 공중파 3사 중에서 CTV로 정해졌다. 나는 내심 영화 담당 기자가 되기를 바라고 있었다. 영화에 관해서라면 타사의 누구보다도 기사를 잘 쓸 자신이 있었다. 실무면접에 제출했던 기명기사의 반 이상이 영화 기사였고, 면접에서도 영화 얘기를 가장 많이 했기 때문에 부장이 영화를 염두에 두고 나를 뽑은 것은 아닐까 생각했다. 그러나 영화는 나보다 훨씬 연차가 높은 차장의 차지였다. 차장은 〈제일스포츠〉로 옮겨오기 전부터 이미 몇 년째 영화 담당 기자로 활약해오고 있었다. 영화와 함께 가요 파트 또한 연차가 높은 선배에게 돌아갔다. 연차가 낮은 기자들은 공중파 방송국을 하나씩 맡았다. 그리고 차장 바로 아래인 독고준 선배가 방송 팀장을 맡았다. 창간이 한 달 앞으로 다가왔지만 나는 아직 연예인 매니저의 전화번호 하나 아는 게 없었다. 심지어 티파니가 소녀시대의 멤버인지 원더걸스의 멤버인지도 헷갈릴 정도로 그간 연예계에 관심이 없었다.

　창간이 다가올수록 회의 시간과 횟수가 늘어갔다. 요일별 장르별 지면 콘셉트와 외부 필진 섭외, 시험판 및 창간호 아이템 회의가 계속되었다. 연예부와 체육부, 레저부 그리고 편집부 각 부서별로 회의가 끝나면 부장은 부장단 회의에 들어갔고, 부장단 회의에서 결정된 사안들을 바탕으로 다시 각 부서별 회의가 재개되었다. 편집국장은 〈제일스포츠〉가 후발주자인 만큼 뭔가 과감한 지면 구성을 원했다. 부장은 연예면 중 총 네 개의 면을 스트레이트 뉴스로 채우겠다는 파격적인 선언으로 그에 응답했다. 경쟁지들은 보통 한 개의 면에서 많아야 두 개의 면을 스트레이트 뉴스로 채웠다. 여기서 부장이 말하는 스트레이트 뉴스란 사건이나 이슈를 객관적으로 전달한다는 의미 외에 하나의 단서가 더 붙었다. 아직 그 어느 매체도 보도하지 않은 '생짜 뉴스'여야 할 것. 속보성 혹은 단독 뉴스로 매일 네 개의 면을 채우겠다는 무지막지한 야심이었다. 나는 이로 인해 앞으로 어떤 고난이 펼쳐질지 조금도 예상하지 못했다. 아직까진 이른바 '쉼'이 충만한 시기였다. 거듭되는 회의 속에 연예면의 요일별 배면표가 정해졌다. 신문은 총 32면이었고 전면광고와 만화를 제하면 26면이 남았다. 그중 연예부의 몫은 8면이었다. 역시 경쟁지에 비해 지면이 많았다. 매일 스트레이트 뉴스와 인터뷰 기사를 배치하고 요일별로 다양한 콘셉트의 특집 기사를 싣기로 했다. 월요일은 스타일리스트와 함께 분석하는 연예계 패션 트렌드, 화요일은 연예인들의 웰빙 라이프, 수요일은 투데이 뮤직, 목요일은 스타 재테크, 금요일은 무비&스테이지. 토요일은 상황에 따라 기획기사를 싣기로 했다.

회의를 주도하는 것은 역시 독고준 선배였다. 부장이 의제를 던지면 독고준 선배가 브레인스토밍을 이끌었다. 그는 편안

하고 자유로운 분위기 속에 서로의 아이디어들이 활발하게 충돌하기를 원했다. 옆자리에 부장과 차장도 있었지만 독고준 선배는 생각에 잠기면 엉덩이를 앞으로 주욱 당긴 채 거의 눕는 자세로 의자에 허리만 살짝 걸치고 앉는 습관이 있었다. 자세 하나는 정말 자유로워 보였다. 가끔은 독고준 선배가 정말 잠든 게 아닐까 의심스럽기도 했지만 부장과 차장 누구도 선배에게 뭐라고 하지 않았다. 부장과 독고준 선배는 지금은 폐간된 〈올데이스포츠〉에서 오랫동안 함께 근무한 사이였다. 독고준 선배의 막내 기자 시절 사수가 바로 지금의 부장이었다. 차장 또한 독고준 선배의 유니크한 캐릭터를 이미 잘 알고 있는 듯했다. 내게는 없는 신뢰가 이들에게는 굳건해 보였다. 이 바닥에서 중요한 것은 태도가 아니고 정보력이다. 매일 출근시간 30분 전에 출근해서 일찌감치 회의를 준비하는 성실성이 기자에게 요구되는 가장 중요한 덕목은 아니다. 독고준 선배는 아침 회의를 밥 먹듯 지각했다. 요즘 막 뜨기 시작한 미드를 통째로 정주행 했다거나, 남자아이돌의 생일파티에서 밤새 놀았다거나, 영화배우 매니저의 모친 상가에서 밤을 새웠다는 등 이유도 다양했다. 그리고 그렇게 지각하는 날이면 반드시 기막힌 아이템이나 특종을 하나씩 물고 왔다. 물론 그 모든 것이 기사화되는 것은 아니었다. 정보 보고와 아이템 공유 차원에서 머물기도 했다. 그러나 훗날 터지는 사건사고와 스캔들, 혹은 타사의 단독 보도를 보면 독고준 선배의 정보는 언제나 한발 빨랐고 정확했다.

아침마다 편집국 앞에는 국내에서 발행되는 거의 모든 일간지가 세 부씩 쌓여 있었다. 그중 스포츠 신문을 종류별로 추려 부장의 책상에 한 부씩 갖다놓는 게 오전 당직 업무 중 하나였다. 창간이 다가올수록 팀원들의 얼굴이 조금씩 상기되고 있었다. 산전수전 다 겪었을 부장도 조금은 긴장이 되는지 간밤에 꾼 악몽 얘기를 하며 고개를 절레절레 흔들었다.

"아침 출근길에 신문 가판을 지나치는데 스포츠 신문들이 전부 A양 대마초 사건을 특종 보도하고 있는 거야. 'A양 대마초 입건', 'A양 대마초 양성 반응', 'A양 대마초 충격', 'A양 자택서 남자친구와 대마초 흡연', 'B양 6년 만에 단발머리로 싹둑'"

순간 회의실에 정적이 흘렀다.

"그래, 단발머리가 우리였어."

'아이고 아이고' 회의실 여기저기서 곡소리가 터져나왔다. 생각만 해도 모골이 송연해지는 꿈이었다. 아침마다 책상에 쌓여 있는 신문을 넘겨보는 부장의 심경이 어떨지. 경쟁지라고는 달랑 하나밖에 없던 지방지와는 확실히 차원이 다른 전장의 한가운데에 내가 서 있음이 실감 났다.

저녁이면 나는 부장의 책상 밑에 버려진 스포츠 신문 뭉치를 들고 퇴근했다. 그러고는 밤늦게까지 좋은 기사들을 스크랩하고 필요한 경우 필사를 했다. 아직 낯선 연예 기사의 감을 익히기 위해서였다. 그러나 그때까지도 왜 신문들이 연예인의 연애나 결혼 소식을 갖고 속보 경쟁을 하는지, 그게 뉴스로서 얼마나 사회적 가치가 있는 것인지는 의문이었다. 물론 그렇다고 〈제일스포츠〉가 연예 뉴스가 생산되고 소비되는 방식에 새로운 대안을 갖고 있는 것은 아니었다. 레드오션인 종이신문 시장에 뒤늦게 뛰어든 만큼 일단은 경쟁에서 살아남는 게 우선이었다. 승리가 아니라 생존이 목표인 전쟁터. 〈제일스포츠〉의 기자들은 기사만 쓰고 있지 않을 뿐 뒤처지지 않기 위해 창간 전까지 일어나는 모든 연예 이슈를 열심히 챙겼다. 사실 나로서는 타사의 속보들을 따라가는 것만으로도 벅찼다. 불안하게 생각하면 한도 끝도 없는 날들의 연속. 그래도 마음 한편에는 창간이 되면 뭐 어떻게든 되겠지 하는 체념 섞인 기대도 있었다. 지방지의 주말판 기획팀에 있을 때는 내 별명이 허주필이 아니었던가. 〈제일스포츠〉에선 비록 원하던 영화 담당이 되지는 못했지만 방송 담당이더라도 내 역할은 충분히 할 수 있으리라 믿었다. 그러기 위해서는 창간 전까지 할 일이 많았다. 낮에는 방송국을 돌아다니며 PD, 작가들에게 얼굴을 알리고, 방송 작가로 일하는 후배들을 수소문해 연예인 매니저들의 연락처를 모았다. CTV에는 마침 대학 시절 함께 수업을 들었던 후배가 근무하고 있어서 PD들의 연락처가 적힌 직원 수첩을 구할 수 있었다. 밤에는 신문을 보는 동시에 CTV의 드라마와 예능 프로그램을 틀어놓고 내용과 이슈를 파악했다. 시험판에 쓸 기사들과 창간 아이템도 준비했다. 그러나 무엇보다 내게 간절한 것은 이 막막한 어둠에서 나를 구해줄 한 마리 고비 물고기였다.

"올해 군대 제대한 연예인들의 활약상."

"진부해."

"연예기획사 계약서 해부."

"여기는 사회부가 아니지."

"드라마에 소품으로 나오는 요리들은 누가 만들고 누가 먹나."

"요리사가 만들고 배고픈 사람이 먹겠지."

"촬영장 FD의 하루."

"넌 그게 진짜로 궁금하냐?"

방송팀 기획회의. 오늘도 거의 누운 자세로, 테이블 너머로 빼꼼히 머리만 올라와 있는 독고준 선배 앞에서 내가 밤새 준비한 아이템들이 가루가 되고 있었다.

"정수 대 정수."

"응? 설마 정수기 성능 비교하는 기사는 아니겠지?"

처음으로 독고준 선배가 반쯤 감긴 눈꺼풀을 들어올렸다.

"최정수요. 동명이인 가수 겸 배우와 개그맨. 한 사람은 이번에 HBO에서 제작하는 미드에 조연으로 캐스팅되었고요, 한 사람은 RTV를 떠나 라이벌인 CTV의 〈개그 패밀리〉에 출연한다는 얘기가 있어요. 장르와 무대를 옮긴 두 정수의 도전에 대한 기사인데 어떤가요?"

"최정수가 〈개그 패밀리〉로 옮긴다는 건 썰이야 팩트야?"

"사실상 확정된 걸로 알고 있어요."

"최정수한테 직접 확인했어?"

"아니요. 아직."

"요거 좀 재밌겠는데? 써보자. 우선 본인 확인부터 하고."

"네."

비록 시험판이지만 〈제일스포츠〉 바이라인을 달고 쓰는 나의 첫 번째 기사 아이템이 정해졌다. 가수 겸 배우 최정수는 단역에 가까운 조연일지라도 그 무대가 HBO라는 점에서, 개그맨 최정수는 RTV의 간판 개그맨이었다는 점에서 그 이적이 충분히 화제가 될 만했다. 문제는 본인 확인이었다. 회의를 마치고 자리에 돌아오니 CTV에서 내일모레 개그 프로그램 개편 관련 기자회견을 한다는 보도자료가 올라와 있었다. 최정수의 출연을 공식 발표할 가능성이 컸다. 그날은 시험판이 발행되는 날이다. 기자회견까지 기다릴 수도, 그럴 이유도 없었다. 모든 기자들 앞에서 그 사실이 공식적으로 발표되는 순간, 취재기자에게는 그 뉴스의 가치가 천 분의 1, 아니 만 분의 1로 떨어지기 때문이다. 그와 동시에 부장의 깐깐한 스트레이트 뉴스 자격 요건도 상실되고 만다.

"여보세요."

엇? 매니저 번호로 알고 전화를 걸었는데 최정수의 목소리였다.

"안녕하세요. 〈제일스포츠〉 허수영 기자라고 합니다."

"네. 안녕하세요."

"다름이 아니라 이번에 CTV 개그 프로그램에 출연하신다는 소식을 들어서요. 우선 축하드리고요. 그와 관련해서 짧게 인터뷰 좀 할 수 있을까요.”

“아, 그거는 아직 정해진 게 없는데요. 어디서 그런 얘기를 들으셨어요?”

“에이, 다들 알고 있는 사실인데요. 그냥 간단히 각오 정도만이라도 말씀해주시면.”

“아하, 아니에요. 제가 지금 말씀드리는 거는 좀 그렇고요. 내일모레 거기 예능국에서 기자회견 연다는 거 같던데, 뭐 그날 보시면 알겠네요.”

“아…… 저, 그럼 간단히 출연 사실만이라도 지금 확인해주실 수 없을까요?”

“저기요, 기자님?”

수화기 사이로 잠시 침묵이 흘렀다. 최정수가 헛기침을 하는가 싶더니 곧 말을 이었다.

“제가 아는 기자가 몇 명인데 그걸 기자님한테만……. 아, 아닙니다. 기자회견장에서 뵙겠습니다. 전화 끊습니다.”

*

“아, 그, 저, 고객님, 고객님 잠시만…….”

전화기에서는 야속한 신호 대기음만이 흐르고 있었다. 박 EM이 괜찮다는 듯 미소를 지으며 내 어깨를 살짝 두드리고 지나 갔다.

“어이쿠, 죄송합니다. 정말 죄송합니다.”

칸막이 너머에서는 당황한 이춘근 FA의 목소리가 들렸다.

"고속도로를 달리고 계신데 이런 전화를 걸어서 죄송합니다. 안전운전 하시고요. 네. 네. 그런데 혹시 엔진오일은 어떤 걸쓰시는지……. 어이쿠, 죄송합니다. 이만 끊겠습니다."

TA(Telephone Approach) 실습. 며칠간의 이론교육을 마치고 교육생들은 각자 열 명의 장기간 미터치 고객 명단을 건네받았다. 이른바 '장미 고객'. 보험에 가입시킨 설계사가 퇴사하고, 새로 배정받은 설계사도 퇴사하고, 그렇게 돌고 돌다가 사실상 설계사 없이 방치된 고객들이었다. 다행히 계약은 유지되고 있으나 고객 입장에서는 돈만 내고 있을 뿐 보험 상품에 대한 여러 정보와 그와 관련된 서비스는 전혀 받지 못하고 있는 상태였다. 하지만 그렇다고 해서 우리의 전화를 반기는 고객은 거의 없었다. 한창 바쁘게 일할 낮시간이었고, 이미 숱한 광고 전화에 시달려온 고객들은 예민할 대로 예민해져 있었다. 우리는 광고 전화가 아니라는 것을 재빨리 인식시키기 위해 인사를 하자마자 바로 고객의 이름을 말했다.

"안녕하십니까, 고객님. 저는 삼진생명 봄봄 지점 FA 허수영입니다. 백나연 고객님 맞으시죠?"

"네, 그런데요? 어디요? 삼진생명이라구요?"

고객의 이름을 대는 순간 일반적인 광고 전화에 대한 의심은 사라지지만 그 자리를 채우는 것은 보이스피싱에 대한 경계심이다.

"네, 고객님. 고객님께서 가입하신 보험이 잘 유지되고 있는 것에 감사드립니다. 혹시 주소나 연락처 등의 개인정보는 변동 사항 없는지, 고지서나 안내 우편물들은 잘 받고 계신지 확인하고자 전화드렸습니다."

"나 원 참, 유지되고 있는 것에 감사를 드린다니."

수화기 너머에서 기가 차다는 듯 한숨을 쉬는 소리가 들렸다.

"근데 거기 정말 보험회사 맞아요?"

"네. 맞습니다, 고객님."

"그럼 혹시 내가 가입한 보험 이름이 뭔지 대볼래요?"

"네, 그건 본인 확인 후에 말씀드릴 수 있습니다. 고객님 주민번호가 어떻게 되나요?"

"750928-21535XX."

"확인 감사합니다, 고객님. 고객님께서 가입하신 상품은 '해피 라이프 재해 안심보험'입니다."

"그거 말고요."

"네?"

"그거 말고 암 보험도 있잖아요. 아, 그건 벌써 기록에서 삭제됐나?"

나는 재빨리 EM에게 받은 서류를 뒤적여봤지만 보험은 하나뿐이었다.

"그렇지 않아도 제가 궁금한 게 있었는데 마침 전화를 하셨네요. 제가 지난달에 세브란스에서 갑상샘암 수술을 받은 거 있잖아요."

백나연 씨가 갑자기 상담을 해오기 시작했다.

"네? 아, 네 고객님."

"그게 대체 왜 안 된다는 거예요?"

"뭐가요?"

아차, TA의 1원칙. 고객의 상황에 공감대를 형성할 것. 순간 당황한 내 입에서 평소 말투가 그대로 튀어나오고 말았다.

"암 수술 한 게 보험이 안 된다면서요."

"아, 네 고객님. 속이 많이 상하셨겠어요."

나는 떨리는 손으로 TA 매뉴얼 책자를 손으로 짚어가며 최대한 침착하려 노력했다.

"그러더니 보험도 자기네 맘대로 해약해버리고. 보험료 줄일 생기니까 이제 와서 낸 돈만 돌려주고 끝내는 거 이거 완전 사기 아니에요?"

흥분한 백나연 씨의 톤이 점점 올라가고 있었다. 보험회사가 일방적으로 계약을 파기하다니. 이게 대체 무슨 소리인가. 상황 파악이 전혀 되지 않는 나는 도무지 무슨 말을 해야 할지 종잡을 수 없었다.

"제가 전화로 대충 설명을 듣긴 했는데 일하는 중에 전화를 받아서 무슨 말인지 하나도 모르겠고요. 혹시 내일 저녁에 시간 되세요? 만나서 좀 상담을 하고 싶은데요."

나는 박 EM을 손짓으로 부르며 대답했다.

"네? 내일 저녁이요? 저를요?"

"네. 안 되세요? 제 담당이시라면서요."

"아, 네. 그건 그렇죠. 그게 안 되는 건 아니고요."

나는 당황할 수밖에 없었다. 이것은 분명 TA 교재 다이얼로 그에 없는 대화였다. 오늘의 통화는 단지 고객정보 변동사항 유무만 확인하고 끝내기로 되어 있었다. 그다음은 고객의 주소지로 간단한 안부인사와 내 소개를 담은 DM을 발송하는 것이고, 대면 상담은 그다음에나 생각해볼 일이었다.

"그럼 내일 저녁 7시에 봐요."

백나연 씨의 갑작스러운 상담 요청은 나를 당황시켰지만, 동시에 그녀는 스스로 TA 교재의 권유사항을 충실히 따르고 있었다. '약속은 상담 후 3일 이내로 잡을 것', '구체적인 날짜와 시간을 먼저 제시할 것.'

"네? 아 네, 그럼 내일 거기서 뵙겠습니다."

얼떨결에 약속을 잡은 뒤 황급히 전화를 끊고 나서야 TA 교육실의 모든 시선이 내게로 쏠려 있음을 알았다.

"이야~ 벌써 만나는 거야? 진도가 너무 빠른데?"

옆자리에 있던 에디가 까치둥지를 좌우로 흔들어대며 웃었다. 짧은 시간의 통화였지만 책상 위 노트에는 정신없이 휘갈긴 메모가 적혀 있었다. 백나연, 75년생, 갑상샘암, 거절, 해지, 사기. 자초지종을 전해들은 박 EM은 내 옆에 앉아 백나연 씨의 보험 증권을 살폈다. 그러고는 어딘가로 전화를 걸어 한참 동안 통화했다. 심각한 표정이었다.

해를 묻은 오후 III

공장 천장 아래로 연결된 케이블을 손보기 위해 장씨 아저씨를 따라 비계에 올라선 사카이는 자신에게 고소공포증이 있다는 것을 처음 알게 되었다. 단지 3층 정도의 높이일 뿐이었는데도 다리가 사정없이 후들거렸다. 안전난간을 붙잡았지만 발판의 구멍과 틈 사이로 아래가 내려다보이자 갑자기 머릿속이 새카매졌다. 동작이 빠른 장씨 아저씨는 어느새 천장의 어둠 속으로 사라져버렸다. 사카이도 얼른 천장의 트레이를 따라 이동해야 했지만 발이 떨어지지 않았다. 간신히 발판 위에 몸을 웅크린 채 주저앉을 수밖에 없었다. 찬우가 올려다보며 뭐라고 소리치고 있었지만 하나도 들리지 않았다. 클램프를 제대로 조이지 않았는지 마치 흔들다리 위에 위태롭게 서 있는 기분이었다. 시간이 얼마나 흘렀을까. 사카이는 가까스로 내려와 건물 내벽에 몸을 기댄 채 생각했다. 나는 내가 생각했던 것보다 더 무능한 사람인지도 모르겠구나.

매일 오전 6시에 일어나 팀장의 차를 타고 식당으로 간다.

출근은 7시까지 행운기전 사무실로. 팀의 또 다른 멤버인 형들 셋은 사무실에서 합류한다. 이 공장에서 행운기전에 소속된 인원은 다섯 개 팀 60명 정도. 간단한 조회를 마치고 안전 구호를 외친 뒤 장비를 챙긴다. 사카이 팀의 주된 업무는 LCD 패널 공장의 각종 자동제어 케이블 설치 및 유지 보수작업이다. 사카이와 찬우는 주로 장씨 아저씨를 따라다니며 보조를 했다. 사카이는 일을 시작한 지 보름이 다 되어가지만 아직까지도 이름이 헷갈리는 자재들이 많았다. PPB, PPC, 새들, 반새들, 모양도 비슷하고 이름까지 비슷하다. 게다가 일본말은 왜 그렇게 많이들 쓰는지. 하지만 작업자들을 가장 성가시게 하는 것은 안전감시단들이었다. 카메라를 들고 현장 곳곳을 누비는 그들은 작업자들의 안전 위배 사항을 항시 점검한다. 이를테면 규정상 팀마다 반드시 한 명씩 둬야 하는 안전관리자가 혹시 작업을 직접 거들고 있지는 않은지. 3미터 이하 사다리는 2인 1조, 3미터 이상 사다리는 3인 1조로 움직여야 하는데 인원수를 잘 지키고 있는지. 안전감시단들은 때로 건물이나 기둥 뒤에 숨어 지켜보기 때문에 작업자들은 수시로 주변을 살핀다. 안전 위반 사항이 적발되는 순간 경중과 횟수에 따라 당일 작업 중지를 당하거나 작업장에서 퇴출될 수 있기 때문이다. 고소공포증 사건 이후 팀의 안전관리자는 사카이가 맡게 되었다. 어차피 별 도움이 안 되니 안전관리자 완장이라도 차고 눈치껏 거들라는 뜻이었다.

대기업 본사 직원들은 파란색, 안전감시단은 녹색, 협력업체 노동자들은 하얀색 안전모를 쓴다. 사카이는 아침밥을 먹을 때까지만 해도 별생각이 없다가 하얀색 안전모를 쓰는 순간 괜히 의기소침해졌다. 몇 달 만이라도 다 내려놓자 생각했건만 가끔씩 지나가는 파란색 안전모를 보면 자신도 모르게 부러운 눈으로 쳐다보게 되었다. 나는 왜 저들처럼 성공하지 못했나 하는 자책. 그리고 영원히 하얀색 안전모를 벗어나지 못할 것만 같은 불안. 사실 돈벌이로만 따지면 이 일이 공무원보다 더 나을 수도 있다. 혼자 사는 팀장은 외제차를 몰았고, 그의 원룸에는 최고급 가전제품들이 즐비했다. 본사 직원들은 갑질을 통해 자신의 존재를 증명하려는 듯했지만, 팀장은 그들에게 받은 스트레스를 거의 매일 룸살롱과 마사지 업소를 다니며 풀었다. 몇 번인가 사카이에게도 같이 가자고 했지만 이틀 치 임금을 한 시간 만에 다 써버릴 수는 없었다. 사카이는 밤마다 숙소에서 장씨 아저씨, 찬우와 거의 매일 술을 마셨다. 건배는 하지 않았다. 서로의 앞에 개인 소주를 한 병씩 놓고 자작을 했다. 장씨 아저씨는 이게 현장에서 술 마시는 방식이라고 했다. 술을 따라주지 않으니 상대가 얼마나 많이, 자주 마시는지 알 수 없었다. 일을 할 때도, 술자리에서도 셋은 함께 있었지만 여전히 혼자라는 생각은 지워지지 않았다.

술을 마실 때면 셋 다 말이 많은 편이 아니어서, 대화를 나누기보다는 가만히 음악을 듣는 순간이 더 많았다. 선곡은 하루씩 번갈아가면서 했다. 장씨 아저씨는 조용필을, 찬우는 이름을 알 수 없는 펑크록 밴드들을, 사카이는 영화〈러브레터〉OST를 자주 틀었다. 하루는 "이 큰 도시의 복판에 이렇듯 철저히 혼자 버려진들 무슨 상관이랴. 나보다 더 불행하게 살다간 고흐란 사나이도 있었는데"라는〈킬리만자로의 표범〉노래 가사를 음미하다가, 하루는 무질서 속에 헤드뱅잉을 해대다가, 또 다른 하루는 각자 조용히 서로의 흘러간 날들 속으로 침잠했다. 술에 취하거나 체력이 바닥나는 사람은 알아서 이불 속으로 기어들어갔다. 대부분 찬우가 마지막까지 남아 술을 마셨다. 사카이는 찬우가 참 대견한 면이 있다고 생각했다. 어린 나이에 지금껏 자신이 해왔던 것과는 전혀 다른 일을 하면서도 제법 빨리 적응한 모습이었다. 사카이는 찬우가 불평을 하거나 화를 내는 모습을 한 번도 본 적이 없었다. 일머리가 있었고 무엇이든 잘 먹었으며 잠도 잘 잤다. 이곳에서 여전히 불안하고 초조한 사람은 오직 자신 하나뿐인 듯했다. 모든 게 변했는데 아무것도 변하지 않았구나. 사카이는 이런 밤이면 장씨 아저씨, 찬우와 밤늦도록 술을 마시며 암담한 내일보다는 따뜻한 어제를 떠올리려 애썼다. 그리고 노트를 꺼내 이런저런 글들을 끄적였다.

지난밤을 후회하는 것은 부질없는 짓이다. 낮과 밤의 기온 차만큼이나 나의 감정도 큰 폭으로 변한다. 지난밤에 걷던 길, 했던 말, 부르던 노래들이 아침이 되면 부끄럽고 청승맞게 느껴져 기억 속에서 지워버리고 싶다. 그날의 나를, 혹은 내 모든 시간 속의 너를. 후회하며, 괴로워하면서도 어느새 나는 기억 속의 너를 박제로 만들어버렸다. 너의 기억이, 그로 인한 나의 상처가 썩어 없어지기를 바라면서도 이토록 네 형상을 놓아주지 못하는 나. 그것은 미련인가. 모든 미련 앞에는 '부질없는' 이란 수식어가 붙는다. 나의 미련 역시 그런 것이고 단지 내 못된 습관에 지나지 않음을 알고 있다. 돌아보면 다른 모든 경우에도 그랬으며 언젠가 새 여자가 생기면 아주 쉽게 너를 잊을 것이다. 아, 그러나 나를 응시하는 너의 시선이 아프다.

왜 모든 박제들은 눈을 뜬 채로 봉해졌는가.

아는 얼굴

"동행은 하지만 저는 최대한 말을 하지 않을 거예요. 반장님이 주도적으로 상담을 해보셔요. 그래야 반장님의 고객이 돼요. 그리고 절대 고객의 말을 끊으면 안 돼요. 끝까지 다 듣고 난 뒤에 반장님의 의견을 말하세요. 그 전에 공감을 표시하는 거 잊지 마시고요."

카페 입구에서 박 EM이 다시 한번 주의를 줬다. 첫 대면하는 고객 치고는 쉽지 않은 케이스였다. 보험사에 의해 계약을 해지당한 고객이라니. 전화상으로도 그녀가 얼마나 흥분했는지를 알 수 있었다. 박 EM은 은근 걱정되는 눈치였다. 하지만 나는 무덤덤했다. 전혀 준비가 안 된 상태에서의 상담 요청에 당황했을 뿐, 매일 새로운 사람을 만나는 것이 그간 나의 직업이 아니었던가. 테이블에 앉아 출력해간 보험 증권을 다시 한번 검토했다. 고객의 말대로 암 보험이었고, 갑상샘암은 당연히 보장 대상이었다. 그런데도 백나연 씨는 보험사로부터 단 한 푼도 받을 수 없었다. 흔치 않은 사례였다.

"어머, 오셨나봐요."

문 소리에 돌아보니 캐주얼한 차림의 삼십대 여성이 들어서고 있었다. 장갑 낀 손에는 두툼한 삼진생명 보험 증권이 들려 있었다.

백나연 씨는 다행히 통화할 때보다 흥분이 가라앉은 모습이었다. 우연히 갑상샘암을 발견하고 세브란스병원에서 수술. 5일간의 입원과 퇴원. 현재는 휴직을 한 상태라고 했다. 백나연 씨가 가입한 보험의 갑상샘암의 진단 금액은 3천만 원이었다. 갑상샘암도 간암, 위암 같은 일반암과 똑같이 진단자금 3천만 원을 보장해주는 좋은 상품이었다. 갑상샘암을 유사암으로 분류해 보장 금액이 500만 원으로 떨어진 지 몇 년 안 되었다고 하니, 옛날 보험이 더 좋다던 최명석 FA의 말이 떠올랐다.

"몸은 좀 어떠세요?"

간단한 인사 후에 안부를 물었다.

"많이 좋아졌어요. 올해는 이상하게 자꾸 병원 신세를 지게 되네요."

"네. 그래도 좋아지셨다니 다행이에요."

나는 준비해간 개인 정보 활용 동의서를 내밀었다.

"여기에 우선 사인 좀 부탁드릴게요. 전화상으로 동의하셔서 일단 계약 사항과 청구 내역을 확인했는데요. 절차상 서류상에도 동의를 해주셔야 해요. 회사에 제출을 해야 해서요."

"네."

"보험금 지급 심사 관련해서 전화받으실 때 어떻게 설명 들으셨나요?"

"그게……. 병원 검진 날짜에 문제가 있다고. 그래서 보험금을 지급해줄 수 없다고요. 그런데 정확히 무슨 말인지는 못 알아듣겠어요."

백나연 씨는 얼마 전 내과를 방문해 검진을 받았다. 그리고 갑상샘암을 조기 발견했다. 다행스러운 일이었지만 그로 인해 보험금 지급 심사 과정에서 문제가 발생했다.

"얼마 전에 암 보험이 실효된 적 있으시죠?"

보험은 보험료가 한 달 밀리면 연체, 두 달 밀리면 실효(失效) 상태가 된다. 실효가 되면 사실상 계약이 파기된 것으로 간주되며 아무런 보장도 받지 못한다. 그것은 보험에 가입한 지 1년이 되었건 10년이 되었건, 그간 납부한 돈이 백만 원이건 천만 원이건 마찬가지다.

"하지만 금방 밀린 돈 다 내고 부활시켰어요."

"네. 그런데 보험의 부활이라는 것이 사실상 새로 계약을 맺을 때와 동일한 심사 과정을 다시 거치거든요. 그러니까 실효 이후 발생한 병력 사항도 계약에 영향을 미치는데요. 고객님은 검진을 받은 시기가 문제가 되었어요. 그게 하필……."

"하필 실효된 이후에 검진을 받았기 때문이라는 건가요?"

비슷했다. 백나연 씨의 지급 거절 사유에는 이렇게 적혀 있었다.

부활 기입 껜 깁상샘 이상으로 내원하여 실행한 혈액 검사상 갑상샘 질환이 의심되어, 이는 금번 청구 병명과 관련된 현증으로 부지급 후 해지.

"그러니까 이게 시기적으로 참 공교롭습니다만, 보험이 실효가 된 이후에 암이 발견되었는데요. 부활계약을 할 때에 그 암에 대해 고지를 하지 않으셨기 때문에 고지의무 위반에 해당돼요. 알고 계시겠지만 보험 가입 전에 앓고 있는 질병에 대해서는 보험사에 반드시 고지를 하셔야 하는데요. 그것은 부활계약도 마찬가지예요."

"저는 어차피 예전부터 들어놓은 보험이라 그런 건 상관없는 줄 알았어요. 게다가 일부러 고지를 안 한 게 아니에요. 부활할 때는 아직 검사 결과를 통보받기 전이었어요."

"네. 그래서 저도 더욱 안타까운데요. 하지만 보험사 입장에서는 보험 가입 전에 이미 앓고 있던 질병으로 본 거 같아요. 시기적으로 부활계약 직전에 병원에 방문해서 검사를 받으신 것이기 때문에……."

"제가 마치 암을 발견하고 뒤늦게 보험을 부활시킨 것처럼 되어버렸군요?"

백나연 씨의 목소리가 조금 떨리고 있었지만 화난 표정은 아니었다. 침착했고 이해가 빨랐다.

"그럼 혹시 제가 미리 고지했다면 달라지는 게 있었을까요?"

나는 말끝을 흐리며 대답했다.

"아니요. 부활 청약이 거절되었을 거예요."

"보험료가 밀린 건 고작 두 달이었는데……."

백나연 씨는 커피에 입도 대지 않고 있었다. 나는 이 모든 게 마치 내 잘못이기라도 한 것처럼 마음이 무거웠다. 만약 보험료가 연체되었을 당시에 담당 설계사가 연체와 실효에 관한 안내를 해줬더라면 미연에 방지할 수도 있는 일이었다.

"저희도 참 안타깝게 생각하고 있어요. 저희가 별 도움이 되지 못해서 죄송하네요."

"아니에요. 뭔가 다른 기대를 하고 나온 건 아니에요. 단지 설명이 필요했어요. 납득할 수 있는."

백나연 씨가 드디어 커피를 한 모금 마셨다. 입안이 바싹 말라 있던 나도 커피를 마시니 조금 살 것 같았다.

"그럼 부활은 직접 창구에 가서 접수하셨던 건가요?"

"네. 직접 했어요."

"담당 설계사분은 안 계셨나요?"

"아는 후배가 부탁해서 가입한 보험인데 그 후배는 진작에 관뒀어요. 예전에 다른 설계사가 담당으로 배정되었다고 문자를 받기는 했는데, 그냥 잘 모르는 사람이고 해서 따로 연락하지는 않았어요. 그쪽에서도 연락이 없었고요."

"그러셨군요. 그럼 앞으로 제가 각별히 신경 써서 관리해드릴게요. 궁금한 게 있으시면 언제든 연락주세요."

"네."

"저기 그런데 한 가지 여쭤봐도 될까요?"

옆에서 가만히 듣고만 있던 박 EM이었다. 나는 박 EM을 팀장이라고 소개했었다.

"아까 올해 자꾸만 병원 신세를 지게 된다고 하셨잖아요. 혹시 갑상샘암 말고 또 입원하신 적이 있으신가요?"

"네. 지난여름에, 파라티푸스라고……."

"파라티푸스요?"

박 EM이 깜짝 놀란 듯 반문했다.

"그건 법정 1종 전염병인데."

"아, 네. 걱정하지 마세요. 보건소에서 완치 판정받았어요."

백나연 씨가 손사래를 치며 말했다.

"그게 아니고요. 고객님이 가입하신 재해보험이요. 1종 전염병은 재해보험의 보상 대상이에요."

"정말요? 저는 재해보험이라 안전사고나 교통사고 같은 경우에만 보험이 되는 줄 알았어요."

박 EM이 팔꿈치로 나를 툭 쳤다. 백나연 씨를 만나면 재해보험이라도 보장분석을 해주기 위해 미리 예습을 해온 참이었다.

"고객님, 재해보험은 교통사고를 포함한 여러 우발적인 재해는 물론이고요. 장티푸스, 콜레라 같은 1급 전염병들도 보장 대상에 포함돼요. 파라티푸스도 물론이고요. 지난여름에 치료를 받으셨다면 지금 보험금을 청구해도 늦지 않으니까요. 제가 도와드릴게요."

백나연 씨의 얼굴이 비로소 조금 밝아졌다.

'해피 라이프 재해 안심보험'의 파라티푸스 진단금은 100만

원이었다. 비록 큰 금액은 아니지만 누군가에게 도움을 주었다는 생각에 뿌듯했다. 이 맛에 보험 일을 하는 거구나. 매일 몇 번씩 거절의 순간을 마주하면서도 이 일을 1년, 아니 10년 이상하는 선배들이 어떻게 '쉽'을 끌어올리는지 알 것 같았다. 백나연 씨에게 보험금이 입금되던 날, 그녀를 다시 만나 담당 설계사 변경 신청서에 사인을 받았다. 그렇게 백나연 씨는 나의 1호고객이 되었다. 나와 보험 계약을 체결한 것은 아니었지만 의미는 충분했다. 그녀와의 상담을 통해 FA가 어떤 일을 하고 왜 필요한지 보다 명확히 알게 되었으니까. 박 EM에게 나의 무용담을 전해들은 동기들은 제 일처럼 즐거워했다.

"이야~ 역시 보험반장 말고 수사반장을 해야겠어. 숨어 있는 보험금을 찾아라."

에디가 손가락을 동그랗게 말아 눈에 갖다대며 까치둥지를 흔들었다.

"반장은 참 잘 어울린단 말이야. 영화 얘기할 때는 감독 같더니, 보험 얘기할 때는 또 에이전트 같고."

"그런데 형은 참 안 어울린단 말이야. 영화 얘기할 때는 오퍼상 같더니, 보험 얘기할 때도 오퍼상 같고."

옆에서 듣고 있던 이춘근 FA가 거들었다.

"에디 동생, 영업 시작하면 머리는 감고 다닐 거지?"

한 달 동안 아침부터 저녁까지 함께 교육을 받으면서 동기들과 부쩍 가까워졌다. 여러 선배들을 통해 신입의 80~90%가 1년 이내 관둔다는 얘기를 들어서 더 그런지도 모르겠다. 어쨌든 우리는 모두 한 번 이상 실패를 경험한 사람들이니까. 경쟁자보다는 서로의 어깨를 토닥여줄 동반자가 필요했다. 일에 대한 긍지와 자부심보다 걱정과 두려움이 앞서는 마음 앞에서는 더욱 그랬다.

장 팀장의 말대로 생명보험 판매 자격 시험은 문제집에서 그대로 나왔다. 드문드문 보기의 순서만 바뀌었을 뿐이다. 정답은 눈에 익은 보기만 선택하면 되는데다, 커트라인이 100점 만점에 60점이었기 때문에 불합격하기가 더 어려운 시험 같았다. 하지만 그 어려운 걸 이춘근 FA와 호식이가 해냈다. 동기 열 명중에 둘만 불합격이었다. 결과 발표는 당일에 바로 났고, 다음 시험은 이틀 뒤 여기와 가까운 구주시에서 있었다. 만약 구주시에서도 떨어지면 그다음엔 더 먼 도시로 가서 시험을 본다고 박 EM이 말했다. 그다음에도 떨어지면?

"그러면 아마 다른 일을 찾아봐야 하지 않을까요?"

"혹시 그런 경우가 있었나요?"

박 EM이 살짝 미소를 지으며 대답했다.

"글쎄요. 저는 아직 보지 못했어요."

나와 에디는 선례를 남기지 않기 위해 한 명씩 맡아서 과외를 하기로 했다. 에디가 이춘근 FA를, 내가 호식이를 맡았다.

"형, 저는 운동만 해서 그런지 책 외우고 그러는 게 적응이 안 돼요. 시험 봐야 되는 줄 알았으면 여기 안 왔을 거예요."

"호식아, 이 시험은 어렵게 생각할 거 하나도 없어. 유도에서 낙법 할 때 말야. 등이 바닥으로 떨어지는 순간 팔을 매트에 탕 하고 튕기잖아. 그거 생각하고 그렇게 하는 거 아니지? 그냥 반복된 연습을 통해서 몸이 반응하는 거잖아. 이 시험도 마찬가지야. 이 책을 다 외우려 하지 말고 일단 정답만 외워보자."

"근데 그게 잘 안 외워져요."

"얼굴을 익힌다고 생각해. 관중석에 사람이 아무리 많아도 아는 얼굴이 있으면 어때? 부모님이나 친구가 응원을 왔다면? 마치 얼굴에서 빛이 나는 것처럼 금방 찾아지고 그러지 않아?"

"유도는 관중이 몇 명밖에 없어요."

"시험도 보기는 몇 개 안 돼. 그중에서 가장 낯익은 걸 찍으면 되는 거야."

호식이는 빈 A4 용지 위에 문제집의 정답을 옮겨 적기 시작했다.

"오답은 쳐다보지도 마. 우리는 지금 아는 얼굴을 만들고 있는 거야. 시험 볼 때 정답하고만 인사하면 돼."

행복은 성적순이 아니듯, 영업 실적 또한 성적순은 아닐 것이다. 밥 먹듯이 지각하면서도 기자로서 모두에게 인정받던 독고준 선배가 떠올랐다. 성실하면 성공한다는 명제는 대체 어느 직종에 적용되는 말일까. 일찍 일어나는 새가 벌레를 먹으면 무거워서 천적의 공격을 받기가 더 쉽다던데. 호식이 앞에서 잘난 척을 하면서도 정작 영업이 시작되면 찾아갈 사람 한 명 없는 내가 아니던가. 호식이가 3W를 할 동안 한 건도 하지 못할 내 모습이 떠올랐다.

"형님, 인생은 실전이에요. 아는 얼굴을 찾으세요. 아는 얼굴요!"

생각만 해도 끔찍하다. 나는 전략을 세워야 했다. 어디로 갈까. 누구를 만날까. 잠이 오지 않던 새벽, 집을 나와 〈제일일보〉 보급소를 찾아갔다. 마침 새벽 배송을 끝내고 소장 아저씨가 뒷정리 중이었다. 보급소 선반에는 남은 신문들이 쌓여 있었다.

"어떻게 오셨어요?"

바닥을 쓸다 말고 소장 아저씨가 물었다.

"신문을 좀 사고 싶은데요? 많이요."

"한 부에 500원이에요."

"아, 그게 아니라 제가 보험 영업을 하는데요. 고객들에게 판촉물로 신문을 좀 돌리고 싶은데, 남는 신문들을 저한테 싸게 파실 수 없을까요?"

"허허, 이것 참. 이런 경우는 또 처음이라서."

"100부를 저한테 200원씩 넘기시면 어떨까요?"

소장 아저씨는 내 얼굴을 꼼꼼히 뜯어봤다.

"젊은 친구가 열심이구만. 그래 가져가서 한번 해봐요. 그런데 어떤 신문으로?"

보급소는 〈제일일보〉 간판을 달고 있었지만 다른 신문들도 취급하고 있었다. 나는 바닥에 쌓여 있는 신문들을 쭉 훑어보다가 아는 얼굴을 가리켰다.

"〈제일스포츠〉로 할게요."

케빈 베이컨의 6단계 법칙

[단독] RTV〈코미디 하우스〉의 전성기를 이끌던 개그맨 최정수가 CTV의〈개그 패밀리〉에 출연한다. CTV 관계자에 따르면 "최정수는 이미 CTV의 후배 개그맨들과 녹화를 마쳤으며, 기존에 보지 못했던 새로운 형식의 개그를 선보일 것"이라고 했다. 최근 5~6%대 시청률로 고전으로 면치 못했던〈개그 패밀리〉가 최정수 투입이라는 승부수를 통해 반등에 성공할 수 있을지 주목된다.〈개그 패밀리〉는 오늘 저녁 부분 개편을 맞아 기자간담회를 열 예정이다. [제일스포츠 허수영 기자]

예상대로 최정수의〈개그 패밀리〉출연이 발표되었다. 나는 기자회견보다 몇 시간 앞서 그의 출연 소식을 전했다. 사실 내가 그의 출연 소식을 알게 된 것은 순전히 우연이었다. 인사차 예능국 사무실에 들렀을 때였다. 예능국 사무실은 신문사 편집국과 구조가 비슷하다. 신문사가 커다란 사무실에 정치부 사회부 문화부 등 각 부서별로 책상이 모여 있는 것처럼, 예능국도 방송 프로그램별로 PD와 작가들의 책상이 모여 있다. 차이가 있다면 편집국보다 사무실이 훨씬 넓고 오가는 사람도 많다는 것. 편집국이 외부인의 출입이 비교적 제한되는 데 반해, 예능국은 프로그램 출연자나 관계자, 연예 기획사 홍보실 직원과 매니저 들을 쉽게 볼 수 있다. 아무도 나를 반겨주지 않는 예능국 사무실에서 홀로 이 프로그램 저 프로그램 기웃거리고 있을 때 〈개그 패밀리〉 팀의 원형 테이블 위에 놓여 있는 대본이 눈에 들어왔다. 마침 주변에는 아무도 없었다. 나는 슬쩍 대본을 넘겼다. 그리고 출연진 목록에서 최정수의 이름을 발견했다. 어? 최정수가 왜 여기 있지? 근래 〈코미디 하우스〉에서 안 보이긴 했지만 그래도 그는 엄연히 〈코미디 하우스〉의 얼굴이 아니었던가. 뭔가 촉이 왔지만 확신할 수는 없었다. 혹시 내가 모르는 신인 개그맨의 이름이라면? 그렇다면 출연 목록 최상단에 이름이 올라가 있지는 않겠지. 나는 모험을 해보기로 했다. 전화 통화에서 최정수는 출연 여부를 확인해주지 않았다. 그럼에도 내가 기사를 쓰기로 한 것은 전화를 끊기 전 그가 무심코 내뱉은 인사말 때문이었다. 의례적인 인사인지 아니면 내게 일부러 힌트를 흘려준 것인지, 그도 아니면 함정인지는 알 수 없었다. 다만 나는 그 인사말을 곱씹고 또 곱씹었다. '그럼 기자회견에서 뵙겠습니다.'

두 '정수'의 도전이 시작됐다. 개그맨 최정수는 CTV 〈개그 패밀리〉로 무대를 옮겨 새로운 도전을 시작하고, 가수이자 배우인 최정수는 미국 HBO에서 제작하는 드라마 〈채널 21그램〉에 캐스

팅됐다. 개그와 가요라는 각자의 영역에서 최고의 자리에 올랐던 이들이 과연 무대와 장르를 바꿔 다시 한번 최고가 될 수 있을까?

개그맨 최정수는 RTV 개그 프로그램 〈코미디 하우스〉가 배출한 최고의 스타다. 게다가 RTV 공채 개그맨 출신이기도 한 최정수가 〈코미디 하우스〉의 경쟁 프로그램인 〈개그 패밀리〉로 옮겨 화제다. 최정수는 부분 개편 이후 첫 방송되는 〈개그 패밀리〉에서 선생님 역을 맡아 후배 개그맨들과 새로운 코너를 꾸려나갈 것으로 알려졌다.

문화평론가 윤영기 씨는 "연기자에게 자신의 재능을 펼칠 수 있는 무대를 찾아 나서는 것은 숙명과도 같다. 그곳이 어디냐가 중요한 게 아니라 그 무대에서 자신의 역량을 얼마나 펼 수 있느냐가 중요하다"고 했다.

한편 아이돌 출신 가수이자 배우이기도 한 최정수는 드라마 〈채널 21그램〉에 캐스팅돼 촬영이 한창이다. 영혼의 무게를 의미하는 21그램은 천국과 지옥의 일상을 취재하기 위해 죽은 자로 위장한 VJ들의 활약상을 담은 판타지 드라마다.

최정수의 소속사는 "국내 영화사의 출연 제의도 많았지만 미국 진출이라는 꿈을 이루기 위해 그간 꾸준히 오디션을 봐왔다"라고 밝혔다.

영화평론가 이원형 씨는 "아시아뿐 아니라 유럽 출신 배우들에게도 할리우드 진출은 어려운 과제다. 〈노킹 온 헤븐스 도어〉로 유명한 독일 출신 배우 딜 슈마이서노 안본 후구아 감독의 〈리플레이스먼트 킬러〉에 단역으로 출연하기도 했다"며 "최정수도 스스로 길을 찾은 만큼 미국에서 좋은 결과가 있기를 빈다"고 했다. [제일스포츠 허수영 기자]

다행히 최정수는 기자 간담회에 모습을 드러냈다. 간담회에 참석하지 않은 것은 나였다. 그 반대였다면 어땠을까. 아마 나는 이 악몽에서 깨워달라고 소리 치고 있었을 것이다. 기묘한 술래잡기를 하는 기분이었다. 사무실에 틀어놓은 TV에 최정수의 얼굴이 클로즈업되자 독고준 선배가 나를 향해 살짝 미소를 지었다. 비록 시험판이었지만 단독 보도였다. 궁하면 통하는구나. 하지만 안도감의 유효 기한은 단 하루. 내일은 또 내일의 신문이 나오니까. 뒷걸음질치다 쥐를 잡는 경우는 어쩌다 한 번일 것이다. 언제까지나 이렇게 우연과 행운에 기댈 수는 없었다. 우리가 매일 아침마다 채워야 할 네 개의 스트레이트 뉴스면. 선배들은 조금씩 기삿거리를 쟁여놓는 듯했지만 나의 탄약고는 텅 비어 있었다. 그리고 〈제일스포츠〉의 창간을 일주일 앞둔 아침. 사방에서 물폭탄이 터지기 시작했다.

'[단독] A군, B양과 결별' '[단독] 배우 C모씨 D모씨와 함께 불법 도박' '[단독] 톱스타 E 일본 대부업체 모델 계약' '[단독] 배우 F 친자 확인 소송' '[단독] 가수 G 비밀리에 컴백 음반 작업' '[단독] 아이돌 H 대마초 흡연 경찰 조사' '[단독] 유명 PD 드라마 스태프 성희롱 논란'

우리가 창간호에서 특종을 잡지 못하게, 경쟁지들이 갖고 있던 정보를 미리 터뜨리고 있었다.

"오늘자 신문들 봤지?"

머그잔을 입에 대던 부장이 반응을 살피듯 우리를 쳐다봤다.

"사람들이 깜짝 놀라지 않았겠어? 지금 우리나라에 별다른 정치 이슈도 없는데 왜 갑자기 연예 기사들이 이렇게 펑펑 터지나. 그런데 이거 독자들 보라고 쓴 기사 아닌 거 알지? 우리한테 선빵을 날리는 거야. 까불지 말라는 거지. 연애, 마약, 도박, 섹스. 얘네들 수준이 딱 이거인 거고. 얘네들이 예상하는 우리 수준도 고작 이거인 거야. 그런데 정말 그래?"

나는 괜히 혼자 뜨끔했다. 뱁새가 황새 쫓아가기에도 가랑이가 찢어질 판인데, 고작 황새 따위를 쫓고 있냐는 말인 건가.

"그렇지 않아도 어제 부장이랑 이런 얘기를 했었어."

부장 옆에 앉아 있던 독고준 선배였다. 손에는 불을 붙이지 않은 담배 한 개비가 볼펜처럼 들려 있었다.

"〈올데이스포츠〉가 왜 망했을까. 그때 우리가 왜 실패했을까. 나는 이런 생각이 들어. 신문을 만들면서 기자들끼리 속보 경쟁에만 너무 몰두한 거야. 생각해봐. 독자들은 사실 누가 먼저 보도했는지 별 관심이 없어. 아니, 알지도 못해. 더군다나 요즘 같으면 어때? 단독을 해도 5분 뒤면 우라까이*한 기사가 수십 개씩 따라붙어. 오리지널은 금세 파묻혀버린다고. 지금 인

---

* 다른 기자가 작성한 기사를 적당히 바꾸어 자신의 기사로 만드는 행위.

터넷 뉴스 봐봐. 단독 뒤에 팔로우하는 기사들. 전부 우라까이
야. 기자 놈 이름을 찾아봤더니 뭐라고 쓰여 있어? 그냥 인터넷
뉴스팀이래. 지들도 쪽팔린지 바이라인도 없어. 인터넷뉴스팀
이거는 언론사에 실제로 존재하는 조직은 맞아? 아니면 매크로
프로그램 이름인가? 그럼 바이라인이 있는 기사들은 어때? 발
로 뛰지는 않고 그저 악성 댓글을 긁어와서 제목에 'OO 논란'
이라고 써서 내보낸다고. 논란은 연예인이 아니라 기자가 만들
고 있어. 그리고 이런 중계식 보도가 악플러들을 더 부추긴다
고. 우리가 이렇게 해서 망한 거야. 이 바닥이 여태껏 이런 거고.
이러니 기레기 소리나 듣지."

"자, 우리는 다르게 가자."

부장이 가볍게 양손을 부딪치며 독고준 선배의 말을 이었다.

"속보 경쟁을 피하자는 말이 아냐. 기자에게 정보력은 기본
이야. 속보는 온라인으로 짧게 치고 빠지고, 지면에서는 퀄리티
있게, 그리고 재밌게 가자. 오직 독자만 생각하는 거야. 우리는
파파라치도 아니고 흥신소 직원도 아냐. 연예인 팔아서 선정적
으로 돈 벌려고 하지 말자. 트렌드를 먼저 읽고, 이 분야의 의제
는 우리가 선정하는 거야. 알았지? 한마디로 우리는 힙하게 가
자."

내 자리로 돌아와 노트북을 켜니 포털사이트의 연예면이
온통 단독 기사들로 가득했다. 나는 팔짱을 끼고 그 화면을 멍
하니 바라봤다. 몸살 기운 때문인가. 약간의 어지럼증이 있었

다. 네온사인으로 둘러싸인 거리 한복판에서 어디로 가야 할지 모르겠는 취객이 된 기분. 힙하게 가는 건 어떻게 가는 걸까. 아니 어디로 가는 것일까. 부장과 독고준 선배가 강조하는 것들의 취지에 공감하면서도, 한편으로는 내가 그걸 구현할 능력이 되는가 하는 의심을 떨칠 수 없었다. 별다른 경쟁지도 없이 편하게 기자 생활을 해온 지방지의 환경이나, 도정 홍보자료와 각종 보도자료에 익숙해져 있던 내가 아니던가. 나는 바탕화면에 저장해놓은 2차 시험판 아이템 파일을 열었다. 부장에게 이메일로 보고 하기 전에 다시 한번 체크할 생각이었다.

* 노랫말싸미: 아름다운 노래 가사를 시처럼 다시 한번 음미해보고, 알쏭달쏭한 노래 가사는 작사가와 함께 그 의미를 정확히 짚어보는 코너. 예) 이소라의 〈바람이 분다〉와 크라잉 넛의 〈룩셈부르크〉

* 오디션 대백과: 연예기획사들의 오디션 참가 방법과 절차, 심사 기준 분석. 실제 오디션으로 데뷔한 스타들 소개와 인터뷰.

* 연예가 베스트 일레븐: 한눈에 보는 연예 이슈. 한 주간 이슈가 되었던 연예인들을 공격수, 미드필더, 수비수, 골키퍼로 선정. 지면 전체에 축구장을 그려서 선정 연예인들의 캐리커처를 배치. 기자의 한 줄 인물평 추가.

이걸로 될 것인가. 정보력이 생명이라지만 아직 정보원이 없고, 트렌드를 먼저 읽으라지만 아직 트렌드를 모른다. 나는 그저 내가 보고 싶은 기사를 쓰기로 했다. 내가 궁금한 연예인들을 찾고 내가 알고 싶은 프로그램의 이면을 들여다본다. 연예부 기자 열 명 가운데 나 같은 사람 한 명쯤 있어도 괜찮지 않을까. 열 명의 독자 중에 나 같은 사람 한두 명은 있을 테니 말이다. 그것이 모든 게 낯설기만 한 이곳에서 내가 찾은 방식이었다. 이메일 전송 버튼을 누름과 동시에 PC에서 메신저 알림음이 울렸다. 부장이 보낸 단체 메시지였다.

창간 인터뷰 아직 확정 안 된 사람은 서둘러주세요. 창간호 스트레이트면을 제외한 특집 기사는 하루 먼저 마감해달라는 편집부 요청이 있었습니다. 벌써 마감한 기자도 있고, 오늘 인터뷰 나가는 기자도 있고 한데, 아직 섭외도 안 된 기자들 분발해주세요.

그냥 인터뷰가 아니라 창간 인터뷰였다. 중량감 있는 스타의 섭외가 필요했다. 하지만 사촌에 팔촌을 다 뒤져도 기획사 연습생 한 명 없는 나는 이 바닥의 흙수저가 아닌가. 신입이 아니라 경력 기자로 입사했지만 연예계와는 아무 상관없는 경력이었다. 그 어느 톱스타의 매니저도 단독 인터뷰를 하겠다는 나의 전화를 반가워하지 않았다. 언론사가 아니라 스타가 갑이었다. 스타는 자신들이 필요로 할 때에만 인터뷰 스케줄을 잡는다는 것을 나는 그제야 알게 되었다. 이를테면 영화가 개봉할 때, 혹은 새 음반이 나올 때 그들은 언론사를 한 바퀴 돈다. 이때도 특정 매체와 단독 인터뷰를 하는 경우는 거의 없다. 특정 매체와만 인터뷰하는 순간 다른 매체들의 공격 대상이 될 수 있기 때문이다. 스타들은 기본적으로 언론 노출을 달가워하지 않는다. 더군다나 인터뷰의 경우 행여라도 말실수를 하면 괜한 구설수에 오를 수 있기 때문에 더욱 그렇다. 인터뷰를 반기는 것은 신인들이다. 그들은 언제든 부르면 달려올 준비가 되어 있다. 자신을 알려야 하니까. 하지만 창간 인터뷰로 신인을 섭외할 수는 없었다. 몇 날 며칠을 고민해 내가 떠올린 것은 배우 최곤이었다. 그는 이제 막 군대에서 제대한 후 차기작을 고르는 중이었다. 인기와 활동 기간에 비해 출연 작품 수가 매우 적었다. 그만큼 근래에는 언론에 노출된 적도 없었다. 한마디로 희소가치가 있었다. 내가 최곤의 이름을 꺼냈을 때 부장이 나를 보며 물었다.

"되겠어?"

나는 가렵지도 않은 뒷머리를 긁으며 대답했다.

"최곤이 저랑 동향인데요. 최곤이 나온 고등학교도 저희 학교랑 가까운 데 있었거든요."

부장의 입꼬리가 살짝 올라간 것 같았다.

"학교 다닐 때 최곤을 봤어?"

신기하다. 막상 긁으니 뒷머리가 실제로 가려워졌다.

"아뇨. 그게, 고등학교 다닐 때 벌써 데뷔를 해서 학교는 자주 빠졌던 걸로 알고 있는데요. 동네 형들이나 친구들을 수소문해보면 친하게 지냈던 애들이 있을 것도 같고……."

나는 확신할 수 있었다. 부장의 양쪽 입꼬리가 완전히 올라가 있었다.

"그래, 한번 해봐. 하면 대박이겠네."

부장이 황급히 회전의자를 돌려 창밖을 향해 앉았다. 뒤통수에도 표정이 있다는 사실을 그날 처음 알았다.

나는 늘 그렇듯 이번에도 인맥을 풀가동했다. 옷깃만 스쳐도 무조건 인연이었다. 뒤지고 또 뒤지다 보면 어딘가 나와 최곤 사이의 연결고리가 있을 것이다. 여섯 단계만 거치면 지구의 누구와도 연결된다는 게 '케빈 베이컨의 법칙'이었던가. 문득 영화〈일급 살인〉에서 감옥에 갇힌 케빈 베이컨이 소리치던 장면이 떠올랐다. "생각해보라고요? 난 여기서 생각밖에 한 게 없어!" 하루하루 다가오는 마감일이 마치 사형집행일이라도 되는 것 같았다. 생각은 그만하고 최곤의 집 앞에 뻗치기라도 해야 하나 고민하고 있을 때 실마리는 의외로 가까운 데서 풀렸다. 고등학교 동창 중에 근영이라는 친구가 최곤의 영화과 직속 후배라는 정보를 준 것은 사카이였다. 개똥도 약에 쓸 데가 있다더니.

"그래서 근영이라는 친구 지금 뭐 하는데?"

"글쎄. 나도 모르지."

"친구라며 그것도 몰라?"

"몰라. 나 애들이랑 연락 끊은 지 3년도 넘었어."

"근데 나랑은 왜 안 끊는 거냐?"

"너는 세상과 나의 유일한 연결고리잖냐."

"뭔 시답잖은 소리야?"

"오늘 뉴스에 나온 K모 양 있잖아. 양다리 걸치다가 걸렸다는 아이돌. 그게 누구냐? 넌 알지?"

"요새 심심하냐?"

"심심마저도 안 한다."

"내년에 공무원 채용 규모가 확 줄어든다는 뉴스도 봤냐?"

"K모 양이 누구냐고 물었다."

"근영이 전화번호는 정확한 거지?"

"그래. 그러니 가는 게 있으면 오는 게 있어야지."

"최곤 인터뷰 성공하면 그때 알려주마."

"아오, 허구라 이놈 또 속았네. 또 속았어."

수화기 너머로 늙은 승냥이의 울음소리가 들려왔다.

케빈 베이컨의 6단계 법칙은 사실이었다. 심지어 나는 4단계 만에 최곤에게 닿았다. 사카이 – 사카이가 알려준 근영이 – 근영이가 알려준 최곤의 소속사 후배(에게 손이 발이 되도록 빌어서 최곤의 전화번호를 알아냈다) – 그리고 최곤. 다만 최곤이 낯선 번호의 전화는 절대로 받지 않는다는 것이 문제였다. '고향 후배 찬스'를 이대로 날릴 수는 없었다. 나는 최곤에게 장문의 문자 메시지를 남겼다.

'안녕하십니까? 〈제인스포츠〉의 허수영 기자입니다. 다름

이 아니라 이번에 창간하는 〈제일스포츠〉의 창간특집호 인터
뷰 섭외 건으로 연락드렸습니다. 창간을 앞두고 저희가 실시한
조사에서 가장 만나고 싶은 스타로 최곤 님이 선정되었습니다.
아울러 저희 연예부 기자들도 모두 최곤 님의 열혈 팬이랍니다.
부디 이번 창간호를 통해 최곤 님과의 인터뷰를 전할 수 있기를
바랍니다. 언제든 연락주시면 시간과 장소 상관없이 달려가겠
습니다.

덧) 혹시 허수영 선생님 기억하시는지요? 봄내 고등학교의
허수영 선생님께서 효제로 전근 오셔서 저도 선생님께 생물 과
목을 배웠습니다. 선생님을 통해 선배님(선배님이라 불러도 되지
요?)의 얘기도 많이 들었고요. 선생님 덕분에 제 별명도 허구라
가 되었습니다ㅜㅜㅜ. 혹시 인터뷰라는 형식이 부담스러우시면
그냥 고향 후배로 편하게 보는 자리도 좋습니다. 그럼 연락 기다
리겠습니다. 꾸벅.'

최곤으로부터는 일주일이 넘도록 아무런 연락이 없었다.
기자 생활을 하는 동안 최곤을 단독 인터뷰한 기자는 한 명도
못 봤다며 독고준 선배가 내 등을 토닥여주고 지나갔다. 나만
못하는 게 아니라는 위로일까. 아니면 빨리 포기하고 차선책을
찾으라는 조언일까. 아마 둘 다일 것이다. 나는 고집스레 노트
북 바탕화면에 끄집어놓았던 '최곤 질문지' 바로가기 파일을 삭
제했다. 짧게 한숨을 쉬며 열어본 메일함에는 서태지컴퍼니로
부터 정중한 거절의 답신이 도착해 있었다. 혹시나 하고 보냈지

만 역시나였다. 옆자리의 황보 기자가 나를 따라 한숨을 쉬기에 어깨너머로 들여다보니 내가 받은 것과 똑같은 메일을 읽고 있었다. 황보 기자도 서태지컴퍼니에 접촉했던 모양이다. 나는 모른 척 황보에게 물었다.

"뭘 그렇게 한숨을 쉬면서 읽어?"

"별거 아니에요. 서태지컴퍼니인데 인터뷰 안 한다고. 그럴 줄 알았죠, 뭐."

황보는 나와 연차는 같았지만 처음부터 연예부에서 기자 생활을 시작했기 때문에 선배처럼 느껴질 때가 많았다.

"능력도 좋으셔라. 비를 인터뷰했으면서 서태지까지 욕심낸 거야?"

"에이, 그냥 팬심이죠. 얼굴이나 볼 수 있을까 하고 메일 한 번 보내본 거예요. 오빠는 어떻게 됐어요? 최곤, 일정 잡혔어요?"

"아니. 나도 그냥 팬심."

그나저나 정말 큰일이었다. 마감이 코앞인데 여태껏 섭외조차 못했으니. 그때 또 메시지 알림음이 울렸다. 부장이었다.

신문 구독할 주소 1인당 다섯 개 이상 제출해주세요. 본인 집 주소 작성 금지. 우리가 고생해서 만든 신문입니다. 자부심을 가지고 주변에 권해주세요.

신문 확장. 지방지 시절에는 기자들이 내년 열 개 이상의 신문 확장을 해야 했다. 고작 다섯 개 정도야 누워서 떡 먹기였다. 그러고 보니 나는 기자보다 영업이 더 적성에 맞는 걸까. 원고는 꼴찌로 넘겨도 신문 확장만은 내가 반드시 1등을 하리라고 마음먹었다.

*

"안녕하세요 삼진생명 허수영입니다."

쪼그려앉아 채소를 다듬던 아주머니와 아저씨의 눈이 휘둥그레졌다. 새벽 댓바람부터 양복 입은 사내가 들어와 90도로 인사를 하니 그럴 만도 했다. 나는 아직 채소에서 손을 놓지 않고 있는 아저씨 얼굴 앞에 〈제일스포츠〉를 들이밀었다. 제호 옆에 큼지막하게 내 명함 스티커를 붙여놓은 신문이었다.

"이번에 새로 이 지역을 담당하게 되어서 인사차 들렀습니다. 신문 재밌게 보시고요. 오늘도 즐거운 하루. 파이팅입니다."

나는 불끈 쥔 주먹을 아저씨 코앞에 들어 보였다.

"······."

새벽의 찬 공기 사이를 흐르는 정적. 이, 이게 아닌가? 뻘쭘해진 나는 도망치듯 가게를 빠져나왔다.

"저 사람이 뭐라는 거야? 신문 팔러 온 거야?"

등 뒤로 아주머니의 말소리가 들렸다. '신문팔러온거야? 신문팔러온거야? 신문팔러온거야?' 아, 내가 지금 뭐 하고 있는 거지? 아예 시장 한복판에서 진 세버그처럼 '뉴욕 헤럴드 트리

뷴!' 하고 소리라도 쳐볼까. 그러나 낭만이라곤 눈곱만큼도 찾아볼 수 없는 영하 5도의 새벽시장에서 감상에 젖기엔 코끝이 너무나 시렸다. 나는 신문이 아니라 보험을 팔러 왔다. 그리고 오늘은 아이스브레이킹이 목적이다. 그런데 어째서 나 혼자 꽁꽁 얼어 있는 것이냐. 이래선 곤란했다. 내게는 오 팀장처럼 한 층을 건너뛸 수 있는 엘리베이터 버튼도 없지 않은가. 주저할 것 없이 나는 바로 다음 가게의 문을 열어젖혔다.

"안녕하십니까. 삼진생명 허수영입니다."

이번에는 생선 가게였다. 그런데 사람이 보이지 않았다. 나와 눈을 마주쳐주는 건 커다란 나무 도마 위에 맥없이 누워 있는 이름 모를 생선뿐이었다. 영업을 하러 와놓고 이렇게 아무도 없다는 사실에 안도감이 드는 건 또 뭘까. 내가 잽싸게 발길을 돌리려는 순간 냉장실 뒤에서 아저씨가 고개를 내밀었다.

"안녕하십니까. 삼진생명에서 나왔습니다."

"삼진생명?"

아저씨가 앞치마에 한 손을 쓱쓱 닦으며 내 쪽으로 걸어나왔다. 나머지 한 손에는 시퍼런 생선 칼이 들려 있었다.

"아, 그러니까, 제가 무슨 일로 왔냐면……."

그는 그의 일을, 나는 나의 일을 할 따름이다. 그런데 왜 자꾸 이렇게 주저하고 망설이게 되는 것일까.

"이번에 이 지역을 새로 담당하게 되어서 인사차 들렀습니다. 앞으로 자주 이 시간에 인사드리겠습니다."

옆구리에 끼고 있던 신문을 재빨리 아저씨에게 건넸다. 그는 어리둥절한 표정으로 나와 신문을 번갈아보았다. 그의 입이 뭔가 말을 하려는 듯 우물거리기 시작했지만 나는 이번에도 도망치듯 빠져나왔다. 이거 내가 잘하고 있는 건가. 머릿속이 복잡했다. 하지만 장터엔 어디 들어가서 숨을 돌릴 만한 장소가 없었다. 머리는 계속 작전 타임을 외치는데 몸은 일단 미닫이문부터 열어젖혔다. 수없이 이미지 트레이닝을 반복해온 결과였다.

"안녕하십니까. 삼진생명 허수영입니다."

생선 가게 다음은 다시 야채 가게. 야채 가게 다음은 정육점, 그다음은 국밥과 국수를 파는 포장마차. 그다음은 길게 이어진 노점. 가는 곳마다 눈을 마주치며 인사를 하고 신문을 건넸다. 시장 사람들은 신기한 구경거리가 생겼다는 듯, 혹은 심심하던 차에 잘됐다는 듯 나를 위아래로 훑어보고 나서 신문을 펼쳐들었다. 사실 더 전문가처럼 보이고 싶었다면 경제신문을 선택했을 것이다. 하지만 사람들에게 편안하게 다가가기에는 스포츠 신문이 더 나을 것 같았다. 물론 〈제일스포츠〉에 아직 남아 있는 동료들을 응원하는 마음도 한몫했다. 그들은 내가 〈제일스포츠〉와의 인연을 이런 식으로 이어가고 있을 줄은 상상도 못 할 테지만.

"어이, 그거 뭐요? 이쪽도 좀 나눠주지."

한 무리의 아저씨들이 장터 한쪽 구석에 드럼통 난로를 피워놓고 모여 있었다. 내가 그리로 달려가자 뭉툭하고 두꺼운 손들이 내 옆구리로 향했다.

"안녕하세요. 삼진생명……."

인사할 새도 없이 신문을 다 가져가버렸다. 아, 이게 신문이 아니라 청약서라면 얼마나 좋을까. 신문을 펼쳐든 아저씨들에게 나는 더 이상 관심 대상이 아니었다. 하늘을 올려다보니 멀리서 동이 터오고 있었다.

해를 묻은 오후 IV

"형, 먼저 밥 먹어요. 나 아무래도 약국 좀 다녀와야겠어요."

찬우가 배를 움켜쥐며 말했다. 신경성 장염이라더니 오늘 유독 컨디션이 안 좋아 보였다.

"그래, 얼른 다녀와. 그리고 웬만하면 조금이라도 밥 챙겨 먹고."

사카이가 찬우의 등을 쓸어주었다.

"형, 고마워요."

찬우의 눈빛이 심상치 않았다.

"야, 등 한번 쓸어준 거 가지고 뭐가 그렇게 고마워?"

"아니, 그게 아니고. 그냥 이것저것 다요."

찬우가 평소와 달리 사뭇 진지한 얼굴로 말했다. 찬우가 사카이에게 고맙다고 말한 건 처음이었다.

"고맙긴, 내가 더 고맙지. 아무튼 얼른 다녀와."

"네."

사카이는 무심한 척 넘겼지만 찬우의 말투가 평소와 다른 걸 느낄 수 있었다. 배가 아프다더니 멀리 행운기전 사무실 쪽으로 걸어나가는 찬우의 발걸음은 아픈 사람의 그것과는 거리가 멀었다. 뭔가 굉장히 서두르는 느낌이었다. 사카이는 장씨 아저씨, 형들과 함께 식당으로 향했다. 팀장은 오늘 소장과 점심 약속이 있다고 했다.

"오늘 첫 월급이네?"

"한턱 쏴야지?"

함께 일하는 형들이 웃으면서 말했다.

"오늘 저녁에 술 한잔하시죠. 횟집에서 볼까요?"

"야, 똥 떼고 나면 얼마나 된다고 회를 얻어먹냐. 삼겹살이나 먹자."

사실 월급이 정확히 얼마인지는 사카이도 모른다. 팀장은 행운기전과 계약을 할 때 찬우나 사카이 같은 조공들도 다 기공으로 계약했다. 일종의 눈속임이었다. 기공의 임금이 조공보다 한 배반에서 많게는 두 배 가까이 많았기 때문이다. 통장에 월급이 들어오면 팀장이 먼저 팀원들 명의의 체크카드로 월급을 인출한다. 그리고 일정 금액을 공제한 뒤 조공의 월급으로 재산정해 다시 입금한다. 공제 명목은 팀장이 지불하고 있는 원룸 방세와 간식비 등의 생활비이지만 실제 지출하고 있는 금액보다 훨씬 많은 금액을 공제한다. 그게 똥떼기라는 것을 알려준 것은 찬우였다.

"기공 일당이 15만 원, 조공 일당이 8만 원이라 치면요. 우리 명의로 입금되는 15만 원 중에서 7만 원이 팀장 몫인 거예요. 우리 팀이 지금 사람이 많이 줄어서 여섯 명인데요. 그중에서 진짜 기공인 장씨 아저씨 빼고 나머지 다섯의 똥만 떼도 35만 원. 팀장 일당까지 더하면 하루에 50만 원이 팀장 몫인 거예요. 제가 오기 전에 팀원이 10명이던 시절도 있었대요. 정말 끝내주지 않아요?"

팀장이 밤마다 즐기는 싱글 라이프와 그의 방에 가득한 최고급 전자제품들 그리고 외제차까지. 그가 무슨 돈으로 이렇게 화려한 생활을 영위할 수 있는지를 알 수 있었다. 그가 왜 숙소 냉장고를 열심히 채워주는지도. 다만 사카이는 팀장이 얼마를 벌건 별로 관심이 없었다. 자신의 일이 보조적인 역할에 한정되어 있는 건 사실이었고, 그저 일한 만큼만 받으면 된다고 생각했기 때문이다. 하지만 찬우는 생각이 달랐다.

"찬우 이 새끼, 토꼈어."

점심시간이 끝나자마자 팀장이 헐레벌떡 뛰어들어오며 소리쳤다.

"찬우가요? 왜요?"

사카이는 어리둥절했다. 그렇지 않아도 점심시간이 끝나도록 찬우가 들어오지 않아서 걱정하고 있던 차였다. 찬우의 전화기는 꺼져 있었다.

"아오, 어째 뺀질뺀질한 게 인상이 안 좋다 했더니만. 이 새끼, 점심시간 되자마자 오전에 월급 들어온 거 다 빼서 날랐어."

그것은 일종의 시간차 공격이었다. 은행에서 돈이 입금되었다는 문자 알림이 오자마자, 찬우는 팀장보다 한발 먼저 돈을 모두 인출해 사라진 것이다.

월급날이었지만 회식은 취소됐다. 사카이의 월급은 팀장이 재산정 후 내일 입금해준다고 했다. 찬우가 떠난 횅한 방에서 사카이는 장씨 아저씨와 술잔을 기울였다. '형, 우리는 판단이 빨라야 해요. 생각하고 결정하는 게 아니라 결정하고 나서 생각해요.' 사카이는 하루 종일 찬우의 말을 떠올렸다. 지금쯤 찬우는 어디서 무슨 생각을 하고 있을까. 게임의 세계에서 승패를 가른다는 1초. 하지만 현실에선 좀 더 천천히 생각하고 판단해도 좋았을 텐데.

"너 소나무 껍질 먹어봤니?"

찬우의 짐이 놓여 있던 방의 한쪽 구석을 멍하니 보고 있던 사카이에게 장씨 아저씨가 물었다. 마른 오징어 다리를 물고 있던 사카이를 보고 문득 소나무 껍질이 떠오른 것일까.

"아니요. 그것도 먹을 수가 있어요?"

"그럼, 소나무 굵은 가지는 안 돼. 새순, 가늘고 연한 가지를 칼로 탁 쳐서 껍질을 조금만 벗겨내면 돼. 껍질 속에 또 작은 막 같은 껍질이 있어. 그 껍질을 먹으면 달짝지근하고 먹을 만해. 내가 어릴 때, 그 껍질로 몇 달을 버틴 적이 있었거든."

좀체 자신의 얘기를 하지 않던 장씨 아저씨가 웬일인지 속 깊은 얘기를 꺼내고 있었다.

"나는 엄마의 이름도 몰라. 아버지가 마흔 넘어 나은 자식인데 양어머니 밑에서 컸어. 아버지, 양어머니 두 분 다 잘해주셨고. 이복형들도 나를 홀대하지 않았어. 나는 다 친형제인 줄로만 알았지. 아버지가 마흔 넘어서 나를 낳은 건 나중에 가족관계등록부를 떼보고 알았어. 양어머니 일찍 돌아가시고, 아버지도 오십도 못 넘어 돌아가신 거야. 나와 셋째 누나, 넷째 형은 고아원에 보내졌어. 소망원이라고. 소망원의 원장이 국회의원도 하고 그랬어. 소망원 운영은 원장 동생이 하고. 그때 선거철에 원장 상대 후보가 유세하고 있으면, 원장 동생이 고아원 아이들 보내서 야유도 시키고 마이크 선도 자르고 그랬어."

장씨 아저씨가 희미하게 웃었다.

"아버지가 소망원 원장하고 친분이 있었어. 그래서 그곳에 있을 수 있었지. 그런데 소망원에 간 다음부터 누나와 형이 나를 대하는 게 좀 달라졌어. 누나가 먹을 게 생기면 형만 주고 나는 안 줘. 그때 나는 그게 무슨 의미인지 몰랐어. 소망원의 나이 많은 형들이 나를 때릴 때도 누나와 형은 나를 전혀 보호해주지 않았어. 그렇게 몇 달을 보내다가 방학 때 시골집에 다녀왔어. 그때는 고아원도 방학이 되면 시골집에 잠시 보내주는 게 있었거든. 시골집에 첫째, 둘째 형이 있었으니까. 하루는 집에 혼자 있을 때 다락에 올라갔는데, 심심해서 이것저것 뒤지다가 편지를 발견했어. 공부하러 외지로 나갔던 첫째 형이 아버지께 보낸 편지였어. 아버지께서 양어머니가 돌아가신 후에 어떤 여자를 집으로 들이려 하셨던 모양이야. 첫째 형은 그 여자는 절대 안 된다고 썼어. 태수 엄마만은 절대 안 된다고. 나만 엄마가 다르다는 걸 그때 처음 알았지. 나는 그제야 이해할 수 있었어. 누나

나 형들이 나에게 차갑게 대했던 이유를. 내 친엄마는 술집 여자였어. 나는 모른 척했어. 그냥 다. 계속 모른 척했어."

장씨 아저씨가 연거푸 소주잔을 들이켰다.

"그런데 엄마가 보고 싶었어. 그 마음만은 숨길 수 없더라. 그냥 딱 한 번만 엄마 얼굴을 보자고 생각했어. 그래서 열다섯 살 때 첫째 형한테 얘기했어. 엄마가 어디 사는지 알려달라고. 형이 망설이다 알려주었는데 엄마는 이미 이사를 가고 난 뒤였어. 그래서 물어물어 몇 달을 헤맸어. 그리고 겨우 찾아갔지. 막상 찾고 보니 내가 있던 곳에서 그리 멀지도 않은 곳이었어. 초인종을 누르니 어떤 키 큰 남자가 나왔어. 이십대 초중반. 보는 순간 알아봤어. 엄마의 자식이구나. 아마 그쪽도 그랬을 거야. 나를 보더니 순순히 문을 열어줘. 거실로 들어가니 여기서 기다리래. 그리고 조금 있다가 오십대 여자가 나오는데 보는 순간 바로 알 수 있었지. 근데 입이 안 떨어지더라. 여자가 나를 보더니 물어. '니가 태수냐?' 내가 고개를 끄덕이니까 울면서 나를 꽉 안아주더라고. 그렇게 가만히 안겨 있었어. 기분이 묘했지. 기쁘기도 하고 슬프기도 하고. 이제부터 어떻게 해야 하나. 엄마는 나를 안고서 딱 한마디를 했어. '내가 죽일 년이다.' 그게 다였어. 키 큰 남자는 계속 거실 한쪽에 서 있고. 엄마는 나한테 앉으라는 말을 안 해. 나는 잠시 서 있다가 그냥 돌아서 나왔어. 뒤에서 잡을 줄 알았는데 아무도 잡지 않았어. 물 한 잔 얻어먹지 못하고 그렇게 뒤돌아서 30년째 이렇게 지내고 있어."

사카이도 장씨 아저씨를 따라 연거푸 술을 들이켰다. 장씨 아저씨가 평생을 품고 왔을 엄마의 한마디가 귓가에서 맴돌았다.

"나는 찬우를 보면 나처럼 평생 돌아다닐 팔자가 아닌가, 그런 생각이 들어."

3장

백일몽

이상한 나라의 에디s

"어? 저거 최명석 FA 차 아냐?"

파란색 조끼를 입은 사내들이 회사 맞은편 길가에 주차된 오피러스 앞에서 뭔가를 하고 있었다.

"응, 맞는 거 같은데?"

함께 출근하던 에디가 어느새 성큼성큼 그쪽으로 걸어갔다. 행인 몇이 사내들을 구경하고 있었다. 행인들의 어깨 사이로 넘겨다보던 에디가 헐레벌떡 다시 내 쪽으로 달려왔다.

"번호판을 떼고 있는데?"

"엥?"

"저 남자들이 최명석 FA 차 번호판을 떼고 있다고. 경찰에 신고해야 되는 거 아냐?"

하지만 행인들의 표정이나 주변 분위기로 보아 그리 급박한 상황 같지는 않았다.

"저 사람들이 경찰 같은데? 아니면 공무원이거나."

에디는 머리를 긁적이며 고개를 갸우뚱했다. 오늘은 평소보다 머리가 좀 단정해 보였다.

"자동차세를 밀리면 번호판을 떼간다는 소리를 들어보기는 했는데. 설마 최명석 FA가?"

알 수 없는 노릇이었다. 한 달에 천 만원을 넘게 번다는 사람이 1년에 몇십만 원 하는 자동차세를 못 냈을 리도 없고. 에디는 어딘가 전화를 걸고 있었다. 최명석 FA에게 알려주려는 것 같았다. 그때 회사 건물에서 누군가 급하게 뛰어나오는 게 보였다. 최명석 FA였다. 그런데 사무실에서 보던 모습과 달리 뭔가 굉장히 허둥대는 모습이었다. 나는 에디의 옆구리를 쿡쿡 찔렀다.

"우리는 그냥 못 본 척하는 게 좋을 거 같아."

"이춘근, 에디, 허수영, 김혁, 정호식 FA 자리에서 일어나주세요."

오전 조회 시간. 지점장이 2차 월 신입들을 일으켜 세웠다.

"자, 우리 봄봄 FA 지점의 새로운 에이스를 소개합니다. 오늘부터 영업을 시작하는 다섯 명의 FA들입니다. 다 같이 힘찬 격려의 박수 한번 쳐줍시다."

휘파람 소리와 함께 박수가 터져나왔다. 나는 기대로 가득 찬 지점장의 시선을 애써 외면하며 인사를 하는 둥 마는 둥 서둘러 자리에 앉았다. 새로운 한 달의 시작. 지점에는 이번 달부터 교육을 받을 신입들과, 팀장들이 타 보험사에서 데려온 경력직 FA들로 제법 북적이고 있었다. 여전히 세 명뿐인 우리 팀만 빼고.

"지난달의 힘들고 어려웠던 일들은 다 잊고, 우리 오늘부터 다시 잘해봅시다. 자, 지난달 MVP 시상이 있겠습니다. 최명석 FA 앞으로 나오세요."

3팀에서 최명석 FA가 앞으로 걸어나갔다. 방금 자동차 번호판을 떼인 사람이라고는 상상할 수 없을 만큼 조금의 흐트러짐도 없는 모습이었다. 에디는 나와 눈이 마주치자 두 팔을 반쯤 벌리고 어깨를 으쓱했다. 최명석 FA의 실적이 지난달보다 많이 떨어졌다 해도 봄봄 FA 지점에서는 단연 1등이었다. MVP 부상으로 발 마사지기와 스팀다리미가 준비되어 있었다. 그 외 각종 시책으로 걸려 있던 수많은 사은품이 최명석 FA에게 주어졌다. 김 선물세트 열 박스, 카놀라유 열 박스, 여러 종류의 와인과 밥솥, 헤어드라이기를 비롯한 각종 전자제품까지. 회사는 실적이 좋은 사람에겐 아낌없이 퍼줬다. 아낌없이 받으니 더욱 살뜰히 고객들을 챙길 수 있고, 고객이 만족하니 소개가 안 나올 수 없었다. 그렇게 잘하는 사람은 계속 잘하게 된다. 반면 실적이 좋지 않은 사람에게 회사는 볼펜 한 자루 주지 않았다. 명함부터 볼펜과 사탕 한 개까지 모두 설계사가 직접 구매해야 했다. 실적이 안 좋으니 소득이 적고, 소득이 적으니 작은 판촉물 하나도 부담이었다. 영업이 잘될 리가 없었다. 악순환이었다.

삼진생명의 보험설계사 전용 사이트에 들어가면 가망 고객들에게 줄 만한 각종 자료들이 업로드되어 있었다. 보험 상품 소개는 물론 건강 정보라든가 간단한 경제 이슈, 또는 유머나 시사상식 같이 고객의 시선을 끌 만한 글들. 지방지 시절 보험영업을 나온 분들이 가끔씩 책상 위에 올려놓고 가던 전단지가 떠올랐다. 대부분 읽어보지도 않고 바로 휴지통으로 던져버렸던 그것들마저도 한 장 출력하는 데 100원이었다. 공짜가 없었다. 그리고 이제는 그분들이 하던 일을 내가 해야 했다. 나는 그때의 경험을 바탕으로 홍보자료를 업데이트하기로 했다. 삼진에서 제공하는 자료를 출력해서 그대로 돌리는 게 아니라 내가 직접 홍보자료를 만드는 것이다. 누구나 쉽게 읽을 수 있고, 한 번만 읽어도 이해가 되도록 친절하고 명료하게. 어차피 보험이나 연금에 관심이 없는 사람은 보지도 않을 것이다. 그러나 조금이라도 관심이 있는 사람이라면 자료를 읽고 반드시 내 전화번호를 누르도록 만들 생각이었다. 우선 이십대, 삼십대, 사십대, 오십대 나이별로 가입 설계서를 뽑아 예시 자료를 만들었다. 딱딱한 보험용어들은 구어체로 알기 쉽게 풀어쓰고, 고객들이 가장 궁금해할 만한 것들을 앞부분에 빨간색으로 적어놓았다. 보험의 필요성은 누구나 공감하고 있다. 문제는 보험료였다. 보험료가 불필요한 지출로 인식되는 고정관념을 깨야 했다. 보험이 하나의 금융상품으로서도 얼마나 훌륭한지를 설명했다. 요즘을 흔히 100세 시대라고 한다. 그 말은 곧 유병장수의 시대라는 말이다. 특히 경제활동이 줄어드는 노년이 될수록 병원에 갈 일이 더욱 많아진다. 한참 돈을 버는 삼십대에 20년 납 보험에 가입해두면 오십대 이후에는 보험료와 병원비 부담

없이 병원에 갈 수 있다. 진단자금은 또 어떠한가. 암에 걸리길 바라는 사람은 아무도 없다. 하지만 삶의 난관들은 예측하지 못한 순간 갑자기 들이닥치지 않던가. 대략 80세 정도인 기대 수명까지 생존할 경우 암에 걸릴 확률은 30%. 치료비는 의료 실비에서 전액 보장해준다. 하지만 암과 같은 중대질병에 걸리고 나면 치료를 해도 그 이전처럼 왕성한 경제활동을 하기는 힘들다. 최악의 경우 일을 하지 못할 수도 있다. 주계약에 따라 수천만 원에서 수억 원에 이르는 암 진단금은 그럴 때에 빛을 발한다. 내가 위기에 빠졌을 때 등 돌리지 않고 가장 먼저 손 내밀어줄 친구. 나는 그게 바로 보험이라고 적었다.

연금은 어떤가. 역시 중요한 건 수익성이다. 주식, 펀드와 달리 연금은 원금 손실의 위험이 없다. 은행 이율은 계속 떨어져 머잖아 제로 금리 시대가 온다고 하지만, 연금은 최저 보증이율 밑으로는 절대 떨어지지 않는다. 삼진생명 연금 상품의 최저 보증이율은 2.5%. 현재 적용되는 공시이율은 5.1%다. 28세 여성이 월 30만 원씩 10년을 납입했을 때 총 납입금액은 3천 600만 원. 17년 거치 후 55세부터 연금을 수령한다면 공시이율 5.1%로 계산했을 때 연금 개시 시 적립액은 9천 616만 원이 된다. 이자가 복리로 불어나기 때문에 적금보다도 훨씬 적립률이 좋다. 그럼 만약 해약할 경우는 어떤가. 10년간 3천 600만 원을 납부했다가 그해 바로 해약해도 해약 환급금은 4천 178만 원을 받을 수 있다. 환급률 116%. 물론 이것은 현재의 공시이율로 계산한 것이지만 최악의 경우인 최저보증이율로 계산해도 3천 653만 원이었다. 환급률 101.4% 10년 이내에 해약만 하지 않는다면 어떻게 해도 고객이 손해 보지 않는다. 그렇다면 50세가 되는 22년 후에 갑자기 목돈이 필요해져 해약한다면? 공시이율로 계산했을 때 해약환급금은 7,520만 원이었다. 환급률 208.9%. 그리고 만약 가입 후 10년이 지나지 않았지만 급히 돈이 필요하다면 해약환급금의 50%까지 중도인출도 가능했다. 연금을 납부했다고 해서 20년, 30년 돈이 묶여 있는 건 옛날 얘기다. 마침 금융위기 이후 주식과 펀드 수익률이 곤두박질치는 중이라 연금보험을 팔기에 분위기도 나쁘지 않았다. 정리를 하고 보니 나이대별로 자료집 한 부당 5페이지 정도가 나왔다. 거기에 삼진생명 자료를 종류별로 한두 개씩 끼워넣으니 출력량이 만만치 않았다. 계약은 아직 한 건도 못했는데 새벽시장에서 돌릴 신문 대금부터 자료집 출력 비용까지 지출이 컸다.

"오늘 만날 사람은 있어?"

소회의실에서 오 팀장이 내게 물었다. 진숙 선배는 벌써 가고 없었다.

"아니요. 오늘부터 개척영업의 시작이죠, 뭐."

나는 새벽시장부터 자료집 준비까지 내가 계획하고 실행한 것들을 이야기했다. 그런데 오 팀장의 얼굴이 어두웠다.

"그게 될까?"

그게 된다고 본인이 나한테 말하지 않았던가. 그래서 내가 지금 여기에 있는 거고.

"지난달에 우리 지점이 지역단 전체에서 꼴찌를 했대. 하다 못해 오픈빨이라도 있어야 하는 건데. 지점장이 엄청 깨진 모양이야."

나도 대충 눈치로 알고는 있었다.

"천하의 최명석이도 실적이 반토막 나고. 진숙이는 아예 한 건도 못하고."

오 팀장이 깊은 한숨을 쉬었다.

"지점장이 신입들한테 기대가 큰 거 같던데. 이번 달 실적은 신입들 손에 달렸다고. 아무래도 신입들은 계약할 지인들이 많이 남아 있을 테니까."

오 팀장이 넥타이를 고쳐 매는 척하면서 슬쩍 내 눈치를 살폈다.

"아니, 수영이한테 지인계약을 하라는 건 아니고. 다만 개척은 투자하는 만큼의 효과가 나오려면 한참 걸릴 테니까."

아이고, 개척 첫날 빌딩 타기로 세 건을 계약하셨다는 분이 이 무슨 엄살이실까. 나는 화제를 바꿔보기로 했다.

"최명석 FA 무슨 일 있어요? 오늘 표정이 안 좋던데."

"으응, 두 달 전에 100만 원짜리 연금 가입시킨 게 문제가 좀 됐나봐. 그것도 두 개나. 고객이 해약하겠다는데, 환수 엄청 세게 들어오게 생겼어."

"해약하면 고객은 이미 낸 돈을 그냥 날리는 거 아니에요?"

"그렇지. 그러니까 순순히 해약 안 하고 금감위 쪽에 문제를 제기했나봐. 불완전판매다 이거지. 안 그래도 이따 오후에 장 팀장이랑 그 고객을 만나러 갈 모양이야. 참 그리고 전에 다니던 회사에서도 명석이한테 여러 건 환수가 들어왔어."

왠지 오 팀장의 표정이 조금 밝아진 듯했다.

"명석이 쟤도 문제가 많아. 보험료를 낼 능력이 없는 사람도 일단 가입부터 시키고 보니까. 수수료를 천만 원 받으면 뭐 해. 고객들 보험료로 또 그만큼이 나가는데."

"고객들 보험료를 설계사가 낸다고요?"

오 팀장이 손사래를 쳤다.

"아니, 그게 아니고. 유지가 안 되는 고객들. 설계사는 유지율도 항상 신경 써야 하니까. 그 정도로만 알고 있어. 이런 건 몰라도 돼. 다른 사람한텐 얘기하지 말고."

오 팀장과 회의를 하고 나오니 3팀 책상에 에디가 혼자 앉아 있었다.

"안 나가고 뭐 해?"

"뭐 하긴, 생각하고 있었지."

"갈 데가 없으시구만?"

하긴 10년 넘게 미국에서 살다 온 에디가 갑자기 옛 지인을 만나 보험 얘기를 하는 것도 웃길 것 같았다.

"우선 밥부터 먹을까?"

회사 건물 1층에 김밥집이 있었다. 우리는 김밥과 라면을 놓고 마주 앉았다.

"그래서 무슨 생각을 하셨는데?"

"그냥 문득 내가 '센'이 된 느낌."

"누구?"

"거 왜 있잖아. 일본의 유명한 애니메이션 할아버지가 만든 거. 뭐더라. 〈이웃집 뽀로로〉도 그 할아버지가 만들었는데."

"〈이웃집 토토로〉겠지."

"그래. 코알라가 코끼리만 한 거. 근데 그거 말고 왜 〈센과 이치로의 행방불명〉이라고 있었잖아."

"〈센과 치히로의 행방불명〉이겠지. 이치로는 야구선수고."

에디는 고개를 갸우뚱하더니 머리를 긁으며 말을 이었다.

"그래. 그거를 내가 엊그제 봤는데 지금 보니 딱 내 얘기 같은 거야. 일을 하지 않으면 돼지로 변해버리니까 뭔가 일을 찾아오긴 했는데, 알면 알수록 모르겠다는 생각이 들어. 그러니까 여기가…… 몰라, 아무튼 이상해."

나는 에디의 심각해진 얼굴이 재밌어서 계속 물었다.

"뭐가 이상했는데?"

"그냥. 거 왜 우리 팀 선배 중에 하나가 지난달 수수료가 잘못 입금됐다고 팀장한테 하소연을 하는 거야. 돈이 다른 명의의 통장으로 입금됐어야 하는데 깜빡했다고. 그 통장의 돈은 자기가 인출할 수가 없다던가. 뭐라더라. 신용불량……. 뭐 그런 거래."

"음, 그 선배도 뭔가 기나긴 사연이 있나보네."

"그렇긴 한데……. 우리가 하는 일이 남의 재무를 설계해

주는 일이잖아. 일종의 금융전문가라고 배웠는데 정작 자기
는…….”

에디가 어떤 얘기를 하려는지 알았지만 나는 대수롭지 않
다는 듯 가볍게 대꾸했다. 좀 더 깊이 들어갔다가는 자칫 에디
의 ‘썹’이 꺾일 수도 있겠다는 생각이 들었기 때문이다.

“원래 중이 제 머리는 못 깎는다잖아. 근데 그게 ‘센’이랑 뭔
상관이야?”

“내가 한국 이름이 김종우잖아. 사람들이 에디로 부르긴 하
지만 설계사 코드는 김종우로 찍혀 있거든. 근데 가입 설계서
뽑을 때마다 되게 이상한 거야. 김종우 FA라……. 치히로가 마
녀 유바바한테 센으로 불리게 되면서 자기 이름을 잃어버리잖
아. 그러면서 그 세계에 갇혀버리고. 그게 꼭 만화 속의 얘기만
은 아닌 느낌이랄까.”

“아니야. 단지 만화 속의 얘기야. 결정적으로 형을 여기로
이끈 장 팀장이 미소년 하쿠일 리가 없잖아.”

“으읍!”

에디가 먹고 있던 라면을 뿜었다. 장 팀장과 하쿠라니, 내가
생각해도 정말 괴이한 조합이었다.

“그 그렇지, 나한테 하쿠는 너지.”

“으읍!!”

이번에는 내가 뿜을 뻔했다.

“그러니 개척 갈 때 나도 따라가도 되지?”

혼자 다니는 것보다야 둘이 다니는 게 심심하지 않고 좋을

것도 같았다.

"그러지 뭐."

"좋아. 그럼 우린 이제 델마와 루이스네?"

"아니. 배트맨과 로빈"

내가 티슈로 입을 닦으며 말했다.

"그래 좋다. 영구와 땡칠이가 아닌 게 어디냐."

나는 청운중학교 앞에 차를 세웠다. 나의 모교였다.

"그런데 왜 학교야?"

에디가 물었다.

"방학이잖아. 선생님들이 가장 한가할 때니까. 그나마 우리 얘길 들어줄 마음의 여유가 있지 않을까?"

나는 운전대에 두 팔을 기대고 잠시 텅 빈 운동장을 바라봤다. 담장 하나를 사이에 두고 아림여중과 붙어 있는 학교. 일부러 담장 너머로 차 넘기던 축구공들. 공을 넘겨달라는 구실로 여학생들에게 말을 걸며 설레던 사춘기가 있었다. 몇몇 짓궂은 여학생들은 공을 가지고 교실로 들어가버리기도 했다. 허망하게 서서 아림여중의 창밖만 바라보던 담장. 그 위로 진눈깨비가 흩날렸다.

"보험회사에서 왔다고 하면 사람들이 싫어하지 않을까?"

"그래서?"

"삼진생명 연금 특판팀에서 나왔다고 하면 어때?"

"오~ 좋은데?"

연금 특판팀이라. 뭔가 더 전문적으로 보였다. 재테크에 조금이라도 관심이 있는 사람이라면 그냥 지나치기 어려운 이름이 아닐까. 역시 사회생활의 짬밥은 무시할 수 없다.

"교무실에 들어가면 둘이 흩어지는 거야. 방학 중이라도 선생님들이 몇 명은 나와 있을 테니까. 그런데 뭐 준비한 거 없어? 하다못해 볼펜이라도 건네면서 인사를 하는 게 좋을 텐데."

에디가 007 가방을 열더니 일회용 티슈 같은 것을 꺼냈다. 포장지에 '도깨비 박사'라고 적혀 있었다. '기름때 찌든때 강력한 세척효과. 어머나 청소가 벌써 끝났네?'

"이걸⋯⋯ 주겠다고?"

나는 포장지 뒷면에 붙어 있는 에디의 명함 스티커를 보며 물었다.

"응. 지점에 오시는 판촉물 아저씨한테 산 건데. 이게 제일 싼 거야."

"그, 그래. 선생님들이 정말 좋아하시겠네."

교무실 문을 열고 들어가니 드문드문 자리에 앉아 있는 선생님들이 보였다. 한가운데 있는 난로를 기준으로 나는 오른쪽, 에디는 왼쪽으로 돌았다. 우리를 제지하는 사람은 없었다. 몇몇 선생님들은 영업사원이 익숙한 듯 아주 자연스럽게 거절을 했다. 나와 눈이 마주치자 휴대폰을 들고 자리에서 일어난다든가, 모니터를 들여다보며 가볍게 손을 내젓기도 했다. 어떤 경우이건 나는 준비해간 자료집을 선생님들 책상 위에 올려놓고 45도로 인사를 했다. 다만 어려운 것은 선생님들의 얼굴을 보고 그 나이대에 맞는 가입 설계서를 꺼내는 일이었다. 가끔 삼십대인지 사십대인지 혹은 오십대인지 종잡을 수 없는 얼굴도 있었다. 그럴 때는 삼십대로 설계한 자료집을 꺼냈다. 젊을수록 거치 기간이 길고 연금 수령액도 커지니까. 읽어보면 나중에라도 연락을 주시겠지. 왼쪽을 보니 에디도 열심히 도깨비 박사를 돌리고 있었다. 다음번에는 에디를 위해 식당 아주머니들을 만날 수 있는 쪽으로 개척을 가야겠다. 에디와 함께 와서일까. 새벽에 혼자 시장을 돌 때보다 한결 마음이 편했다. 거절을 당해도 쉽이 꺾이지 않았다. 그냥 둘이 하는 놀이처럼, 빈손으로 교무실 문을 닫고 나오면서도 가볍게 웃을 수 있었다.

"어땠어?"

"도깨비 박사 엄청 좋아하던데? 하나 더 달라는 사람도 있었어."

"그래서?"

"두 개 줬지."

"연금에 대해 물어보는 사람은 없었고?"

"응. 넌?"

"나도."

우리는 잠시 학교 현관에 서서 하늘을 올려다봤다. 금방이라도 함박눈이 쏟아질 듯했다.

"눈 오면 길이 미끄러울 텐데."

"그러게, 빨리 움직이자."

나는 차를 몰고 아림여중으로 들어갔다. 아림여중을 이렇게 오게 되네? 중학교 시절에는 상상도 못한 미래였다. 그땐 보험설계사라는 직업이 있는지도 몰랐지만.

"여학교에도 축구 골대가 있구나."

에디가 운동장을 보며 말했다.

"형도 여학교는 처음이지?"

"아니야. 고등학교 때 친구들이랑 방석 훔치러 여고에 들어간 적 있어. 여자 방석 깔고 앉으면 시험 잘 본다 그래서. 그땐 한밤중에 와서 운동장을 못 봤지."

"그래서 잘 봤어?"

"응. 효과가 있던데? 서울우유도 엄청 마셨지. 그거 마시면 서울대 간다고 그래서."

"그것도 효과가 있었네?"

"응, 근데 좀 모자랐나봐. 졸업을 못 했으니."

교무실 문을 열고 들어가자 이번엔 라디에이터가 놓인 창가에 여러 선생님들이 모여 차를 마시고 있었다. 에디가 창가로 가고 나는 혼자 일하고 있는 선생님들 책상을 돌았다.

"안녕하세요. 삼진생명 연금 특판팀에서 나왔습니다."

"저는 친구가 설계사로 있어서요."

"네. 알겠습니다. 기왕 왔으니까 자료집 하나 드리고 갈게요. 가입하지 않으셔도 괜찮으니까요. 혹시나 평소에 보험이나 연금 관련해서 궁금한 거 있으시면 언제든 연락주세요."

"네."

선생님들 책상을 도는데 창가에서 웃음소리가 들렸다. 무슨 얘기를 하는지 에디가 잔뜩 상기된 얼굴로 한참 떠들고 있었다. 보험 얘기를 하는 거 같지는 않았다. 또 국경에서 티셔츠 팔던 썰을 풀고 있는 건가 하고 있을 때 나를 부르는 소리가 들렸다.

"저기요."

아까 자료집만 놓고 지나친 선생님 중 한 명이었다. 나는 얼른 그 자리로 갔다.

"혹시 이게 소득공제도 되는 상품인가요?"

자료집을 들춰본 모양이었다.

"그럼요. 노후보장과 더불어서 세테크까지 되는 가장 대표적인 상품이 바로 연금저축입니다. 근로소득에 따라 차이가 있겠지만 보통은 월 25만 원 정도의 연금에 가입하시면 50만 원 정도 소득공제 혜택을 받을 수 있으세요."

"아 네. 좋네요. 그렇지 않아도 소득공제 때문에라도 연금을 생각하고는 있었는데. 근데 최저보증이율이 2.5%네요?"

"네. 하지만 현재 적용되는 건 공시이율이고요. 최저보증이율은 일종의 안전장치 정도로 보시면 돼요."

선생님은 자료집을 꼼꼼히 살펴봤다.

"지금 물가 상승률이 얼마죠?"

앗, 예상치 못한 질문이었다. 예전 같았으면 답을 못했겠지만 다행히 며칠 전 경제신문에서 물가 상승률을 다룬 기사를 본 적이 있었다.

"3% 정도로 알고 있어요."

"음, 그럼 최저보증이율이 물가 상승률에도 못 미치네요?"

아. 이러면 안 되는데. 어떻게든 긍정적인 방향으로 분위기를 유도해야 했다.

"네. 하지만 지금 은행 금리는 최저보증이율보다도 훨씬 낮으니까요. 그나마 가장 안정적인 금융 상품이에요. 아마 몇 년 후에는 공시이율과 최저보증이율이 더 떨어질 거예요. 지금이 가장 이율이 높게 책정된 시기라고 보시면 돼요."

"연금 적립금을 주식에 투자하는 상품도 있다고 들었는데, 그런 건 혹시 연금 적립액이 더 빨리 늘어나지 않을까요?"

그건 변액연금이었다. 변액연금을 판매하려면 자격증이 필요했다. 변액시험은 생명보험 판매 자격 시험보다는 난이도가 있는 편이다. 그렇지만 일주일 정도 공부하면 충분히 딸 수 있는 자격증이라고들 했다. 다만 시험 일정이 아직 한 달이나 더 남아 있었다.

"네. 그런데 주식에 투자하는 상품은 소득공제가 되지 않아요. 그리고 요즘 증권 펀드 수익률 아시잖아요. 노후대비 상품은 공격적인 투자보다는 안정성 위주로 가는 게 더 좋으실 듯하네요."

선생님이 고개를 끄덕이더니 나를 올려다봤다.

"명함 하나 주시겠어요? 제가 조금 더 생각해보고 연락드릴 게요."

야호. 나는 속으로 쾌재를 불렀지만 포커페이스를 유지하면서 명함을 건넸다.

"혹시 주말에도 일하시나요?"

"그럼요. 언제든 편한 시간에 연락주시면 찾아뵙고 더 자세히 안내해드릴게요."

"네. 감사해요."

이번에는 교무실을 나서는 발걸음이 가벼웠다. 내가 나가는 것을 보자 에디도 밖으로 따라 나왔다. 표정이 밝아 보였다.

"선생님들이랑 무슨 얘기를 그렇게 한 거야?"

"미국에서 왔다니까 선생님들이 영어회화를 배우고 싶다고 그러시네?"

"그래서?"

"연금 가입하시면 공짜로 가르쳐드리겠다고 했지."

"몇 명이나?"

"몰라. 자기들끼리 더 얘기해보고 연락준다는데?"

"이야, 이게 되네?"

"그러게."

눈발이 조금 굵어져 있었다. 여기서 가까운 학교가 또 어디더라. 나는 시동을 걸었다.

저녁 5시, 다섯 군데의 학교를 더 돌고 사무실로 돌아왔다. 별다른 성과는 없었다. 몇 번 간단히 프레젠테이션을 하긴 했지만 돌아오는 대답은 매번 '생각해보고 연락드릴게요'였다. 보험이나 연금을 충동 구매하는 사람은 없다. 20년, 30년 후를 내다 보고 가입하는 상품인 만큼 고객들은 신중했다. 상대적으로 영업을 하는 입장에선 체력과 더불어 마음의 근력이 필요하겠다는 생각이 들었다. 개척영업은 몸도 마음도 지치지 않게 하는 게 우선이다. 그런 면에서 에디가 큰 위로가 됐다. 기분이 다운될 때마다 서로 농담을 하면서 '쉽'을 끌어올렸다.

"반장, 혁이가 한 건 했대."

에디가 턱끝으로 사무실 입구를 가리켰다. 사무실 입구에서 혁이가 미희 씨와 청약서를 검토하고 있었다.

"가보자."

우리는 마치 구경거리라도 난 것처럼 혁이 뒤에 바짝 붙어서 미희 씨가 하는 일을 지켜봤다. 청약서를 넘기면서 서명이 빠진 부분은 없는지 체크하고 있었다.

"누구 거야?"

내가 청약서를 가리키며 혁이에게 물었다.

"친구 거요."

멋쩍게 웃으면서 말했다. 친구가 지점으로 와서 청약서에 사인을 했고, 박 EM이 옆에서 도와줬다고 했다.

"좋겠다. 혁이가 이번 달 우리 지점 개시를 했네?"

에디가 자기 일처럼 좋아했다. 나도 축하해주었지만 마음 한편에는 부러움인지 질투인지 모를 감정이 자리 잡고 있었다. 나는 새벽부터 일어나서 긴 하루를 보내고도 빈손인데 지인영업은 이렇게 결과가 빨리 나오는구나. 물론 체념이나 실망을 한 건 아니었다. 오히려 오기가 생겼다. 퇴근길에도 곧장 집으로 가지 않았다. 나는 S자동차 영업소 앞에 차를 세웠다. 저녁 시간이라 식당을 비롯한 상가보다는 퇴근을 준비 중인 영업소가 좀 더 한가할 것 같았기 때문이다. 영업소 안에 들어가니 젊은 직원 세 명이 모여 얘기 중이었다. 보험회사에서 왔다고 인사하자 다소 놀란 듯한 표정으로 나를 쳐다봤다. 같은 영업직이라 좀 더 따뜻하게 맞아줄 거라고 기대했던 내가 너무 순진했던 걸까. 감히 여기가 어딘 줄 알고 들어왔느냐는 듯한 차가운 공기가 감돌았다. 무안해진 나는 얼른 자료집을 돌리고 돌아섰다. 영업소를 막 나서는데 등 뒤에서 누군가 큰 소리로 말했다.

"다음번에 올 땐 S자동차 타고 오세요."

영업소 문밖까지 남자들의 낄낄거리는 소리가 들렸다.

퇴근 후에는 동영상 강의를 틀어놓고 AFPK 공부를 했다. 그런데 자꾸 낮에 개척영업 다니던 생각이 나서 집중이 되지 않았다. 나는 회사에서 구매한 삼진생명 다이어리를 꺼내 오늘 만난 사람들 중 가망 고객이 될 만한 사람들을 정리했다. 조금이라도 내 얘기에 관심을 보인 사람들. 이름을 모르기 때문에 근무지와 인상착의 그리고 오늘 나눈 대화 내용을 기록했다. 개척영업은 한 번에 끝나는 게 아니다. 꾸준히 반복적으로 가망 고객을 만나는 게 중요하다. 하루에도 수십 명을 스쳐가기 때문에 기록하지 않으면 다 잊어버리고 만다. 하지만 꾸준히 기록하면 나중에는 제법 근사한 나만의 데이터베이스가 될 것이다. 다음번에 학교에 방문할 때는 교무실에 걸려 있는 학사 일정 같은 것도 눈여겨봐둬야겠다. 판촉물도 좀 더 챙기고, 고객의 니즈에 맞는 자료들로 업그레이드할 필요성을 느꼈다. 물론 새벽 시장에 돌리는 신문도 계속 업그레이드하고 있었다. 처음엔 신문만 돌렸지만 점차 신문 사이에 보험 광고지와 내가 만든 자료집, 간단한 보험과 재테크 관련 이슈를 정리해 끼워넣기 시작했다. 신문보급소의 일이 끝날 즈음인 새벽 5시에 방문하면 소장님은 아예 내게 큰 테이블을 내어주셨다. 내가 바닥에 쪼그리고 앉아 신문에 명함 스티커를 붙이고 자료집을 끼워넣는 게 보기 안쓰러웠던 모양이다. 시장 상인들도 이제는 처음과 달리 나를 반갑게 맞아주었다. 신문을 돌리면서 채소를 나르는 걸 거들기도 하고, 드럼통 난롯불을 함께 쬐며 수다를 떨기도 했다. 상인들에게는 출근 전에 아침 운동 삼아 하는 일이니 부담 갖지 마시라고 누차 말씀드렸다. 복장도 처음에는 정장을 입고 갔지만 점차 캐주얼한 복장으로 바꿔 입었다. 목적은 영업이었지만 시장에 있는 동안 내 욕심을 드러내지 않으려 노력했다. 하다못해 그냥 삶의 현장을 보고 하나라도 더 배운다는 마음으로 움직였다. 마음이 주저하면 몸이 먼저 나갔다. 기왕 하는 거 즐겁게 하자고 마음먹었다. 그러던 어느 날 〈제일스포츠〉에 자료집을 넣는데 기사 하나가 눈에 들어왔다.

아이돌 출신 가수 채린이 작가로 데뷔한다. 출판사 마음프로젝트에 따르면 채린의 장편소설《봄날 피고 진 꽃에 대한 기억》은 15일부터 예약판매를 시작하며 26일 정식 출간된다. K

대 국문학과에 진학하는 등 평소 문학에 관심이 많았던 채린은 아이돌 활동을 하면서도 틈틈이 소설을 써온 것으로 알려졌다. 《봄날 피고 진 꽃에 대한 기억》은 채린이 가장 좋아하는 시에서 제목을 가져왔으며, 엄마의 유품에서 연애편지를 발견한 딸이 엄마의 첫사랑을 찾아 떠나는 내용을 담고 있다. 한편《봄날 피고 진 꽃에 대한 기억》의 출판기념 팬 사인회가 20일과 21일 오후 6시 강남 교보문고에서 열릴 예정이다. [황보현 기자]

아나테이너

채린이 출판사와 원고 작업을 하고 있다고 알려온 것은 대학 후배 준겸이었다.

"형, 나도 작가 이름 보고 깜짝 놀랐어요. 우리 회사랑 계약했대요. 편집을 해봐야 알겠지만 올해나 늦어도 내년 초에는 출판될 거 같아요."

가뭄에 단비 같은 소식이었다. 창간 후 한 달. 나는 매일 스트레이트 뉴스 아이템을 찾아야 한다는 압박감에 시달리고 있었다. 출입처인 CTV 홍보팀은 자신들에게 유리한 소스만 흘려줬고, 핫한 프로그램을 제작 중인 PD와 작가들은 너무 바빠서 만나기 어려웠다. 나는 굶주린 하이에나처럼 예능국을 어슬렁거렸지만 누구 하나 말 걸어주는 이가 없었다. 지방지 시절과는 딴판이었다. 자신들의 업무와 관련된 기사가 신문에 어떻게 보도되는지를 바짝 신경 쓰던 공무원들과 달리 예능국 사람들은 아무도 기사를 신경 쓰지 않았다. 그러기엔 매체가 너무 많았고 기자 또한 많아도 너무 많았다. 그들이 바라보는 나는 굶주린 하이에나가 아니라 길 잃은 강아지였는지 모른다. 물론 예능국을 배회한다고 늘상 기삿거리를 찾을 수 있는 건 아니다. 빈손으로 방송국을 나서는 날은 밤새 CTV의 시청자 게시판과 연예인의 SNS를 뒤졌다. 그러고도 실패한 아침은 마치 숙제를 하지 못한 아이처럼 출근을 하는 발걸음이 무거웠다. 선배들은 어디서 이렇게들 기삿거리를 물어오는지 나 하나 빠져도 신문은 꼬박꼬박 잘도 나왔다. 조바심이 났지만 일단 내가 할 수 있는 선에서 최선을 다하자고 다짐했다. 그중 하나가 지인들에게 길 가다 연예인 닮은 사람만 봐도 무조건 연락을 달라고 SOS를 쳐놓은 것이었다. 그 첫 번째 응답이 드디어 준겸이로부터 도착했다. 나는 바로 채린의 매니저에게 전화를 걸었다.

"안녕하세요. 〈제일스포츠〉 허수영 기자입니다. 채린 씨가 소설을 내신다구요?"

"네? 뭐라고요? 뭘 내요?"

매니저는 젊은 남자였다. 수화기 너머로 빠른 비트의 음악 소리와 사람들이 웅성거리는 소리가 들렸다.

"출판사랑 소설 계약하셨다고 전해들어서요. 관련해서 확인 차 전화드렸습니다."

"뭐요? 채린이가 소설을 쓴다고요? 누가 그래요? 누가 그런 말도 안 되는 소리를 하고 다녀요?"

취한 건지 굉장히 흥분을 했다. 이게 그렇게 숨기고 화낼 일인가? 나는 좀 의아했다.

"그럼 소설을 내지 않는다는 말씀이신가요?"

나는 최대한 친절하고 조곤조곤하게 말하려 애썼다.

"거, 신문사가 어디라고요? 어디?"

"〈제일스포츠〉이고 저는 허수영 기자입니다."

"알았어요. 거 기사 쓰기만 해봐. 내가 가만 안 있을 테니까."

"지금 협박하시는 건가요?"

전화는 이미 끊겨 있었다. 몇 해 전 소속된 아이돌 그룹이 해체하고 나서 채린의 인기는 예전만 못했다. 사실 그녀가 소설을 쓰는 것이 과연 사람들의 시선을 끌 만한 뉴스거리인지도 잘 모르겠다. 그럼에도 내가 채린의 기사를 쓰려고 했던 것은 단지 스트레이트 뉴스 아이템이 없기 때문이었다. 그런데 매니저와 통화를 하고 나니 기분이 상했다. 이게 이렇게까지 부정할 일이며, 이렇게 부정하는데도 써야 할 필요가 있는 기사일까. 물론 준겸이가 작가 이름을 잘못 보았을 수도 있다. 하지만 그랬다면 매니저는 가볍게 사실이 아니라고 말했을 것이다. 그가 당황하거나 화낼 이유는 전혀 없다. 그런데 그는 필요 이상으로 강하게 부정하고 있었다. 그것은 결국 강한 긍정의 신호였다. 나는 준겸이를 통해 다시 한번 확인하거나 출판사 쪽에 정식으로 취재 요청을 하고 기사를 쓸 수도 있었다. 하지만 그러지 않았다. 일단 채린의 소설 관련 뉴스는 킵 하기로 했다.

최곤으로부터는 끝내 연락이 없었다. 〈제일스포츠〉가 창간하던 날, 지하철역 가판에 내걸린 〈제일스포츠〉를 보자 만감이 교차했다. 가판대 맨 밑에 깔려 있는 〈제일스포츠〉를 꺼내 은근슬쩍 다른 신문들 위에 올려놓고 혼자 회심의 미소를 짓기도 했다. 고생해서 여기까지 온 만큼 기쁘고 보람찬 순간이었다. 하지만 한편으론 창간호라는 글자를 보는 순간 울적해지기도 했다. 연예부에서 창간 특집 인터뷰 섭외에 실패한 기자는 나 하나였다. 부장은 창간일 저녁 회식 자리에서 내게 말했다.

"경력기자로 오긴 했지만 빨리 뭔가 보여주겠다고 조바심 내지 마. 사실 넌 연예부에선 수습기자나 다름없어. 이 바닥에 아는 사람도 하나 없고, 니가 얼마나 힘들지는 우리 모두가 알아. 그러니 처음부터 완벽해지려고 하지 마. 내가 최대한 시간을 줄 수 있는 데까지 줄 테니까. 알았지? 그래도 여기서 사쓰마와리* 해본 기자는 너밖에 없어."

부장은 내 어깨를 툭 치며 술을 따랐다. 술을 넘기는데 목이 멨다. 부장의 말은 고마웠지만 위로가 되지는 않았다. 여기는 프로의 세계가 아닌가. 내 사정이 이러저러하니 이해해달라고 말하고 싶지는 않았다. 나는 마음을 독하게 먹기로 했다. 눈에 불을 켜고 기삿거리를 찾았다. 그런데 마음을 독하게 먹으면 먹을수록 시야가 좁아졌다. 마치 데뷔전을 치르는 풋내기 농구선수처럼 최소한의 정면을 제외하곤 사방이 모두 새카맣게 보이는 것만 같았다. 어떤 음식을 먹어도 아무런 맛을 못 느끼기 시작한 건 그 무렵부터였다.

---

*   기자가 사건의 정보 등을 얻기 위해 경찰서를 순회하는 일을 일컫는 말. 신문사에서 주로 신입기자들을 교육시킬 목적으로 수습 기간 동안 사쓰마 아리를 시킨다.

사람을 만나야 했다. 연예인이든 매니저든 방송국 직원이든 그게 누구든 간에. 뉴스는 결국 사람에게서 나온다. 트렌드도 마찬가지. 오직 사람만이 내가 읽어야 할 책이었고, 내가 열어야 할 문이었다. 그렇다고 다짜고짜 아무나 붙잡고 나랑 얘기 좀 하자고 할 수는 없었다. 그래서 닥치는 대로 인터뷰 약속을 잡기 시작했다. 아주 작은 이슈라도 있으면 무조건 인터뷰를 했다. 신인 배우나 코미디언은 물론, 드라마가 끝나면 PD와 작가, 미술 감독과 로케이션 매니저를 만났다. 스트레이트 지면에서 기여도가 약한 만큼 다른 지면에 조금이라도 더 쓰고자 노력했다.

"오늘은 누구야?"

오전 기사 마감을 마치고 막 일어서는데 독고준 선배가 물었다.

"김유미 아나운서예요."

"김유미? 신입 아냐? 예능 프로에서는 거의 못 본 거 같은데?"

"네. 3년 차인데 이번에 음악 프로 MC를 맡았어요."

"그래? 야마*가 뭐야?"

"네? 그게……. 이번에 처음으로 음악 프로그램 MC를 맡은……."

"그러니까 그건 알겠는데, 기사의 야마가 뭐냐고."

제가 김유미 아나운서와 만나서 일단 안면을 트는 게 이

* 가장 중요한 부분, 가장 핵심적인 부분을 뜻하는 은어

인터뷰의 야마입니다,라고 말할 수는 없었다.

"그건 일단 만나서 찾아볼게요."

김유미 아나운서와는 CTV 근처 공원에서 만났다. 인터뷰 전에 우선 사진기자와 촬영을 먼저 해야 했기 때문이다.

"오늘 찍는 사진 되게 중요해요. 앞으로 〈제일일보〉에 아나운서님 관련 기사 나갈 때마다 두고두고 자료 사진으로 쓰일 거예요."

일간지 인터뷰와 사진 촬영이 처음이라기에 내가 과장을 섞어 말했다. 부담을 가질 만도 했지만 김유미 아나운서의 포즈에는 여유가 넘쳤다. 나는 준비해온 질문들을 다시 한번 체크하며 멀찍이 떨어져서 사진 촬영을 지켜봤다. 지상파 방송국 아나운서 경쟁률은 보통 수천 대 1이다. 가끔 그런 어마어마한 경쟁률을 뚫은 사람들을 만나면 유심히 살펴보곤 한다. 대체 어떤 비범한 능력을 가지고 있는 걸까.

"국장님이 인터뷰 허락 안 해주실까봐 조마조마했어요. 요즘 아나운서들이 너무 언론의 주목을 받아서 분위기가 조금 뒤숭숭했거든요. 그런데 저는 흔쾌히 허락해주시더라고요. 아무래도 프로그램 홍보에 도움이 된다고 생각하셨겠죠. 그러니 잘 써주셔야 해요."

사람을 기분 좋게 만드는 친근한 미소와 똑 부러지는 말투. 나는 그녀를 관찰하려던 시선을 이내 거둬들였다. 그녀가 면접관 앞에서 공중부양을 했건, 벽을 그대로 통과해 면접장 밖으로 나갔건 그게 뭐가 중요하랴. 사람 사는 건 어디는 다 비슷하지 않던가. 공원 근처 카페로 자리를 옮겨 우리는 한참 수다를 떨었다. 우리는 각자 부서에서 막내급으로 사는 게 얼마나 고달 픈지 얘기하며 금세 가까워졌다. 너무 프로그램 얘기를 안 하는 거 같아 내가 물었다.

"첫 회 녹화는 벌써 끝났죠? 게스트가 누구였어요?"

"록밴드 bom이랑 가수 Jay요. 그런데 bom 공연할 때 원년 멤버였던 유월 씨가 특별 게스트로 나와서 함께 공연했어요."

"와, 저 그분 완전 좋아하는데. 방송 출연 되게 오랜만이지 않아요?"

"네. 무대 인터뷰하면서 저도 깜짝 놀랐어요. 지금은 전혀 다른 일을 하고 계시더라고요."

"무슨 일 하시는데요?"

"개척교회 목회자시래요."

"아……. 의외네요."

나는 속으로 쾌재를 불렀다. 자연스럽게 스트레이트면 아이템이 나온 것이다. 유월의 방송 출연. 그것도 밴드 bom의 멤버들과 함께. 게다가 그동안 목회 활동을 하고 있었다니. 인터뷰 기사와 더불어 스트레이트 뉴스까지. 이 정도면 충분하다 생각하고 있을 때 김유미 아나운서가 다른 얘기를 꺼냈다.

"이런 얘기 해도 될지 모르겠는데요."

"해도 될지 모르겠는 얘기, 기자들이 제일 좋아해요."

"네, 저는 아나테이너라는 말이 싫더라고요. 다른 뜻이 있어서 그런 건 아니고요. 대중들이 아나운서를 좀 더 친숙한 이미

지로 봐주시는 건 너무 감사한 일이지만, 마치 아나테이너가 성공한 아나운서의 표본이 되는 거 같아서요. 저도 그렇고, 아나운서 지망생들은 사실 뉴스 앵커를 보면서 아나운서의 꿈을 키우거든요. 아나운서 고유의 영역에서 최선을 다하는 것도 중요한 일인데, 너무 예능 쪽으로만 아나운서를 좋게 봐주시는 거 같아서 좀 아쉬울 때가 있어요."

나는 고개를 끄덕였다. 충분히 공감되는 이야기였다. 다만 좀 걱정이 되었다. 아나운서 국장이 몇몇 아나운서들의 인터뷰를 막았던 이유가 혹시 이런 이유는 아니었을까. 소속 아나운서가 출연 프로그램과 관련이 없는 발언으로 논쟁에 휘말리는 것.

"지금 하신 얘기를 써도 되겠어요?"

"네. 좋을 대로 하세요. 전 상관없어요."

김유미 아나운서가 밝게 웃었다.

오전에 기사를 마감하고 회사를 나서는데 전화벨이 울렸다. 부장이었다.

"김유미 기사 재밌네. 그래서 말인데."

"네."

"주말판 1면 톱으로 옮기자. 안 그래도 요새 아나운서가 핫하니까. 아예 아나운서 특집으로 가는 거야. 내가 다른 기자들도 방송사마다 아나운서 한 명씩 인터뷰하라고 했거든. 너는 김유미 추가 인터뷰 가능하지?"

"네, 가능해요."

"아나운서가 된 과정 있잖아. 얼마나 공부를 했고 어떤 스펙을 쌓았는지. 그리고 아나운서를 꿈꾸는 학생들에게 해주고 싶은 조언 같은 거. 박스기사로 하나 더 써봐."

일이 커졌다. 부장이 재밌다는 게 무슨 의미인지 알고 있었다. 기사를 최대한 논쟁적이지 않게 쓰려 했건만. 1면 톱이라면 편집부에서 얼마나 자극적인 제목을 달 것인가. 이 기사가 혹시나 김유미 아나운서의 10만 안티를 양산하지는 않을지 걱정이었다. 나의 이런 우려를 알 리 없는 김유미 아나운서는 이번에도 흔쾌히 인터뷰에 응해주었다. 추가 인터뷰는 이메일로 진행했다. 나는 그녀의 답변을 읽으면서 그녀가 특별한 재능을 지닌 게 아니라 특별한 노력을 기울여왔음을 알게 되었다. 얼마전 CTV의 임원과 출입 기자들 몇이 커피를 마셨다. 마침 언론사 공채 시즌이라 그와 관련된 사담을 나누던 중에 임원이 이런 얘기를 했다. 면접에 들어가서 서류를 보다 보면 신문방송학을 전공한 지원자들에게는 별로 흥미가 가지 않는다는 것이다. 언론사 실무야 어차피 입사해서 기초부터 다시 배워야 하는 것이고, 언론사에서 가르쳐줄 수 없는 무언가를 가지고 있는 지원자에게 더 흥미와 관심이 간다고 했다. 언론사와 딱히 상관없어 보이는 전공. 그러나 모든 것이 예측대로만 흘러가는 것은 아닌 방송 현장에서 언제 어떻게 빛을 발할지 알 수 없는 자기만의 칼. 그것이 면접관의 상상력을 자극한다는 것이다. 김유미 아나운서의 전공은 미술, 그중에서도 동양화였다. 고교 시절부터 시작된 수상 기록도 화려했다. 그런데 대학 시절 언론사로 진로를 결정하면서 토익은 물론 HSK를 준비했고 졸업 후 1년간 집중적으로 공부한 끝에 원하는 성적을 거둘 수 있었다. 이후 로이터에서 11개월간 인턴을 했다. 경쟁자들이 아나운서 학원을 다닐 때 세계 유수의 통신사에서 기자 생활을 한 것이다. 감탄을 하며 그녀의 답변을 읽다가 나는 문득 묻고 싶은 것이 생겼다. '그래서 지금은 어떤가요? 행복한가요?' 이렇게 많은 노력 끝에 꿈을 이룬 지금 그녀는 어떤 생각을 하고 있을까. 사실 이 질문은 그즈음 나 자신에게 반복해서 던지고 있는 질문이기도 했다. 새벽 늦게까지 기사 마감을 하고 고시원 침대에 누우면 쿵쿵 심장 뛰는 소리가 소음처럼 들려왔다. 그리고 곧 통증이 시작되었다. 마치 누군가 내 위에 올라타서 심폐소생술이라도 하듯 가슴을 꾹꾹 내리누르는 느낌이었다.

해를 묻은 오후 V

* 홀리데이 인 서른 님의 말:

백일몽

얕은 잠의 틈 사이로
오래전 꽂아놓았던
단풍잎처럼
한 토막 꿈이
떨어진다
살포시
두 손으로 받아든

얼굴

* 휴대폰 대출 당일 입금 님의 말: 좋네요. 나는 시를 잘 모르
지만 뭔가 느낌이 오는 거 같애. 그런데 백일몽이 뭐예요?

* 홀리데이 인 서른 님의 말: 낮잠 자면서 꾸는 꿈이에요. 그런데 단순한 꿈은 아니고 보통 헛된 몽상 같은 걸 얘기할 때 백일몽이라고 해요.

* 휴대폰 대출 당일 입금 님의 말: 아~ 근데 좀 무서운 거 같애. 두 손으로 받아든 얼굴이라니. 공포 영화의 한 장면 같아요. 나 공포 영화 못 보는데. ㅋㅋ 다른 거 또 보여줘요. 써놓은 거 더 있어요?

* 홀리데이 인 서른 님의 말: 있어요. 요새 일 끝나면 할 거 없어서 맨날 술 먹고 시만 써요. 술 먹고 글 쓰는 건 처음인데 술술 써지더라구요.

* 휴대폰 대출 당일 입금 님의 말: 아ㅋㅋㅋ 가수들이 마약을 하면 작곡이 더 잘 된다는 얘기를 들어본 거 같아요.

* 홀리데이 인 서른 님의 말: ㅎ 그건 좀 무섭네요.

* 휴대폰 대출 당일 입금 님의 말: 얼른 올려봐요. 술 먹고 쓴 거.

* 홀리데이 인 서른 님의 말:

제습기와 나

가슴을 열면
고여 있던 눈물이 왈칵
쏟아질 것만 같아

숨을 참고
내려가는 계단

도시의 풍경은 수면 위로 아득해지고
깊이 더 깊이
침잠하는 나의 방

얼음은 녹지 않기 위해
애쓰고 있는 거라고
믿던 시절이 있었다

자꾸 눈물을 삼키는 나의 버릇처럼

누구나 옷장 속에
흘러내리지 않으려고 버티는 외투를
한 벌쯤은 가지고 있을 거라고

생각하면 위로가 되었다
그럴 때마다
조금씩 가벼워지는 몸

가라앉고 있는 것들 사이에서
아직은 견딜 만하다고

미소 짓는 건조한 얼굴 너머로

또 눈물 몇 방울이
고여 있다

 * 휴대폰 대출 당일 입금 님의 말: 왠지 슬프다. 오빠가 지금
있는 방의 풍경이 눈에 선해요.

 * 홀리데이 인 서른 님의 말: 여기에 오면 무엇을 상상하든
그 이상을 보게 될걸요? 남자 셋이 한 방에서 산다는 게 포로수
용소가 따로 없어요.

 * 휴대폰 대출 당일 입금 님의 말: 그러게. 대출받아서 작은
원룸 하나 얻어요. 그 동네 보증금도 얼마 안 해요.

 * 홀리데이 인 서른 님의 말: 글쎄요. 이 일을 얼마나 더 하
게 될지 알 수 없어서 방을 잡긴 그래요. 계약 기간이란 게 있잖
아요.

 * 휴대폰 대출 당일 입금 님의 말: 그럼 나가서 모텔 같은 데
로 가요. 월방은 싸요. 그럼 내가 놀러도 가고 좋잖아요.

 * 홀리데이 인 서른 님의 말: 정말요? 거긴 서울 아닌가요?

 * 휴대폰 대출 당일 입금 님의 말: 제가 말 안 했나요? 나 학
교 미주시에서 나왔어요.

 * 홀리데이 인 서른 님의 말: 어디 나왔는데요?

 * 휴대폰 대출 당일 입금 님의 말: 그건 비밀. 예쁘고 섹시한
애들만 가는 학교 있어요ㄱㄱㅋ

＊홀리데이 인 서른 님의 말: 그런데 원래 이렇게 밤늦은 시간까지 일해요?

＊휴대폰 대출 당일 입금 님의 말: 어머, 나 지금 일하는 거 아닌데? 물론 우리도 영업직이라 실적 압박이 장난 아니지만, 나 지금 대출 때문에 이러는 거 아니에요. 그냥 오빠랑 말도 잘 통하고 시 쓰는 게 신기하기도 하고 그래서 얘기하는 거예요.

＊홀리데이 인 서른 님의 말: 그래요. 고마워요. 사실 처음 전화받았을 때 보이스피싱이라고 생각했어요. 그런데 왜 전화 안 끊은 줄 알아요?

＊휴대폰 대출 당일 입금 님의 말: 글쎄요.

＊홀리데이 인 서른 님의 말: 이름이요. 이름이 전 여친이랑 똑같았어요. 얼핏 목소리도 비슷하고. 그래서 가만히 듣고 있었어요.

＊휴대폰 대출 당일 입금 님의 말: 어머, 신기해라.

＊홀리데이 인 서른 님의 말: 본명이에요?

＊휴대폰 대출 당일 입금 님의 말: 아니죠. 본명은 연주가 아니고 현주예요. 박현주.

＊홀리데이 인 서른 님의 말: 솔직히 말해줘서 고마워요.

＊휴대폰 대출 당일 입금 님의 말: 전 지금까지 계속 솔직하게 말했어요.

＊홀리데이 인 서른 님의 말: 그러게요. 다른 대출 상담원들하고는 많이 다른 거 같아요. 처음에 대출 전화가 010으로 와서 놀랐어요.

＊휴대폰 대출 당일 입금 님의 말: 070은 다 중국 애들이에요. 그런 건 믿으면 안 돼요. 우리처럼 국내 업체는 믿어도 되고요.

＊홀리데이 인 서른 님의 말: 혹시 이 일 하기 전에는 무슨 일 했어요?

＊휴대폰 대출 당일 입금 님의 말: 네일숍에서 일했어요. 아는 언니 가게에서요.

＊홀리데이 인 서른 님의 말: 네일숍? 그것도 꽤 힘들다던데.

＊휴대폰 대출 당일 입금 님의 말: 힘들죠. 하루 종일 사람들 손가락 발가락만 들여다보고 있어봐요. 나중에는 손가락 발가락이 열두 개로 보여요. 약품 냄새 때문에 편두통도 심하고, 약이 계속 손에 닿으니까 정작 내 손이 다 망가져요. 손끝도 다 갈라지고.

＊홀리데이 인 서른 님의 말: 건강에 별로 안 좋을 거 같아요.

＊휴대폰 대출 당일 입금 님의 말: 그래서 저는 2년 정도 하니까 더는 못하겠더라구요. 혹시 네일 하고 싶으면 말해요. 내가 서비스로 해줄게요ㅋㅋ

＊홀리데이 인 서른 님의 말: 저는 손톱을 하도 물어뜯어서 남아 있는 게 없어요.

＊휴대폰 대출 당일 입금 님의 말: 걱정 마요. 손톱 물어뜯는 사람만 바르는 매니큐어가 따로 있어요. 아무 생각 없이 손톱을 물어뜯었다가 기겁을 하는 맛이에요ㅋㅋ 그 제품 이름이 뭔 줄 알아요?

＊홀리데이 인 서른 님의 말: 글쎄요.

＊휴대폰 대출 당일 입금 님의 말: STOP

＊홀리데이 인 서른 님의 말: 이름이?

＊휴대폰 대출 당일 입금 님의 말: 네ㅋ 다음에 만나면 내가 인생의 쓴맛을 제대로 보여줄게요.

＊홀리데이 인 서른 님의 말: 아니에요. 난 이제 인생의 달콤한 맛을 좀 느껴보고 싶어요.

＊휴대폰 대출 당일 입금 님의 말: 지금 달콤하지 않나요? 나랑 얘기하는 거ㅋㅋㅋ

＊홀리데이 인 서른 님의 말: 그렇긴 하네요. 갑갑한 게 조금 나아진 거 같긴 해요. 오늘은 이만 자야겠어요. 내일 또 일찍 일어나야 해요.

＊휴대폰 대출 당일 입금 님의 말: 그래요. 잘 자요. 내일 또 얘기해요.

밤새 뒤척이다 눈을 뜨니 새벽 4시였다. 사카이는 주섬주섬 옷을 챙겨 일어났다. 새로 온 태균이가 코고는 소리에 아무래도 더 자기는 힘들 것 같았다. 패딩에 목도리와 귀달이모자까지 챙겨 쓰고 숙소를 나섰다. 곧 한파가 온다더니 겨울바람이 매섭게 불고 있었다. 골목을 빠져나와 횡단보도를 건너는데 갈비뼈 아래가 아려왔다. 기분 탓인가. 나뭇잎 하나 없이 좌우로 흔들리는 가로수들이 마치 서로의 손을 잡으려고 애쓰는 것처럼 보였다. 사카이는 어깨를 더 움츠렸다. 찬우가 나간 후 갑자기 일이 늘어서인지 며칠째 몸살 기운이 있었다. 다행히 태균이가 새로 왔지만 건강검진에서 혈압이 높게 나오는 바람에 현장투입이 늦어졌다. 태균이는 고도비만이었다. 사카이는 편의점에서 압박붕대를 집었다. 손목 발목 상태가 다 안 좋았다. 하지만 몸이 적응하는 과정이라 생각하면 그래도 견딜 만했다. 계산하면서 담배도 하나 집어들었다. 숙소로 돌아가는 길, 눈사람이 서 있던 골목 입구에 누가 책을 잔뜩 내놨다. 그냥 지나치지 못하고 뒤적거리다 보니 공무원 수험서가 보였다. 수험서마다 안쪽에 이름이 적혀 있었다. 그중에 한 권을 들고 숙소로 돌아왔다. 수험서에는 책장 마다 밑줄과 메모들이 빼곡했다. 이 사람은 붙었을까. 떨어졌을까. 이름밖에 모르는 누군가의 안부를 궁금해하다 문득 연주가 떠올랐다. 밑줄과 메모로 가득한 이름. 기억 속 모퉁이를 접어놓은 페이지를 추억이라 부른다면, 추억으로 가득 채워진 그 이름도 언젠가는 골목 어딘가에 내놓아야 할 것이다. 몸처럼 마음에도 적응하는 과정이 필요하다는 것을 사카이는 이제야 조금씩 이해하기 시작했다. 현주와 밤마다 메신저로 대화하면서 그 시간을 조금씩 앞당기고 있었다.

"형, 몇 시예요?"

태균이가 눈을 비비며 물었다.

"6시야. 일어나."

사카이는 태균이 머리맡으로 담배를 밀어주었다.

얼굴 없는 화가들

밤새 뒤척이다 눈을 뜨니 새벽 4시였다. 나는 주섬주섬 옷을 챙겨 일어났다. 월말 마감 걱정에 아무래도 더 자기는 힘들 것 같아 패딩과 목도리에 비니를 뒤집어쓰고 집을 나섰다. 곧 눈이 올 거라더니 하늘빛이 평소보다 밝았다. 기분 탓인가. 문득 횡단보도가 거대한 갈비뼈처럼 보였다. 사막 한가운데에 뼈만 남기고 사라진 이름 모를 동물처럼 밤도 서서히 제 모습을 지우고 있었다. 사막을 걷는 기분도 이럴까. 걸어도 걸어도 끝이 보이지 않는, 발버둥칠수록 더 깊이 빠지고 마는 수렁. 공부는 물론 영업도 뭔가 잘못되어가고 있었다. 개척영업은 생각보다 더 많은 시간과 노력을 요했고, 애초의 계획과 달리 나는 둘 중 어느 하나도 제대로 해내지 못하고 있었다. 한 달 동안 헛기운만 쓴 기분. 힘줄처럼 뻗어나간 가로수의 텅 빈 가지가 오늘은 더 쓸쓸해 보였다.

"일찍 나왔네?"

보급소에는 소장님이 〈제일스포츠〉를 따로 빼서 테이블 위에 올려놓고 있었다.

"네. 잠이 안 와서요."

〈제일스포츠〉의 기사들을 훑어보며 바이라인을 확인했다. 그게 전 직장 동료들의 안부를 묻는 나만의 방식이었다. 그들은 내 안부를 궁금해하지 않겠지만.

문을 열고 들어서자 국밥집 사장님이 난로 앞에서 기다리고 계셨다.

"아이고, 바쁠 텐데 시간 딱 맞춰 오셨네. 얼른 이리 와서 앉아요."

며칠째 눈이 마주칠 때마다 뭔가 할 말이 있는 듯 머뭇거리던 사장님이 내 팔을 잡아당겼다.

"오전 장사 끝나고 이따 10시에 다시 올 수 있어요? 내가 긴히 물어볼 게 있어서."

새벽시장에서 누군가 내게 상담을 요청한 건 처음이었다. 신문을 돌리기 시작한 지 거의 한 달 만이었다.

"이거 한 잔 마셔봐요. 베트남에서 가져온 커피예요. 향이 은은하면서도 달콤하고 좋아요."

"네. 고맙습니다."

사장님이 예쁜 잔에 담긴 커피를 건네주셨다.

"친한 친구가 베트남에 살고 있어서 가끔 가는데, 갈 때마다 이 커피를 사와요."

"좋네요. 뭔가 되게 깊은 향이 나요."

"그쵸? 내가 하루에 이걸 몇 잔을 마시나 몰라. 그런데 희한하게 밤에 잠도 잘 와요."

"네. 베트남 커피가 유명하다고 하던데 오늘 처음 마셔보네요."

"맞아요. 커피 생산량 세계 2위가 베트남이래요. 1위는 브라질이고요. 베트남이 콜롬비아나 에티오피아보다도 순위가 높다는 거 의외지 않아요? 나도 친구 덕분에 알았어요. 아이고 참, 내 정신 좀 봐. 내가 지금 보자고 한 건 다른 게 아니고요."

"아, 네. 천천히 말씀하셔요."

사장님이 금세 진지한 얼굴로 말했다.

"삼진생명은 나이가 환갑이어도 보험 들 수 있어요?"

"네, 5년 이내에 수술이나 입원하신 게 없다면 가능해요. 다만 나이가 높다 보니 보험료는 조금 비쌀 거예요."

"아무래도 그렇겠지요. 그래도 한번 뽑아와주겠어요? 내가 여태 보험 하나 없이 살았는데, 요즘 들어 친구들이 하나둘 암에 걸리는 걸 보니 불안해서."

"네. 혹시 생각하고 계신 보험이 있으세요?"

"나는 가족도 없고 혼자예요. 그래서 사망보험금 같은 건 필요 없어요. 어차피 상속자도 없으니까요. 그냥 의료 실비하고 암 진단금 정도로만 설계해주세요. 주계약을 천만 원 정도로요. 주계약을 크게 하면 보험료가 비싸지니까요. 보험료는 최대한 저렴하면 좋겠어요. 이 나이에 싸지 않을 거라는 건 알지만 제 욕심이 그래요."

사장님이 보험에 대해 굉장히 잘 아는 눈치였다. 그간 상담을 해온 다른 사람들하고는 사용하는 어휘가 달랐다.

"알겠습니다. 그럼 지점에 가서 설계를 해보고 오후에 다시 올게요."

사장님이 개인정보활용동의서에 사인을 해서 건네주셨다.

지점의 새로운 에이스는 혁이었다. 벌써 다섯 건째. 나와 에디는 그저 혁이를 신기하게 바라볼 뿐이었다. 월말이 다가오는데 우리는 한 건도 못했다. 이춘근 FA와 호식이도 마찬가지. 우리를 향한 지점장의 기대는 산산조각난 지 오래였다. 나와 에디가 개척을 다니는 건 지점장도 알고 있었다. 조회가 끝나고 지점을 나설 때면 그는 걱정스러운 눈빛으로 우리를 바라봤다. 오 팀장에게 우리가 개척은 그만하고 지인영업을 해야 한다고 몇차례 얘기한 눈치였다. 하지만 오 팀장은 나를 보면 그저 사람 좋은 미소만 지었다. 면접 때 얘기했던 강연은 언제 가는지, 월수입 500은 무슨 수로 보장이 되는 건지 나는 묻지 않았다. 팀원이 좀체 충원되지 않아 팀장 또한 스트레스를 많이 받고 있었다. 가끔씩 면접은 보는 모양인데 좀체 도입이 되지 않았다. 그의 프레젠테이션에 감동을 받은 건 나 하나뿐인 걸까.

"오늘 조회 시간에 4팀은 팀장 혼자 앉아 있었어."

지점에 돌아와 국밥집 사장님의 보험 설계를 하는데 에디가 옆에 와서 말했다. 진숙 선배는 며칠째 출근을 하지 않고 있었나.

"4팀 팀장이 먼저 잘릴까. 아니면 지점장이 먼저 잘릴까? 오늘 우리 팀원들이 그거 내기하고 있더라."

하긴 누가 먼저 잘려도 이상하지 않은 상황이었다. 이번 달도 우리 지점의 실적은 매우 저조했다. 나와 에디 또한 거기에 한몫하고 있었다.

"글쎄, 우리가 먼저 잘리지 않을까?"

"빙고! That's what I want."

에디가 눈을 찡긋하더니 밖으로 나갔다. 담배 피우러 가는 눈치였다. 나는 국밥집 사장님의 요구 사항을 다시 한번 상기했다. 의료 실비와 최소한의 암 보장. 그러나 삼진생명에는 그 두 가지만을 보장하는 보험은 없다. 어떻게든 종합보험 형태의 기존 상품을 최대한 저렴히 설계해 사장님이 원하는 가격에 맞춰야 했다. 통합보험은 주계약을 아무리 낮추고 특약을 전부 빼도 기본적으로 보험료가 높았다. 내 눈에 들어온 것은 더블 케어 보험이었다. 암 보장, 의료 실비와 더불어 비행기, 선박에 의한 교통사고 시에 특별히 큰 금액을 지급하는 보험이다. 살면서 비행기나 선박 사고가 날 확률이 과연 얼마나 되겠는가. 그래서인지 이 보험의 가격이 제일 저렴했다. 의료 실비와 암 보장, 그리고 최소한의 고정 부가 특약을 넣으면 보험료가 10만 원 밑으로 떨어졌다. 선택의 여지가 없었다. 가입 설계서를 뽑아 일어서는데 에디가 들어왔다.

"출발합시다."

에디가 허겁지겁 코트와 007가방을 챙겨 따라나섰다.

"반장, 내가 혁이 녀석의 영업 비밀을 알아냈어."

엘리베이터의 1층 버튼을 누르는데 에디가 말했다.

"그게 뭔데?"

엘리베이터 안에는 둘뿐이었지만 에디는 한 손으로 입을 가렸다.

"내가 담배 피우다가 우연히 혁이가 통화하는 걸 들었거든. 친구랑 통화하는 거 같은데 이렇게 말하더라고."

에디가 갑자기 목을 가다듬더니 성대모사를 하기 시작했다.

"첫 달 보험료는 내가 내주고, 수수료 나오면 우리가 반땡 하는 거야. 그러니까 서로 완전 남는 장사야."

국밥집에 들어서니 사장님은 이제 막 점심 장사를 끝내고 설거지 중이셨다. 나는 테이블 위에 가입 설계서와 롤케이크를 올려놓았다.

"늦어서 죄송해요. 오는 길에 사고 난 차들이 있어서 길이 한참 막혔어요."

"네. 괜찮아요. 근데 뭘 이런 걸 사오고 그래요."

"오전에 너무 맛있는 커피를 주셔서요. 제가 제일 좋아하는 빵인데 맛 좀 보시라고요."

사장님이 수건에 손을 닦으면서 자리에 앉았다.

"바쁜 시간에 이렇게 몇 번씩 오는 것도 고마운데."

설계사에게 가망 고개을 만나는 것보다 중요한 일은 없다.

계약을 위해서라면 하루에 열 번인들 못 오겠는가. 나는 가입 설계서를 펼쳐서 사장님 앞에 내밀었다.

"이 보험이 의료 실비와 암이 보장되는 삼진생명 상품 중에 가장 가격이 저렴한 보험인데요. 특히나 이 상품은 비행기나 선박 사고 시 주계약의 서너 배 이상 되는 보상을 해주거든요. 베트남에 가끔씩 가시니까 이런 기본 특약까지 추가된 보험이 사장님께 잘 맞지 않을까 싶어요."

가입 설계서를 들여다보던 사장님이 보험료를 확인하곤 알 듯 모를 듯한 표정을 지었다.

"제가 보장 내용을 하나하나 설명드릴게요. 그러니까……."

"아니에요. 괜찮아요."

사장님이 가입 설계서를 덮고 일어섰다.

"제가 혼자 천천히 볼게요. 설계 잘해주셨으니까 그걸로 충분해요. 내용은 여기에 자세히 다 나와 있으니까요. 내가 급히 장을 볼 게 있어가지고 곧 나가봐야 해요."

설계사에겐 고객을 만나는 일이 가장 중요하지만 고객은 그렇지 않을 수도 있다.

"아, 네. 그럼 알겠습니다."

나는 엉거주춤 자리에서 일어섰다. 국밥집에서 나와 시장 입구에 세워둔 차로 가는데 맞은편에서 정장을 입은 사십대 여성이 걸어왔다. 조금 큰 사이즈의 명품백을 어깨에 걸치고 있었고 두 손에는 작은 화분이 들려 있었다.

"어떻게 됐어?"

차에서 기다리고 있던 에디가 물었다.

"글쎄, 두고 봐야지."

"방금 어떤 여자가 국밥집으로 들어가던데?"

"응, 나도 봤어."

"FC 같지 않아? 옷 입은 게 딱 설계사던데."

"에이, 설마."

"아니야. 이 시간에 정장 입고 국밥집에 들어갈 일이 뭐 있겠어. 밥 먹을 시간도 아니고."

나와 에디는 의심스러운 눈초리로 국밥집을 바라봤다. 미닫이문은 굳게 닫혀 있었다.

우리는 한 달 동안 이곳저곳을 부지런히도 돌아다녔다. 그 과정에서 몇 명의 가망 고객을 만들기는 했지만 결과적으로 실적이 없었다. 월말 마감을 코앞에 두고 이제는 효율성을 따져야 했다. 무작정 눈에 띄는 곳에 들어가는 영업 방식은 지양하고, 보험의 니즈를 갖고 있는 고객을 찾기로 했다. 아직 보험에 가입하지 않은 사람들이 가장 많이 모여 있는 곳은 어디일까. 마치 기름진 토양을 품고 있는 서부의 미개척지와도 같은 곳. 나와 에디는 영화 〈내일을 향해 쏴라〉의 부치와 선댄스처럼 비장한 표정으로 산부인과 문을 열었다. 내가 신생아실 입구를, 에디가 외래환자 대기실과 산부인과 맞은편에 있는 보건소를 맡기로 했다. 신생아실이야말로 아직 보험에 가입하지 않은 사람의 퍼센티지가 가장 높은 곳이 아닐까. 마찬가지로 보건소의 예방접종실 앞은 어린이 보험에 관심 있는 부모를 만날 수 있는 확률이 높을 것 같았다. 우리는 눈빛을 주고받으며 로비에서 흩어졌다. 시내 중심에 있는 대형 산부인과라 대기실은 외래를 보러 온 산모들로 가득했다. 나는 간호사들의 눈치를 살피며 신생아실이 있는 2층으로 올라갔다. 신생아실이라고 해서 철통보안 속에 커다란 도어록이 달린 문이 가로막고 있을 것만 같았는데 실상은 전혀 그렇지 않았다. 예쁜 인형들로 아기자기하게 꾸며진 대기실은 밝고 따듯했다. 통유리 너머로 아기들이 누워 있는 모습을 대기실에서 바로 볼 수 있었다. 나는 혹시나 아기들이 놀랄까봐 멀찍이 떨어진 대기실 의자에 조용히 앉아 있었다. 유리창 너머로 아기들의 새근거리는 숨소리가 들리는 것만 같았다. 기분이 이상했다. 가정을 이룬다는 건 어떤 걸까. 그리고 아빠가 된다는 건. 혼자 이런저런 상념에 빠져 있을 때 누군가 대기실로 들어섰다. 아기의 아빠와 할아버지였다. 유리를 사이에 두고 아기를 바라보는 두 사람의 얼굴에서 웃음이 떠나질 않았다. 아기 아빠는 내 또래로 보였다. 다행히 낯선 얼굴이었다. 나는 조금 기다렸다가 준비해간 어린이 보험 자료집을 두 사람에게 건넸다.

"안녕하세요. 삼진생명에서 나왔습니다. 혹시 어린이 보험 준비하셨나 하고요."

"아, 보험. 그렇지 않아도 생각은 하고 있었는데……."

아기 아빠가 머리를 긁적이며 자료집을 들여다봤다.

"그래, 보험은 얼른 가입해야지. 삼진생명이라 그랬수?"

할아버지였다.

"애야. 내가 선물로다가 보험 들어주마. 보험료는 내가 낼 테니 얼른 계약해라."

나는 얼른 두 사람에게 명함을 건넸다.

"아내가 산후조리원에서 다음주에 퇴원할 거예요. 제가 연락드릴 테니 집으로 오실 수 있으실까요?"

"네. 물론입니다."

신생아실을 나오며 나는 주먹을 불끈 쥐었다. 통유리 너머의 아기들이 나를 향해 엄지손가락을 들어 보였다.

기분 탓인가. 새벽시장의 공기가 한결 부드러워졌다. 나는 살짝 들뜨는 마음을 가라앉히며 국밥집의 문을 열었다. 손님들 몇이 식사를 하고 있었다. 그 너머로 카운터 위의 파란색 빵 봉투가 눈에 들어왔다. 어제 내가 가져온 롤케이크였다.

"사장님, 안녕하세요."

주방에 있던 사장님이 빠른 걸음으로 나왔다. 어딘지 모르게 딱딱한 표정이었다. 앞치마에 손을 쓱쓱 닦더니 빵 봉투를 집어서 내게 내밀었다.

"보험은 내가 좀 더 생각해봐야 할 거 같아요."

사장님이 내 눈을 외면하며 말했다.

"아, 네. 빵은 그냥 드셔도……."

"내가 지금 바빠서. 그럼 담에 또 얘기해요."

사장님은 급히 주방으로 늘어가버렸다. 나는 얼떨결에 떠밀리듯 국밥집을 나서야 했다. 뿌옇게 김이 서린 미닫이문이 쇠 긁는 소리를 냈다. 나는 잠시 국밥집 앞에 서서 미닫이문에 흐릿하게 비친 내 모습을 바라봤다. 신문을 가득 채워 터지기 직전인 백팩, 레스토랑 서버처럼 한쪽 팔에 걸쳐놓은 〈제일스포츠〉, 구겨질 대로 구겨진 면바지와 언제 빨았는지 도무지 기억나지 않는 패딩 점퍼. 그리고 빵 봉투까지. 지난 한 달 동안 애써 외면하고 덮어두었던 질문이 고개를 들기 시작했다. '내가. 지금. 여기서. 뭘. 하고. 있는. 거지?' 나는 일단 차로 돌아왔다. 오늘따라 어깨가 천근만근이었다. 오늘은 29일. 이번 달은 말일이 주말이라 금요일인 30일이 마감이다. 현재까지 나의 실적은 0건. 지난 한 달 동안 최선을 다해 일했다고 자부할 수 있다. 하지만 결과물이 없으니 결국 나는 아무 일도 안 한 셈이었다. 이래서 개척은 안 된다고 다들 얘기한 것일까. 나는 신문들을 차에 던져놓고 시동을 걸었다. 머릿속이 복잡했다. 삼진생명에 발을 들인 이후 처음으로 '쉽'이 꺾이고 있었다. 국밥집 사장님에게 나는 몇 번째 상담원이었을까. 만약 어제 본 정장 입은 여성이 정말 FC라면 내 가입 설계서를 어떻게 박살냈을지가 눈에 훤했다. 보험금 탈 일도 없는 비행기 사고, 선박 사고. 쓸데없는 특약을 부과해 높아진 보험료. 그녀는 아마 의료 실비와 암 보험 딱 두 가지만을 넣은 심플한 보험 상품을 제시했을 것이다. 혹은 그 두 가지에 손해보험에만 있는 운전자 보험을 특약으로 넣었을지 모른다. 그것이 손해보험 설계사들이 생명보험을 깨는 방식이었다.

마감이라 그런지 아침부터 지점 분위기가 심상치 않았다. 각 팀들마다 뭔가 분주하고 어수선했다. 조용한 건 우리 팀뿐이었다. 조회가 끝나자 지점장이 나를 불렀다. 영업을 시작한 이래 지점장과의 면담은 처음이었다. 오 팀장은 별말 없이 어서 가보라며 고개만 끄덕였다. 지점장실 문을 열고 들어가니 지점장이 서류철을 열심히 들여다보고 있었다. 마치 금방이라도 떠날 사람처럼 사무실에는 지점장의 개인적인 물건이 거의 보이지 않았다. 하다못해 책장도 비어 있었고 그 흔한 상패나 감사패 하나 올려져 있지 않았다.

"어때? 개척할 만해?"

나는 딱히 대답할 말을 찾지 못했다. 이미 실적이 다 말해주고 있지 않은가.

"나는 우리 허 FA를 보면 참 안타까워. 허 FA 같은 사람이 성공해야 하는데 말야. 우리가 생각하는 모범적인 FA의 덕목을 다 가지고 있다고. CFP 공부하고 있다며? 그래 좋아. 내가 우리 주임들한테도 본받으라 그랬어. 이 힘든 영업을 하면서도 이렇게 공부를 하는데 말야. 아무튼 허 FA는 전문성 있지, 성실하지, 우리 지점뿐 아니라 지역단에서도 허 FA를 눈여겨보고 있는 사람이 많아. 오 팀장이 다른 건 몰라도 허 FA 만큼은 잘 데리고 왔다고. 그래서 말인데. 허 FA가 생각을 조금만 바꾸면 좋을 거같은데 말야. 보험이 나쁜 게 아니잖아. 사실은 우리 모두에게 꼭 필요한 거라고. 그런데 왜 주변 사람들에게 권하지 않는 거지? 했어니 허 FA 지인이 갑자기 암에 걸렸나고 생각해봐. 그럼 얼마나 가슴이 아프겠어? 아무리 가까운 지인이라도 그 사람이 경제적으로 힘든 상황이 되었을 때 우리가 몇천만 원을 마련해 줄 수는 없잖아. 하지만 보험을 통해 그 이상의 경제적인 대비책을 만들어줄 수는 있다고. 더군다나 남도 아니고 허 FA가 성심성의껏 설계해주는 보험이라면 나는 너무 든든할 것 같은데? 개척영업을 관두라는 게 아냐. 개척만으로는 사람이 지치기 쉬워. 지인영업을 조금씩 병행하라는 거지. 아니 이 좋은 리스트를 가지고 왜 그렇게 사서 고생을 해. 나 같으면 여기서 50만 원짜리 종신보험을 열 개도 더 뽑겠더만."

지점장이 보고 있던 서류철을 내 앞으로 내밀었다. 내가 제출했던 지인 리스트였다.

"허 FA. 아니, 수영아. 내가 지점장이 아니라 그냥 인생 선배로서 말하는 건데. 너 그러다 지쳐. 새벽시장 나가는 거부터 그만둬. 요즘 경기가 엉망인데 재래시장 상인들한테 보험이나 연금이 얼마짜리가 나오겠니. 그 노력이면 차라리 골프 동호회나 와인 동호회를 들어가. 영업은 장기 레이스야. 여기 사람들이 괜히 쉽이 어쩌네 저쩌네 하는 게 아냐. 몸도 마음도 지치지 않게 철저히 관리해야 돼. 몸이나 마음이나 둘 중 하나가 지치면 나머지 하나도 같이 지친다고. 의욕만 앞세운다고 되는 일이 아니야. 내가 볼 때 너는 지난 한 달 동안 너무 의욕이 앞서 있어. 개척에 들이는 노력의 10분의 1만 지인에게 들여봐. 너한테 내가 지금 보험왕 되라고 하는 말이 아니잖아. 꾸준히 니 페이스를 유지할 수 있는 방법을 알려주는 거야."

"그래도…… 개척으로 성공한 사람도 있지 않나요?"

지점장이 고개를 절레절레 흔들었다.

"없어. 내가 이 바닥에 20년째 근무하면서 개척만 가지고 성공한 사람은 단 한 명도 본 적이 없어. 어쩌다 계약 몇 건은 할 수 있겠지. 하지만 다들 몇 달을 못 버티고 나가떨어져."

"한 명도 못 봤다고요? 정말요?"

내가 정색을 하고 반문하자 지점장이 약간 당황한 듯 안경을 고쳐 썼다. 그러곤 잠시 턱을 만지작거리더니 말을 이었다.

"사실은 딱 한 명 봤어. 그것도 뭐 우리 회사 사람은 아니고. 이 바닥에선 워낙 전설 같은 사람이라. 나도 예전에 연수 가서 들은 얘기야. 그 양반이 아마 가구 공장을 하다가 IMF 때 쫄딱 망했다지? 그래서 몇 달을 낚시만 다녔대. 그러니 하루 종일 무슨 생각을 했겠어. 찌만 바라보면서 언제 죽을까 그 생각만 했겠지. 근데 보험회사 다니는 친구가 있었나봐. 그래서 마지막이라 생각하고 보험을 시작했는데 그 양반도 너처럼 개척만 생각한 거야. 물론 너처럼 지인이 있는데도 개척을 한 건 아니고. 개척밖에 방법이 없어서 그렇게 한 거지. 그래서 첫날 아무 빌딩이나 들어가서 엘리베이터를 타고 맨 꼭대기 층에 내렸대. 그리고 한 층 한 층 내려오는 거야. 그런데 정작 엘리베이터 문이 열리면 사무실 안으로 들어갈 자신이 없으니까 자꾸 화장실로 가게 되더래. 가서 괜히 넥타이만 고쳐 매고. 또 아래로 내려가서는 애꿎은 손만 몇 번씩 씻어대고. 그러다가 또 아래로 내려갔는데……"

"거기는 엘리베이터 문이 열리고 보니까 이미 사무실 안이었죠?"

"응? 그래. 너도 아는구나? 그래서 그 자리에서 세 건인가 네 건 했다잖아. 하지만 그건 다 옛날 얘기지. 지금은 강남 빌딩에 그렇게 아무나 들어가지도 못해. ID 카드 없으면 입구에서 다 제지당한다고. 알잖아?"

"그런데 그 얘기가…… 이 바닥에선 원래 유명한 얘기라고요?"

"그럼. 많이들 알지. 아마 오 팀장도 알걸? 하지만 그 시절이니까 가능했던 얘기고 이걸 지금 적용하는 건 바보 같은 짓이야."

나는 지인 리스트를 들고 밖으로 나왔다.

오 팀장은 책상에 앉아 노트북을 들여다보고 있었다. 뭘 하고 있을지는 뻔했다. 채용 공고의 문장을 매만지고 있거나, 혹시나 이력서가 온 게 없나 메일을 확인하고 있겠지. 가구 공장을 말아먹은 적이 없는 그가 사무실에서 두 달째 낚시를 하고 있는 셈이었다. 오 팀장은 이제 잡코리아, 인크루트를 넘어 알바몬, 알바천국까지 낚싯바늘을 드리우고 있었다. 재무설계사와 알바천국이라니. 알바의 세계에서 보자면 지나치게 전문적인 영역 같지만, 재무설계사의 세계에서 보자면 최저시급도 빠듯한 특수고용직. 그 사이를 바쁜 걸음으로 오가는 토끼처럼 에디가 내 자리로 건너왔다.

"반장, 오늘은 같이 못 나가겠다. 장 팀장이 점심에 좀 보자네. 나랑 춘근이 형이랑 같이. 분위기가 별로 안 좋아."

3팀도 분위기가 좋을 리 없었다. 신입들이 둘 다 한 건도 못했으니까.

"장 팀장이 마감 관련해서 뭔가 얘기를 할 모양이네? 뾰족한 수가 있으려나?"

장 팀장이야말로 필드의 베테랑이니까. 그러면 마감 때만 꺼내는 특별한 비책이 있을 것도 같았다.

"참, 그런데 호식이는 어디 간 거야?"

1팀의 호식이가 어제부터 보이지 않았다.

"응, 호식이 친척 만나러 갔어. 경상남도 어디라던데. 친척 중에 엄청난 부자가 있대."

"그래도 호식이는 비빌 언덕이 있었구나."

월말이 되니까 다들 쥐고 있던 카드를 하나씩 꺼내는 모양이었다. 나에게는 어떤 카드가 있나. 가망 고객을 정리한 노트를 펼쳤다. 지난 한 달 동안 개척을 다니면서 잠시라도 상담한 고객들 명단이었다. 모두들 생각해보고 연락을 주겠다고 했지만 그 누구도 연락을 주지 않았다. 희한하다. 가망 고객은 절대 먼저 전화를 걸어오지 않는다. 지난 한 달간 나는 마치 혼자 밀당을 하듯 몇 번이나 가망 고객의 번호를 누르다 지우기를 반복했다. 고객 앞에선 재무 전문가로 보이고 싶은데, 내가 먼저 전화를 거는 순간 나 역시도 별수 없는 영업사원으로 보일 것만 같았다. 하지만 더 이상 기다리고 있을 수만은 없다. 나는 아림여중에서 만났던 선생님의 전화번호를 눌렀다.

　오늘 개척영업의 첫 방문지는 대원 초등학교다. 교무실 문을 열고 들어서다 나는 흠칫 놀랐다. 첫째는 교무실이 생각보다 작았기 때문이고 둘째는 사람이 너무 많았기 때문이다. 개학이 얼마 남지 않아서인 듯했다. 오늘따라 에디도 없는데 쏟아지는 시선을 혼자 감당하려니 식은땀이 났다. 한 달이 지나도 이 일은 당최 적응이 되질 않았다. 나는 최대한 포커페이스를 유지한 채 삼진생명 연금 특판팀에서 나왔다고 인사했다. 그리고 자료집을 돌리는데 한 선생님과 눈이 마주쳤다. 나는 재빨리 그 선생님 앞으로 갔다. 자료를 건네다 보면 대부분의 사람들은 표지만 보고 자료집을 한쪽으로 밀어놓는다. 그런데 가끔 표지를 유심히 살펴보다가 나와 눈이 마주치는 사람이 있다. 그건 그 상품에 관심이 있고, 나에게 뭔가 물어보고 싶은 게 있다는 뜻이다. 눈이 마주치는 그 타이밍을 놓쳐서는 안 된다. 나는 얼른 그 선생님 책상 앞에 서서 연금저축에 대해 조곤조곤 설명했다. 주변에 일하고 있는 다른 선생님들이 있어서 낮은 목소리로 말하려고 신경을 썼지만 아무래도 다른 자리까지 내 목소리가 들릴 수밖에 없었다. 내가 설명을 거의 마칠 즈음 굵은 목소리 하나가 끼어들었다.
　"어허, 그것 참 좋은 거 같은데?"
　교무실에 처음 들어섰을 때 내가 눈치껏 제일 먼저 인사를 드렸던 교감선생님이었다.

"고등학생도 가입이 되는 건가요?"

"네, 물론이죠. 나이가 어리면 어릴수록 거치 기간이 늘어나서 수익률은 커집니다."

"이거, 월 10만 원짜리로 해서 내일 뽑아와보시겠어요?"

"네. 알겠습니다. 그럼 여기 아드님 인적사항이랑 동의서 적어주시면 제가 내일 바로 준비해오겠습니다."

"그래요. 그리고 말인데, 아들이 둘이에요."

교무실을 나서는데 머릿속에서 폭죽이 펑펑 터지고 있었다. 이게 꿈이냐 생시냐. 한 번에 두 건이었다. 한 달간의 노력이 이렇게 보상을 받는구나. 마음은 벌써 운동장으로 달려나가 몇 바퀴째 공중제비를 돌고 있었다. 하지만 마냥 좋아하고 있을 수만은 없었다. 아림여중 선생님과의 약속 시간이 다가오고 있었다. 아까 통화에서 선생님은 월납 25만 원짜리 연금에 관심이 있다고 했다. 내가 자료집에서 예시로 들었던 상품이었다. 나는 가입설계서와 청약서까지 미리 준비했다. 약속 장소는 선생님의 집. 여선생님의 자취방에 혼자 가기 뭐해서 박 EM에게 도움을 요청했다. 박 EM은 벌써 집 앞에 와 있었다.

*

사무실에 들어서니 호식이가 청약서를 접수하고 있었다. 연금이었다.

"이야~ 호식이 너 경성도까지 갔나더니 해냈구나? 얼마짜리야?"

호식이가 머리를 긁으며 대답했다.

"100만 원짜리요."

"우와, 누군데?"

"저희 큰아버지요. 제가 거기 가서 1박 2일 동안 드러누웠어요."

이 큰 덩치가 드러누웠다니 생각만 해도 웃음이 나왔다.

"형, 그리고 저 차 샀어요."

"그래? 완전 겹경사네. 뭐 샀는데?"

"그냥 작은 걸로 샀어요. 엄마가 첫 차는 좋은 거 뽑는 거 아니라고 해서."

"그래. 처음 차 사면 여기저기 많이 긁고 다니니까. 그럼 자동차보험은 어떻게 했어?"

"그것도 영업사원이 다 알아서 해주던데요? 차만 파는 줄 알았더니 보험사 코드도 다 있더라고요."

"그래? 자동차 영업사원이 보험도 팔아?"

"네. 저도 이번에 처음 알았어요. 주변에 아는 보험설계사 없으면 자기가 해주겠다고 하더라고요. 저는 손해보험 자격증은 없으니까 그러라고 했죠, 뭐."

자동차 영업소에 개척을 갔을 때 영업사원들이 내게 시큰둥한 반응을 보인 이유를 이제야 알 수 있었다. 내가 보험설계사들에게 보험을 팔러 갔던 것이다.

"형도 청약서 접수하는 거예요?"

"응, 난 작은 거. 25만 원짜리."

"우와, 그래도 이건 개척이잖아요. 완전 리스펙이에요. 형."

호식이가 주먹으로 제 가슴을 두 번 두드렸다. 나는 문득 지점장이 어떤 표정을 지을지 궁금했다. 돌려받은 지인 리스트는 책상 서랍에 처박아두었다.

"축하해."

오 팀장이 손을 내밀었다. 아마 나는 오 팀장을 만나지 않았어도 어차피 보험회사에 들어왔을 것이다. 그가 내게 거짓말을 했지만 그걸 핑계 삼고 싶지는 않았다.

"해낼 줄 알았어. 사실 좀 조마조마하긴 했지. 신입이 첫 달부터 한 건도 못하면 바로 해촉이거든."

해촉? 그럼 나 정말 잘릴 뻔한 건가? 나는 고개를 돌려 에디를 찾았다. 에디는 얼굴을 구긴 채 자리에 앉아 있었다. 내가 눈짓으로 소회의실을 가리키자 자리에서 일어섰다. 나는 회의실에 들어서자마자 일단 TV부터 켰다. 우리의 말소리가 밖으로 새는 것을 방지하기 위해서였다.

"오늘 장 팀장이 뭐래? 별말 없었어?"

"없긴, 별소리를 다 하던데?"

"뭐라고 했는데?"

"그리래."

"그려?"

"응. 청약서를 그려넣으래."

"뭐 소리야? 알아듣게 얘기해봐."

"가짜 청약서를 만들란 얘기야. 우리 누나가 서울에 살거든. 누나 이름으로 30만 원짜리 종신보험을 그리래. 그러면 수수료 가 두둑이 나오니까 그걸로 한 석 달 정도 보험료 내다가 주계 약을 확 낮춰서 감액하래. 그러면 보험료가 싸지니까 또 몇 달 유지하다가 연체시켜버리라는 거지."

"자필서명은 어쩌고?"

"대필해야지. 그걸 누가 알겠어?"

"그래서? 그걸 했어?"

"내가 미쳤냐? 안 한다고 했지."

"그러니까 뭐래?"

"잘릴 거래."

에디가 허탈한 표정으로 말했다. 장 팀장이 가진 비책이 고 작 이런 거였나. 회의실 유리 너머로 팀원들과 얘기하며 큰 소 리로 웃고 있는 장 팀장의 뒷모습이 보였다. 그는 봄봄 FA 지점 에서 자신만의 피라미드를 완성했다. 하지만 그 피라미드를 지 탱하고 있는 것은 온통 거짓과 과장이 아닌가. 장 팀장에게 속 아 피라미드의 블록이 된 에디는 석회암처럼 인상을 잔뜩 찌푸 렸다.

"춘근이 형은 어떻게 됐어?"

"응, 저기서 지금 열심히 조카 보험 그리고 있어."

"아이고 참. 아무튼 장 팀장 말 안 들은 건 잘했어. 내일 나랑 대원 초등학교 가자."

교감 선생님 아들 둘의 연금 중 하나를 에디의 코드로 접수시킬 생각이었다.

"야, 근데 이 아나운서 참 예쁘지 않냐?"

내 말을 듣는 둥 마는 둥 하던 에디가 TV를 보며 말했다. 저녁 뉴스 시간이었다.

"지금 이 상황에 그게 눈에 들어와?"

그런데 아나운서의 얼굴이 낯이 익었다. 오랜만에 보는 얼굴이었다.

외롭고 웃긴 가게

'아나테이너라 부르지 마세요'

오 마이 갓! 출근길 가판에 놓인 〈제일스포츠〉를 보는 순간 눈앞이 캄캄했다. 예상했던 것보다 훨씬 더 자극적인 제목이 달려 있었기 때문이다. 김유미 아나운서는 단지 아나테이너가 성공한 아나운서의 표본인 양 인식되는 것에 대해 자신의 견해를 밝혔을 뿐이다. 그녀의 인터뷰 어디에도 아나테이너로 부르지 말라는 얘기는 없었다. 그러나 편집부는 포털사이트에서 기사 제목을 보는 순간 클릭하지 않고는 못 배길 제목을 고민했을 것이다. 아무것도 모르는 김유미 아나운서는 〈제일스포츠〉 제호 아래서 밝게 웃고 있었다. 1면 톱이었고 주말판의 표지 모델이었다. 그런데 이토록 도발적인 제목이라니. 내가 그녀를 주말 가판대에, 그리고 포털사이트의 수많은 악플러들 앞에 제물로 바친 셈이었다. 아니나 다를까. 포털사이트 연예면에 큼지막이 걸린 기사에는 수많은 악플들이 달려 있었다. 김유미 아나운서에 대한 인신공격은 물론, 아나운서 직종 자체에 대한 비난과 조롱, 그리고 드문드문 나를 공격하는 댓글도 있었다. '기자가 아나운서 욕 먹이려고 작정했나보네.' 차라리 이런 댓글은 고마웠다. 내가 욕을 먹는 게 더 마음 편했다. 지방지 시절에는 전국적인 관심을 받는 기사를 쓰는 일이 드물었기 때문에 기사에 악플이 달리는 경우도 많지 않았다. 그러고 보면 '악플도 관심'이라는 말이 틀린 말은 아닌 듯했다. 김유미 아나운서에게 괜히 폐를 끼친 거 같아 어쩔 줄 몰라 하고 있을 때 문자가 왔다.

「기사 잘 봤어요. 첫 인터뷰인데 1면을 장식했네요. 가문의 영광이에요.」

나는 바로 답장을 보냈다.

「아니에요. 추가 인터뷰까지 성심껏 응해주셔서 제가 더 감사하죠. 조만간 CTV 로비에서 커피 한잔 살게요. 참, 그런데 웬만하면 댓글은 읽지 마세요.^^;;」

「아하하, 이미 하나하나 빼놓지 않고 다 읽고 있어요. 이런 관심이 처음이라 댓글도 신기하네요. 비판은 비판대로, 격려와 응원은 또 그것대로 다 피가 되고 살이 되겠지요. 커피는 제가 살게요.」

주말 당직이라 넓은 사무실 안에는 각 부서별로 기자 네 명뿐이었다. 기자는 기본적으로 6일 근무다. 월요일 신문을 만들기 위해 일요일에도 출근을 해야 하기 때문이다. 토요일이 유일한 휴일이지만 그나마도 아무 일이 없을 경우에만 해당된다. 연예인의 결혼이나 공연, 시상식 같은 주요 행사가 열리거나, 사건 사고를 비롯한 예기치 못한 일들, 혹은 인터뷰 약속이 잡히면 어쩔 수 없이 휴일을 반납해야 한다. 물론 휴일 근무 수당 같은 건 존재하지 않는다. 그리고 당직. 차장 이하 아홉 명의 기자가 돌아가면서 주말 당직 근무를 선다. 부장은 당직을 서진 않지만 휴일에도 쉼 없이 움직이는지 수시로 당직 근무자에게 연락을 해온다. 그런데 오늘은 다른 날보다 목소리가 더 다급했다.

"허 기자, 장윤호 위염 기사 떴어?"

"네? 장윤호 뭐요?"

"장윤호 위염 떴냐고!"

"아 네, 잠시만요."

나는 검색창에 '장윤호 위염'이라고 적었다. 검색을 하면서도 좀 의아했다. 연예인이 위염에 걸린 것도 기사를 써야 하나.

"기사 안 떴는데요."

"그래? 그럼 빨리 써."

"네? 지금요?"

"그래. 지금 빨리 써. 내가 금방 다시 전화할게."

난감했다. 이걸 어떻게 써야 하나. '배우 장윤호 씨가 위염 진단을 받았다.' 이걸 무슨 속보라고. 리드 다음 문장이 도무지 떠오르지 않았다. 일단 장윤호 매니저에게 전화해볼 요량으로 주소록을 뒤지고 있을 때 부장에게 다시 전화가 왔다.

"뭐야, 기사 떴잖아. 이걸 못 본 거야? 쓰지 말고 대기하고 있어."

"네."

전화를 끊고 나서야 장윤호 관련 기사의 제목들이 눈에 들어왔다.

장윤호 위염이…… 아니라 '장윤호 무혐의'.

그는 두 달 전 폭력 시비에 휘말린 젊은 배우였다. 쌍방의 주장이 엇갈렸고 어제 중앙지검에서 무혐의 처분을 받은 모양이었다. 장윤호는 이름이 어느 정도 알려지긴 했지만 스타는 아니었다. 두 달 전 사건 자체도 크게 이슈가 되지는 않았기 때문에 검찰의 수사 결과를 연예부 기자들 모두 놓친 것이다. 하지만 보도했다고 특종도 아니고 놓쳤다고 낙종도 아니다. 그럼에도 부장은 한발 늦게 자신의 레이더에 걸린 이 뉴스를 이미 누군가 기사화했음을 알고 속을 끓이고 있을 게 뻔했다. 부장의 위염이 심히 염려되었지만 나 또한 몸 상태가 정상은 아니었다. 스트레이트 아이템의 압박으로 퇴근을 해도 퇴근이 아니었고, 휴일에도 맘 편히 쉬어보지 못한 지가 몇 달이었다. 나는 당직이 끝나는 시간에 맞춰 잽싸게 가방을 챙겨들었다. 저녁에 인터뷰가 있었다.

개그우먼 윤송이는 TV에서보다 실물이 더 예뻤다. 사실 개그우먼들이 대개 그랬다. 신사동의 카페에서 만난 그녀는 카메라만 들이대면 우스꽝스러운 표정을 지었다. 예측하기 힘든 그녀의 자세와 표정 때문에 사진 기자가 진땀을 흘리고 있는 게 보였다. 배우나 가수는 카메라 앞에서 조금이라도 더 근사하게 부이려고 노력하는데, 개그우먼들은 자신이 가지고 있는 아름다움을 숨기려 애썼다. 그것이 개그의 세계라면 나는 문득 그 아름다움을 꺼내서 사람들에게 보여주고 싶다는 생각이 들었다. 윤송이가 카페 기둥에 매달려 나무늘보 자세를 취했을 때, 사진기자가 나와 눈을 마주치며 비로소 고개를 끄덕였다. 내가 토요일 인터뷰 스케줄을 잡는 바람에 그도 휴일을 반납하고 나온 참이었다. 나는 카페에서 빵을 몇 개 사서 사진 기자에게 건넸다.

"저 때문에 쉬지도 못하고 죄송해요."

"아니에요. 저도 재미있었어요. 여자분 표정 연기가 굉장히 좋으시네요. 눈빛도 살아 있고."

그가 윤송이 칭찬을 했다. 괜한 인사치레는 아닐 것이다. 윤송이는 아직 개그 프로에서 선배들에게 가려 맨 앞으로 나서지 못하고 있었지만, 나는 그녀가 머지않아 스타가 될 거라고 확신하고 있었다. 이유는 나도 모르겠다. 개그 프로 녹화장에서 처음 보는 순간부터 그녀만 눈에 들어왔다. 그녀는 무대 위에서 스포트라이트 밖에 서 있었지만 내겐 그녀의 작은 제스처 하나하나가 그렇게 재밌을 수 없었다. 그러니까 이건 말단 연예부 기자의 촉이었다. 나는 그녀를 고비 물고기로 점찍었다.

"전공이 영화였네요?"

윤송이의 프로필을 보면서 내가 물었다.

"네. 어릴 때 꿈은 영화감독이었어요."

"그럼 꿈이 바뀐 건가요?"

"대학 시절 영화 워크숍을 다닌 적이 있었는데요. 동기 중에 여훈이라는 친구가 있었어요. 저희가 전체 인원이 서른 명이었는데, 영화 제작 실습을 할 때 세 팀으로 나눠서 세 편의 단편영화를 찍기로 했어요. 그러면 오직 세 명 만이 감독을 할 수 있는 거잖아요. 나머지 스물일곱 명은 스태프나 배우가 되는 거고요. 모두 자기 영화를 만들고 싶어서 온 것이지만 워크숍 기간에 서른 편을 찍을 수는 없으니까요. 각자 시나리오를 제출해서 투표한 뒤 세 편을 선정하기로 했는데 저도 여훈이도 3등 안에 들지 못했어요."

"워크숍을 다녀도 모두가 자기 영화를 찍을 수 있는 건 아니군요? 보통은 워크숍에서 영화아카데미나 영상원 지원할 때 제출할 포트폴리오를 만들지 않나요?"

"맞아요. 그렇지만 그것도 경쟁에서 이겨야만 가능했던 거죠. 아무튼 그래서 여훈이는 스태프를, 저는 배우를 하기로 했어요. 좀비 역할이었죠. 그런데 워크숍 센터에 카메라 두 대가 고장이 나서 멀쩡한 건 한 대뿐인 거예요. 그러니 어쩌겠어요. 세 팀이 서로 스케줄을 잘 조정해서 촬영을 하는 수밖에요. 촬영 장소가 서울 인천 성남 제각각이었기 때문에 누군가 한 팀의 촬영이 끝날 때마다 카메라를 계속 옮겨줘야 했어요. 마치 이어달리기를 하듯이요. 그 일을 여훈이가 했어요."

"카메라는 어떤 걸 사용했죠?"

"6mm 필름을 쓰는 PD 150이었어요."

"그렇게 무겁거나 한 장비는 아니군요."

"네. 그래도 여훈이가 고생을 많이 했어요. 세 팀을 다 돌아다녀야 했으니 세 팀에서 모두 스태프를 한 셈이거든요. 인천에서 밤 촬영이 끝나면 다음날 낮에 서울에 카메라를 갖다주고, 거기서 며칠 촬영을 하다가 또 성남으로 갖다주고 하는 식이었어요. 그렇게 촬영이 끝나고 저희끼리 발표회를 하는데 출품작이 세 편이 아니라 네 편이었어요."

"네? 나머지 한 편은 뭐죠?"

"여훈이 작품이었어요. 여훈이가 카메라 담당이니까 매일 촬영이 끝나고 난 후, 그리고 카메라를 옮기는 사이사이에 자기 친구들을 데려다가 영화를 찍은 거예요."

"아, 대단하네요."

"네. 저도 깜짝 놀랐어요. 그런 생각을 하는 것 자체도 놀랍고, 체력적으로도 하루하루 촬영이 끝나면 정말 피곤하거든요. 아무데나 쓰러져 눈 붙이기 바쁜데 여훈이는 매일 그 시간부터 영화를 찍기 시작한 거죠. 카메라 전달하는 일도 서로 안 하려고 했는데 여훈이는 일부러 그 일을 맡은 거였어요. 다 생각이 있었던 거죠. 그렇게 여훈이를 보면서 느낀 게 있었어요."

"그게 뭐죠?"

"아, 나는 영화에 대해 이 정도의 열정은 없구나, 생각한 거예요. 아무리 영화가 좋아도 그 정도까지는 아니었던 거 같아요. 그런데 미처 깨닫지 못했던 다른 재미난 일을 알게 됐어요."

"그게, 개그인가요?"

"좀비요. 제 역할 이름이 좀비 3번이었는데 세 번째로 죽는 좀비였거든요. 그런데 이게 너무 재밌는 거예요. 연기는 난생처음이었는데 완전 저하고 찰떡이더라고요. 그래서 감독 졸라서 좀비 6번 9번 12번으로 계속 나왔어요. 어차피 제 얼굴을 클로즈업하는 컷은 없으니까요. 그때마다 제 돈으로 가발도 빌리고, 멀쩡한 제 옷을 찢기도 하고 피도 묻히고 하면서 정말 열심히 했어요. 이게 희열이 있더라고요. 비록 촬영이 끝나고 나서 옷장이 텅 비어버렸지만."

"그래서 나온 작품은 만족스럽던가요?"

"완전히요. 물론 저를 알아보는 건 저뿐이었지만, 혼자 낄낄거리면서 그 영화를 몇 번이나 돌려봤어요."

"그런데 왜 배우가 아니라 개그우먼이 된 거죠?"

"기본적으로 연기를 하는 건 정극이나 희극이나 똑같아요. 다만 저는 어릴 때부터 코미디 영화를 가장 좋아했고 마침 CTV 오디션이 있었어요. 그냥 저 자신을 한번 시험해보고 싶더라고요. 물론 제 외모가 배우보다는 코미디언으로 더 성공할 확률이 있지 않나 하는 생각도 했고요."

그해 CTV 코미디언 공채시험 응시자 수는 천 명이 넘었다. 윤송이는 그중에서 열 명 안에 들었다.

"공채 지원자들 대부분이 사실은 아마추어 코미디언들 아닌가요? 그중에는 대학로에서 공연하면서 몇 년씩 준비하는 사람도 있고 할 텐데 한 번에 붙었네요?"

"네. 운이 정말 좋았던 거 같아요. 사실 고등학교 다닐 때 방송반을 했거든요. 제가 아나운서였는데 가만히 앉아서 대본을 읽으려니까 몸이 정말 근질근질했던 거 같아요. 그런데 학교 축제 사회를 볼 때는 그렇게 신나고 좋을 수가 없었어요. 아무래도 끼가 좀 있기는 있었던 거 같아요."

"그런데 막상 개그우먼이 되니 어떤가요? 생각한 것과 비슷하나요?"

나는 녹화장과 대기실에서 본 코미디언들의 모습을 떠올렸다. 기자만큼이나 코미디언들의 세계도 선후배 간 규율이 엄격했다. 리허설 때 지켜보는 눈도 많았지만 코미디언들은 아랑곳하지 않았다. 선배들의 코너 준비가 시작되면 후배들은 무대 아래에 한 줄로 도열해서 한목소리로 PD의 지시 사항이나 녹화 진행 사항 등을 전달하는 역할을 했다. FD의 역할을 후배들이 하고 있었다. 선배들은 또 그 모습을 당연하게 여기고 있는 듯했다. 이등병과 말년 병장이 따로 없었다.

"처음 개그우먼이 되고 나서는 한 달 동안 작가실에서 선배들 연습하는 걸 보고만 있었어요. 반복되는 연습과 리허설이 곧 수업인 셈이었죠. 아시는 것처럼 규율도 엄격하고 해서 위축되는 것도 많았어요. 그렇게 한동안 지내다 보니까 슬슬 끼를 풀어야 할 때가 아닌가 싶더라고요. 이대로 있다가는 내가 정말 재미없는 사람이 될까봐 그게 가장 걱정이었던 거 같아요. 그런데 희한한 게 데뷔 전과 달리 동기들이랑 있으면 재미난 아이디어가 금방 떠오르더라고요. 아마 다들 간절하고 비슷한 꿈을 꾸는 사람들이 모여 있어서 그런가봐요."

윤송이와 이런저런 얘기를 하다 보니 두 시간이 훌쩍 지나 있었다. 인터뷰를 마치고 일어서는데 카페 안으로 낯익은 얼굴이 들어왔다.

"제 동기 지현이요. 저희가 오늘 저녁에 같이 밥 먹으면서 코너 짜기로 했거든요."

"와, 재밌겠네요. 혹시 저도 가도 돼요?"

"기자님이요?"

둘은 깜짝 놀라는 표정이었다.

"네. 이 시간 이후로 보고 듣는 것은 무조건 오프더레코드로 할게요. 그냥 한번 보고 싶었어요. 어떻게 코너를 짜는지."

"아하하, 생각해보니 나쁘지 않을 거 같아요. 우리가 아이디 어를 내면 기자님이 재미있는지 없는지 바로바로 평가해주세 요."

우리는 최지현의 오피스텔로 자리를 옮겼다. 두 사람이 구상한 코너의 제목은 '영화만 보고 자란 아이'였다. 아이가 행동으로 옮기는 영화 속의 각종 클리셰들이 실제 현실과 충돌하는 장면이 웃음 포인트였다. 하지만 아이디어 단계부터 쉬운 게 하나도 없었다. 너무 진지해서도 안 되고 너무 가벼워서도 안 된다. 두 사람이 고민하는 모습을 지켜보며 나도 하나둘 아이디어를 보탰다. 우리는 우선 영화 속 클리셰들을 모으기 시작했다. '악당들은 한꺼번에 덤비지 않고 한 명씩 차례차례 덤빈다.' '악당의 총은 항상 어깨와 허벅지만 겨눈다.' '형사나 탐정들은 늘 바바리코트를 입는다.' '외계인들은 맨날 미국에만 떨어진다.' '고층 빌딩에서 코너에 몰리면 등 뒤로 헬리콥터가 떠오른다.' '방황하는 학생 곁에는 언제나 천사 같은 선생님이 있다.' '쫓아

가는 악당은 잘도 넘어진다.' '혼자 화장실에 가면 죽는다.' '가
족사진을 보면 죽는다.' '엄마 생각하면 죽는다.' '3대 독자라고
말하면 죽는다.' '가족은 항상 밥을 먹고 있다.' 아…… 이걸 어
떻게 무대 위에서 표현할까. 두 사람은 다시 머리를 맞대기 시
작했다. 누군가의 웃음을 위해, 한바탕 웃고 나면 곧 잊힐 짧은
순간을 위해 두 사람은 밤을 새워 고민했다. 코미디만 보고 자
란 아이는 상상도 하지 못할, 그런 밤이었다.

사무실에서 기사를 정리하고 있는데 메시지가 왔다. 윤송
이였다.

「아까 제 동기가 예능국에서 최설아 아나운서를 봤대요. 〈연
예 매거진〉 팀이랑 회의하고 있다던데 새 MC가 되었나봐요.」

〈연예 매거진〉은 10년이 넘은 연예정보 프로그램이다. 곧
여성 MC를 바꾼다는 소문이 있었지만 아나운서는 의외였다.
그간 연예인들이 주로 진행을 맡아왔기 때문이다. 나는 김유미
아나운서에게 메시지를 보냈다. 최설아 아나운서는 김유미 아
나운서의 1년 선배였다.

「혹시 최설아 아나운서 자리에 있나요?」
「아니요. 지금 없어요. 왜요?」
「혹시 그럼 〈연예 매거진〉 팀이랑 미팅 중인 거 맞나요?」

「네, 아까 매거진 팀에서 호출이 왔었어요.」

연예정보 프로그램의 MC가 바뀌는 것이 특종은 아니지만 스트레이트 뉴스 아이템으로는 훌륭했다. 나는 얼른 최설아 아나운서에게 전화를 걸었다.

"안녕하세요. 〈제일스포츠〉 허수영 기자입니다."

"네, 안녕하세요."

그녀가 생각할 시간을 주지 않기 위해 단도직입적으로 물었다. MC 교체는 아직 비공식적인 사안이라 그녀가 부인할 가능성도 있다.

"〈연예 매거진〉의 새 MC가 되셨다고요. 축하드려요."

"네? 아, 네. 그게, 그러니까······."

방송 스튜디오인 듯 스태프들이 분주히 움직이는 소리가 들렸다.

"간단히 소감이나 각오 한 말씀 부탁드릴게요."

"그, 글쎄요. 저도 오늘 갑작스레 연락을 받아서요. 음. 일단 이렇게 좋은 프로그램을 맡게 돼서 너무 기쁘고, 오랜 시간 많은 사랑을 받아온 프로그램이니까요. 저도 최선을 다하겠습니다."

나는 바로 기사를 쓰기 시작했다. 크로스 체크에 이어 본인 확인까지 마쳤으니 더 기다릴 필요가 없었다. 기사를 막 넘기는데 부장이 급히 불렀다.

"허 기자, 빨리 서구경찰서로 가. 그헤리 폭행 신고가 접수

됐대."

조혜리는 요즘 한참 주목받는 젊은 배우다. 최근 인기리에 방영된 드라마에서 조연으로 나왔지만 머지않아 주연급으로 성장할 거라고 많은 이들이 기대하고 있었다. 나는 급히 짐을 챙기며 조혜리 관련 속보를 출력했다.

"일단 가서 경찰부터 만나고, 특이사항 있으면 바로 보고해."

조혜리를 신고한 것은 이십대 여성 박 모 씨였다. 그녀는 며칠 전 조혜리의 집에서 자신이 일방적으로 폭행을 당했다고 진술했다. 반면 조혜리의 변호인은 오늘 경찰에 출석해 오히려 조혜리가 피해자라며 혐의를 부인했다. 이것이 속보에 나와 있는 내용의 전부였다. 경찰서에는 이미 서너 명의 기자들이 도착해 있었다. 그런데 다들 로비에서 서성거리기만 할 뿐이었다. 형사과에 들어가보니 사건을 담당하는 형사 2팀의 자리가 비어 있었다. 형사과 안에 있는 아무나 붙잡고 물어봐도 다들 2팀이 언제 들어올지 알 수 없다는 말만 했다. 당장 경찰서에서 할 수 있는 게 없었다. 30분 정도 지나자 기자들이 하나둘 자리를 떴다. 나는 경찰서 앞 PC방으로 향했다. 그런데 저녁이라 그런가 자리가 하나도 없었다. PC방에서 나와 뒷골목으로 들어가니 성인 PC방 간판이 보였다. PC를 쓰는 건 똑같겠지 싶어 문을 열고 들어갔다. 요금표에는 한 시간에 만 원이라고 적혀 있었다.

"제가 잠깐 검색만 좀 하면 되는데요. 천 원 내고 10분만 쓰면 안 될까요?"

컵라면을 먹던 직원이 난색을 표했다.

"5분만 쓰셔도 만 원을 내야 하는데요. 전화 한 통만 받고 바로 나가시는 분도 있어요."

"네? 전화요? 저는 PC를 쓰려고 왔는데요."

"무슨 일이신데요?"

"제가 요 앞에 경찰서에 취재를 왔는데요. 급하게 잠깐 확인을 좀 할 게 있어서요."

"경찰요?"

"아, 네. 제가 경찰은 아니고요."

직원은 잠시 망설이는가 싶더니 휴지로 입술을 훔치며 말했다.

"아이씨. 그럼 빨리 쓰고 가세요."

직원은 제일 안쪽 방을 안내해줬다. 저녁이라 그런가 손님이 하나도 없었다. 고시원처럼 생긴 방 안에는 PC 한 대와 전화기, 그리고 두루마리 휴지가 책상 위에 놓여 있었다. 나는 모니터 바탕화면에 깔린 정체불명의 폴더(한국, 일본, 서양)들을 피해 익스플로러 아이콘을 클릭했다. 우선 조혜리 관련 새로운 뉴스가 없는지 확인했다. 뉴스들이 쏟아져나왔지만 전부 연합뉴스 속보를 우라까이 한 것들이었다. 속보에서 한발 더 나간 뉴스는 없었다. 이번에는 조혜리의 소속사를 확인했다. T엔터테인먼트. 배우 위주의 중형 기획사였다. 설립된 지는 7년이 조금 넘었다. 이번엔 T엔터 소속 연예인들과 관련된 사건사고를 찾아봤다. 여러 건이 나왔다. 그 기사들을 하나하나 클릭해 기사에 등장하는 변호사의 이름과 소속을 확인했다. 두 명의 변호사가 나왔다. 둘 다 법무법인 보성 소속이었다. 이번엔 검색창에 법무법인 보성을 입력하는데 갑자기 책상 위 전화벨이 울렸다. 카운터에서 걸렸나? 전화를 받자 중년 여성의 목소리가 들렸다.

"오빠, 어디야?"

"네? 아, 저는 서구경찰서 앞인데요?"

"어머, 나도 그 근처인데. 뭐 해. 만날 사람 찾아?"

"아……. 그러니까 저는 잠깐 일하러 온 거거든요. 죄송하지만 다른 분하고 통화하시는 게 좋겠네요."

"뭐야? 장난해?"

"장난이 아니고요. 제가 지금 바빠서……."

"야! 무슨 부킹 PC방에서 일을 하냐? 변태야?"

나는 황급히 수화기를 내려놓았다. 이것 참. 일하러 와서 변태 소리를 다 듣고. 나는 얼른 보성의 홈페이지를 열었다. 구성원 검색 카테고리에서 '엔터테인먼트와 스포츠' 분야를 클릭하니 기사에 등장했던 두 사람의 이름이 나왔다. 그중에서 나는 좀 더 최근에 T엔터의 변호를 맡은 변호사에게 베팅했다.

"안녕하세요. 〈제일스포츠〉 허수영 기자입니다. 김남기 변호사님과 통화할 수 있을까요?"

"지금 자리에 안 계시는데요."

"조혜리 씨 건으로 아까 저한테 전화주시기로 했는데 깜빡하신 모양이네요. 혹시 지금 조혜리 씨 미팅 중이신가요?"

"아니요. 오전에 미팅하시고 지금은 다른 일로 나가셨어요"

"아 네. 그럼 혹시 변호사님 연락처 좀 알 수 있을까요?"

"저희가 개인 연락처는 알려드릴 수 없고요. 메모 남겨주시면 최대한 빨리 전해드릴게요."

"네. 꼭 좀 연락 부탁드린다고 전해주세요."

내 번호를 남기고 자리에서 일어서는데 또다시 전화벨이 울렸다. 나는 어둠 속에 선 채로 가만히 벨소리를 듣고 서 있었다. 기분이 이상했다. 그만 방에서 나가야 하는데 묘한 기시감이 발목을 잡았다. 누군가 나를 부르러 와주길 기다리던 그 작고 하얀 방. 그 방에 갇혀 애써 담담한 척 넥타이를 고쳐 매며 그려본 날들의 한가운데에 지금 내가 서 있다. 그런데 어쩐지 아직도 그 방에서 한 발짝도 나가지 못한 것만 같은 기분이 드는 것은 왜일까. 전화벨이 울리고 나는 받지 않는다. 나를 찾는 전화가 아니기 때문이다. 마치 옆방을 두드리는 노크 소리처럼. 전화벨이 울리고 나는 받지 않는다. 나는 한 번도 이렇게 집요해본 적이 없다는 생각을 끊임없이 울리는 전화벨 소리를 들으며 하고 있었다. 그런데 내가 이 방에 있는 걸 어떻게 알고 자꾸 전화가 오는 것일까. 또다시 전화벨이 울렸다. 이번엔 휴대폰이었다.

"안녕하세요. 김남기 변호사라고 합니다."

"안녕하세요. 〈제일스포츠〉 허수영 기자입니다. 조혜리 씨 건으로 연락드렸습니다."

"저희가 조금 더 입장을 정리할 시간이 필요해서 아직 기자분들께 뭐라 말씀을 드리기가 그렇습니다. 그런데 이렇게 빨리 연락을 주서서 제가 일단 조혜리 씨가 폭행을 했다는 상대방의 주장은 사실이 아니라는 것만 분명히 말씀을 드리겠습니다."

"그럼 한 가지 질문을 드려도 될까요?"

김 변호사가 잠시 머뭇거리다가 말했다.

"네, 말씀해보시죠."

"오늘 조혜리 씨는 왜 경찰 조사에 안 나온 건가요?"

"그게, 지금 조혜리 씨가 경찰 조사를 받을 수 있는 몸 상태가 아닙니다."

"어디 다치기라도 하신 건가요?"

"네, 전치 2주 진단을 받았고요. 병원 치료받고 지금은 집에서 요양하고 있습니다."

"오히려 박 모 씨가 폭행을 했다는 말인가요?"

"그렇습니다. 아마 그 부분은 조만간 경찰 쪽에서 명확히 사실관계를 밝혀낼 테니까요. 조금만 기다려보시죠."

"혹시 그럼 조혜리 씨 경찰 조사는 언제쯤……."

"죄송하지만 이만 전화 끊겠습니다."

나는 카운터로 가서 만 원을 내고 한 시간을 다 채우겠다고 말했다. 대신 전화 좀 안 오게 해달라고 부탁했다. 직원은 그제야 아차 싶었는지 모니터를 들여다보며 뭔가 설정을 바꿨다. 나는 방으로 돌아와 데스크톱에 꽂혀 있는 랜선을 뽑아 노트북에 꽂았다. 기왕 이렇게 된 김에 여기서 기사를 써서 보낼 생각이었다. 야마는 '조혜리 전치 2주, 오히려 내가 피해자 주장'이었다.

형사 2팀의 자리는 여전히 비어 있었다. 경찰서 로비 벤치에 앉아 있는데 낯익은 얼굴이 보였다. CTV 아침방송의 김 작가였다. 그녀는 텀블러에 담긴 커피를 홀짝이며 형사과 안을 두리번거리더니, 마침 민원실에서 나오던 여경과 마주치자 반갑게 인사를 나눴다. 서로 잘 아는 사이인 듯했다. 나는 팔짱을 끼고 두 사람을 지켜봤다. 다른 이유는 없었다. 달리 할 일이 없었기 때문이다. 지방지 시절에는 나도 경찰서에 가면 만날 사람도 많고, 짬이 나면 기자실에 가서 잠시 눈을 붙이기도 했었다. 그렇게 경찰서를 사랑방 드나들듯 하던 시절이 있었는데 여긴 어쩐지 남의 집에 온 것처럼 어색하기만 했다. 반면 김 작가는 굉장히 편해 보였다. 부스스한 머리에 화장도 별로 안 한 얼굴. 갈색 가죽 재킷을 대충 걸치고 물 빠진 청바지에 흰색 컨버스화를 구겨 신은 그녀는 며칠 집에 안 들어간 형사처럼 보이기도 했다. 꾀죄죄할수록 능력 있어 보이는 건 형사나 작가나 마찬가지였다. 로비 정수기에서 텀블러에 물을 담던 김 작가는 나를 발견하곤 씩 웃었다. 나도 따라 음흉한 미소를 지어주었다. 김 작가와는 취재 현장에서 여러 번 마주친 사이였다. 방송 작가들이 보통 인터넷과 전화 취재를 중심으로 일을 하는 데 반해 그녀는 언제나 현장이 우선이었다. 현장에서 만나는 타사 일간지 기자들과 달리 김 작가는 나와 직접적인 경쟁관계가 아닌데다, CTV라는 공통분모 때문에 서로 어느 정도의 정보를 공유하는 사이였다.

"허 기자, 저녁 먹었어요?"

김 작가가 물었다.

"아뇨. 배고파 죽겠어요."

"구내식당에 가서 밥이나 먹죠. 2팀은 밤늦게나 올 거 같은데."

그녀를 따라 경찰서 구내식당으로 들어갔다. 저녁 시간이 지나 사람이 별로 없었다. 우리는 샐러드와 제육, 상추와 된장찌개가 담긴 식판을 앞에 두고 마주 앉았다.

"작가님은 경찰서 자주 오나봐요."

김 작가는 두말하면 잔소리라는 듯 한입 가득 넣은 상추쌈을 오물거리다 물을 들이켜며 말했다.

"아유~ 연예인 애들이 사고를 좀 많이 쳐야지요. 서울 관내 경찰서는 화장실 몇 번째 칸 문이 고장 났는지까지 다 알아요."

그 순간 김 작가의 눈이 반짝였다. 물을 한 모금 더 마시더니 나를 향해 한쪽 눈을 지긋이 뜨며 또 씩 웃었다.

"그러고 보니 우리 허 기자가 뭔가 건진 거 같은데? 맨날 밥도 안 먹던 사람이 오늘은 밥부터 먹고 있고."

나는 일단 기사 마감을 했지만 그녀는 아침방송 전까지 뭐라도 건져야 했다. 급한 건 그녀 쪽이었다.

"작가님도 나한테 줄 게 좀 있을 거 같은데. 경찰서 식구들이랑 다 그렇게 친하다면야."

"내가 글발은 없어도 인맥발은 있으니까. 다들 방송 작가가 글 써서 먹고사는 줄 알지만 사실 우리는 섭외력으로 먹고살거든요. 어디 원하는 걸 말해봐요."

김 작가가 단도직입적으로 물었다.

"형사 2팀장 번호."

"나한테 줄 수 있는 건?"

"조혜리 변호사."

"콜!"

김 작가가 숟가락으로 가볍게 테이블을 두 번 두드렸다.

팀장은 전화를 잘 받지 않았다. 10분 간격으로 세 번을 건 후에야 겨우 통화가 됐다.

"팀장님, 〈제일스포츠〉 허수영 기잡니다. 경찰서에서 오후부터 계속 기다렸는데 만나뵐 수가 없어서요. 간단히 통화 좀 괜찮으실까요?"

"무슨 일 때문에 그래요?"

"조혜리 씨 폭행 사건 관련해서 몇 가지 궁금한 게 있어서요."

"아, 그거는 저기, 신고자만 조사한 상태고요. 조혜리 씨를 아직 조사하지 않았기 때문에 누가 가해자다 피해자다 말할 수 있는 상황도 아니고. 아직 뭐라 할 얘기가 없어요."

"조혜리 씨 출석 날짜는 정해졌나요?"

"조만간 다시 나오라고 출석 요구서가 나갈 거예요."

"그럼 혹시 박 모 씨랑 조혜리 씨의 관계에 대해서 좀 알 수 있을까요? 두 사람이 어떤 사이인 거죠?"

"뭐 친구는 아닌 거 같고 그냥 서로 좀 아는 사이 같던데. 그것도 한쪽 말만 들이시는 알 수 없고요. 내가 오래 통화할 수 있는 상황이 아니에요."

"아, 네 알겠습니다. 그럼 경찰서에는 몇 시쯤 들어오시나요?"

"글쎄요. 뭐 10시는 돼야 할 거 같은데. 더 늦을 수도 있고."

형사 2팀이 경찰서에 돌아온 것은 밤 10시 30분이었다. 나와 김 작가는 2팀 형사들에게 박카스와 양말 한 켤레씩을 돌렸다. 팀장이 요런 걸 좋아한다며 기다리는 동안 김 작가와 준비한 것들이었다. 김 작가는 팀장에게 여기서 다섯 시간을 기다렸다며 너스레를 떨었다. 팀장을 비롯해 팀원들 모두 피곤해 보였다. 팀장은 김 작가와 실랑이할 생각이 없다는 듯 형사 한 명에게 눈짓을 했다. 그 형사는 우리 들으라는 듯 '나가서 담배나 한 대 태워야겠다'며 자리에서 일어났다. 나와 김 작가는 재빨리 그의 뒤를 따라갔다.

"신고한 여자분이 맞았다고 하는데 외관상으로는 특별히 다친 데는 없어 보였고요. 싸운 거는 뭐 조혜리 씨가 자꾸 자기 남자친구한테 꼬리를 쳐서 따지러 갔다가 싸움이 났다고 하데요. 조혜리 씨 변호사 얘기는 오히려 혜리 씨가 일방적으로 맞은 거라고 하고요. 누구 말이 사실인지는 목격자 조사를 해보면 금방 나오겠죠."

"목격자가 있어요?"

"네. 현장에 남자친구가 있었어요."

"누구 남자친구요?"

"그게 좀 애매한데 서로 자기 남자친구라고 하더라고요."

"그럼 이게 한 남자를 사이에 두고 두 여자가 싸움을 벌인 거네요? 그것도 요즘 한창 핫한 조혜리가?"

김 작가가 뭔가 스토리를 구상하듯 턱을 매만지며 물었다.

"정확한 건 더 조사해봐야 하고요. 단순 폭행은 반의사불벌이라 서로 합의하고 간단히 끝낼 수도 있는 거잖아요. 그런데 벌써 뉴스에 도배가 됐으니 아마 쉽게 끝나지는 않겠죠. 명예훼손 문제도 있고."

"그럼 목격자 조사는 언제인가요?"

"내일 할 거예요."

"내일 몇 시죠?"

"아하, 그거는 좀 말씀드리기 어렵네요. 참고인 조사까지 기자분들이 오시면 정신없으니까요. 오늘은 이 정도만 하시죠."

형사가 들어가자 김 작가는 그제야 담배를 꺼내 물었다. 아침방송까지 남은 시간은 여덟 시간. 그녀는 이제 사무실로 가서 대본을 쓸 거라고 했다. 나는 잠시 경찰서 벽에 기대어 횡단보도 앞에 서 있는 사람들을 바라봤다. 곧 거리의 어둠 속으로 사라져 밤의 일부가 될, 그들의 발밑에 흩어진 그을음 같은 그림자를. 사회에서 만난 사람들이 대개 그렇듯 나는 김 작가에 대해 아는 게 거의 없다. 우리는 질문하는 직업을 가졌지만 서로에 대해선 묻지 않는다. 그건 암묵적인 룰과 같았다. 신호 대기중인 사람들처럼 우리도 우연히 함께 서 있을 뿐이다. 방향이 같다면 또 마주치겠지만, 일단은 고맙다는 인사를 하고 싶었다.

"오늘 고마웠어요. 여러 가지로."

김 작가가 아니었다면 나는 아마 밤새 형사 2팀을 졸졸 따라다녀야 했거나, 오전 6시 정도에 경찰서로 다시 나왔을 것이다. 사쓰마와리를 하던 시절, 수습기자들은 매일 오전 6시에 경찰서에 가서 간밤에 일어난 사건사고를 취재한 뒤 사회부장에게 보고해야 했다. 하지만 형사들이 수습기자에게 순순히 브리핑을 해줄 리 없거니와, 연일 계속되는 술자리를 마치고 나면 귀가 시간이 새벽 2~3시가 되어버리는 수습기자들의 컨디션도 말이 아니었다. 우리는 비몽사몽간에 경찰서를 배회하다 빈손으로 돌아가 사회부장에게 질책을 당하기 일쑤였다. 그러던 중 누군가 기막힌 아이디어를 냈다. 매일 오전 형사과장의 책상 위에 올려져 있는 보고서를 훔쳐보자는 것이었다. 형사들은 밤사이 일어난 사건사고를 정리해 보고서를 만든다. 우리가 경찰서에 들어가는 시간이면 그 보고서가 형사과장의 책상 위에 올려져 있는 경우가 많았다. 형사과장의 책상은 별도의 사무실이 아니라 형사과 제일 안쪽에 있었다. 그 시간엔 형사과에 사람도 별로 없기 때문에 한두 명의 시선만 돌리면 훔쳐보는 게 가능했다. 넉살 좋은 동기들이 주로 형사들을 맡았고 훔쳐보는 건 보통 내 역할이었다. 수습기자 시절에 하던 그걸 나는 서구 경찰서에서 다시 하려고 마음먹고 있었다. 얼굴도 모르는 형사과장의 보고서를, 엄호해줄 동기도 하나 없이. 김 작가가 아니었다면 나는 아마 밖으로 끌려나갔거나 유치장에 갇히는 신세가 되었을지도 모른다.

"변호사랑은 통화해봤어요?"

"아뇨. 전화 안 받네요. 변호사들이 원래 그렇잖아요. 지들이 언론을 이용해먹을 때만 연락을 하지."

"그러게요. 그런데 작가님. 개인적인 거 하나만 물어봐도 돼요?"

"네. 물어보세요."

"방송 작가들은 보통 현장 취재를 잘 안 하지 않나요?"

"우리 프로는 외주제작사 여섯 개가 하루씩 돌아가며 방송을 맡고 있어요. 시청률이 떨어지는 회사는 바로 아웃이죠. 그야말로 총성 없는 전쟁터니까. 이기려면 어느 불길인들 못 뛰어들겠어요."

김 작가가 담배를 발끝으로 비비며 쓸쓸하게 웃었다.

고시원에 막 도착해 가방을 내려놓는데 전화벨이 울렸다. 최설아 아나운서였다. 시계를 보니 자정이 다 되어가고 있었다.

"늦은 시간에 죄송해요."

"아니에요. 괜찮아요. 이제 퇴근하던 길이었어요. 무슨 일이신가요?"

"저…… 제가 방금 인터넷으로 기사를 봤는데요. 〈연예 매거진〉 MC 기사요."

최설아 아나운서의 목소리는 반쯤 울먹이고 있었다.

"네."

"죄송하지만 그것 좀 내려주시면 안 될까요?"

"네?"

"그게요. 아까 갑자기 전화를 주셔서 제가 얼떨결에 인터뷰를 하기는 했는데요. 사실 오늘은 일단 미팅만 한 것이고 제작진에게 최종적으로 확정되었다는 얘기를 아직 못 들었어요. 그런데 인터뷰를 그렇게 해버려서 제가 좀······."

"그럼 제작진이랑 미팅을 한 사람이 최설아 아나운서 말고 또 있었나요?"

"그건 아니고요. 다만 제작진 쪽에서 발표도 하지 않았는데 제가 먼저 인터뷰를 해버려서 입장이 좀 난처하네요."

정석대로라면 나는 최 아나운서가 아니라 제작진에게 확인 전화를 했어야 했다. 하지만 제작진은 아직 사실을 숨길 가능성이 높았다. 이런 상황을 의도하지는 않았지만 내가 최 아나운서에게 덫을 놓은 건 사실이었다.

"그럼 제작진이 언제쯤 MC를 확정해서 통보해줄까요?"

"아마 내일 중으로 확정되긴 할 거예요. 번거롭게 해드려서 죄송해요."

"아니에요. 제가 죄송하죠. 다만 기사를 내리는 게 그렇게 간단한 게 아니고요. 부장 결재도 있어야 하고 온라인팀에 전달도 해야 하는데 지금 시간이 너무 늦어서요. 내일 출근하는 대로 제가 최대한 노력을 해볼게요."

"네. 고맙습니다."

전화기를 책상 위에 던져놓고 침대에 털썩 누웠다. 잊고 있던 가슴 통증이 또 시작되고 있었다. 나는 몸을 옆으로 돌려 누웠다. 베개에 얼굴을 파묻고 심호흡을 했다. 먼지 냄새가 훅 끼

처왔다. 몸이 문제인지 마음이 문제인지 아니면 전화기가 문제인 건지, 분명한 것은 내가 그중 어느 것 하나도 꺼버릴 수 없다는 사실뿐이었다. 몸도 마음도 천근만근이었지만 도통 잠이 오지 않았다. 밤이 자꾸 내게 싸움을 걸어오는 기분이었다. 나는 숨을 참고 가슴에 힘을 줬다. 누르는 힘에 대항해서 밀어내는 힘을, 그리고 방법을 찾아보려 애썼지만 그럴수록 고통만 커졌다. 최설아 아나운서에게 최대한 노력해보겠다고 말한 건 거짓말이었다. 아직 오보로 판명나지 않은 상황에서 부장에게 기사를 내려달라고 할 수는 없었다. 그건 신뢰의 문제였다. 하루하루 속보 경쟁이 치열한 일간지에서 마치 월간지 기자처럼 일하는 나지만 적어도 기사의 정확성만큼은 인정받고 싶었다. 그러나 이것이 오보라면, 혹은 나 때문에 최설아 아나운서가 거의 확정됐던 MC 직에서 배제된다면 나는 어떡해야 할까. 반쯤 열린 창문으로 들어온 플라타너스 그림자가, 언제나 울음소리로만 침대맡을 다녀가는 고양이가, 밤마다 방에서 줄넘기를 하는 게 틀림없는 위층 사내가 분분한 의견을 내놓기 시작했다. 나는 베개에 더 깊이 얼굴을 파묻었다. 수습기자 시절, 사쓰마와리를 할 때 경찰서뿐 아니라 대학병원 응급실과 장례식장도 돌아야 했다. 응급실은 사건사고를 체크하기 위해, 장례식장은 부고 기사를 쓰거나, 특별히 기사화할 만한 죽음이 없는지를 확인하기 위해서였다. 6개월 동안 매일 밤 그곳들을 드나들면서 나는 기자가 된 것을 후회하기 시작했다. 응급실과 장례식장에서 만나는 거의 모든 사람들은 사고를 당한 누군가의 가족이거나, 사랑하는 사람을 떠나보내고 슬픔에 잠긴 이들이었다. 나는 밝고 즐거운 세상 속에서 행복한 꿈만 꾸며 살고 싶은 소년이었는데, 어느 순간 무표정한 얼굴로 타인의 불행을 받아 적는 사람이 되어 있었다. 그 무챗빛 얼굴에서 비로소 벗어났나 생각했는데 이제는 내가 타인을 불행으로 몰고 가는 것이 아닌가. 내 가슴을 누르고 있는 것은 결국 나 자신이 아닌가. 이래저래 잠이 오지 않는 밤이었다.

아침에 출근하자마자 최설아 아나운서 관련 뉴스를 검색했다. 혹시라도 〈연예 매거진〉 MC로 다른 이름이 올라온다면 그보다 더한 낭패는 없었다. 조마조마하는 마음으로 검색 화면이 열리고 관련 기사가 쏟아졌다. '〈연예 매거진〉의 새얼굴, 최설아 아나운서' '〈연예 매거진〉 7대 MC는 최설아 아나운서' 최 아나운서의 우려와 달리 제작진의 멘트를 인용한 기사도 있었다. 최 아나운서에게 통보만 하지 않았을 뿐 새 MC로 그녀가 내정된 건 사실이었던 모양이다. 휴. 나는 온몸의 긴장이 풀려 책상위에 이마를 대고 깊은 한숨을 쉬었다. 그렇게 잠시 사무실 바닥을 내려다보고 있자니 살짝 현기증이 일었다. 그러나 그 자세로 오래 앉아 있을 수는 없었다. 부장이 다급한 목소리로 나를 찾았기 때문이다.

"허 기자, 이거 뭐야!"

나는 책상 위로 고개를 번쩍 들었다.

"〈스포츠데일리〉 기사 봤어? 조혜리 특종 터졌잖아!"

사방에서 빠르게 키보드 두드리는 소리가 들렸다. 다른 부서 기자들까지 모두 이쪽을 건너다보며 웅성이기 시작했다.

"어머, 웬일이야."

황보 기자가 낮은 탄식을 내뱉었다. 부장 앞에 앉은 독고준 선배가 노트북 너머로 빼꼼히 고개를 내밀고 나에게 놀리듯이 말했다.

"너 물먹은 거 같다?"

나는 떨리는 손으로 〈스포츠데일리〉의 기사를 클릭했다.

해를 묻은 오후 VI

오전 6시 30분이 다 되도록 팀장이 오지 않았다. 늦잠을 자는 건가? 사카이가 전화를 해봤지만 전화기는 꺼져 있었다. 이번 달에 새로 들어온 신입 셋은 작업복을 입고 앉아서 멀뚱멀뚱 사카이만 쳐다봤다. 지금까지 팀장이 늦은 적은 한 번도 없었다. 빨리 팀장 차를 타고 가서 밥을 먹어야 늦지 않게 출근을 할 텐데. 사카이는 장씨 아저씨에게 전화를 걸었다. 지난달부터 장씨 아저씨는 팀장의 원룸에서 지내고 있었다. 갑자기 신입 세 명이 한꺼번에 들어오면서 임시로 숙소를 옮긴 것이다.

"다들 기다리고 있는데 언제쯤 오시나 해서요."

"아직 팀장네 집이야. 어젯밤에 팀장이 안 들어왔다."

장씨 아저씨가 담담한 어조로 말했다.

"어? 그럼 우린 어쩌죠? 택시라도 잡아타고 갈까요? 아니면 좀 더 기다려볼까요?"

"일단 좀 더 기다려봐야 하지 않겠냐. 근데…… 팀장이 짐 가방도 가져갔다."

"……."

사카이 눈에 신입들이 들어왔다. 군대를 갓 제대한 어린 친구들이었다. 셋이 어릴 적부터 한동네에서 자랐다고 했다.

"네. 그럼 일단 숙소에서 대기하고 있을게요."

어제가 월급날이었다. 신입들에게는 첫 월급이었다. 각자의 계좌로 들어온 돈은 모두 팀장이 빼갔다.

"일단 기다려보자. 팀장 형님이 어제 외박했다는데."

사카이는 전화를 끊고 신입들에게 말했다. 불길한 예감이 머릿속을 스쳤지만 지금 당장 할 수 있는 건 없었다. 아무것도 모르는 신입들은 되레 오늘 하루 쉴 수 있지 않을까 기대하는 눈치였다. 월급을 정산받는 날이니 하고 싶은 것도, 사고 싶은 것도 많을 것이다. 얼마 전 숙소에 도둑이 들었다. 한 친구는 노트북을, 다른 두 친구는 MP3 플레이어와 값비싼 헤드폰, 그리고 약간의 현찰을 잃어버렸다. 현관문 비밀번호를 어떻게 알았을까. 오래된 빌라에 CCTV가 있을 리 없었다. 경찰이 혹시 의심 가는 사람이 없느냐고 물었을 때 사카이는 없다고 대답했다. 떠오르는 얼굴이 있었지만 말할 수 없었다. 경찰이 가고 난 뒤 사카이는 현관문 비밀번호를 바꿨다. 도둑이 유일하게 손대지 않은 건 사카이의 가방뿐이었다.

"형, 배고픈데 편의점 가서 컵라면이라도 먹고 올까요?"

7시 30분이 다 되고 있었다. 이미 출근 시간은 지났다.

"난 괜찮으니 너희들끼리 다녀와."

신입들이 막 문을 나서려는데 사카이의 전화벨이 울렸다. 함께 일하는 형들이었다.

"야, 팀장이 아무래도 잠수 탄 거 같다. 장씨 아저씨가 그러는데 귀중품 다 챙겨서 사라졌대."

"팀장 형님이 갑자기 왜요?"

"장씨 아저씨 말이 도박에 손을 대는 거 같더래. 몇 달 된 거 같다는데. 아무래도 그쪽에서 뭔가 일이 있지 않았나 싶다. 어떡할래?"

"뭘요?"

"잡아야 할 거 아냐. 우리 월급 다 갖고 튀었는데."

"글쎄요."

"뭐가 글쎄야 인마. 답답하게 굴지 말고 일단 행운기전 사무실로 모여. 지금 택시 타고 와."

"네……."

신입들이 나가지 않고 문가에 서서 사카이를 쳐다보고 있었다.

"형, 팀장 형님이 왜요? 무슨 일 있어요?"

"으응, 그게. 팀장 형님이 어딜 간 모양인데. 너희들 일단 행운기전 사무실로 모이란다. 지금 빨리 택시 타고 가봐."

"형은 안 가요?"

"응. 난 따로 만날 사람이 있어."

신입들이 나가고 사카이는 짐을 싸기 시작했다. 몇 달 사이에 옷가지를 비롯해 살림살이가 늘어났다. 사카이는 처음 이 방에 왔을 때처럼 또다시 혼자 짐 가방을 내려놓고 방 안을 둘러봤다. 변한 것과 변하지 않은 것은 무엇일까. 모든 게 아무래도 상관없었기 때문에 그간 바닥에 널브러진 이불처럼 넉 달을 지냈다. 구겨진 마음은 구겨진 채로. 남의 일을 말하듯 자신에 대해 가볍게 말하고, 남의 아픔을 헤집듯 스스로를 잔인하게 비웃으면서. 차라리 그렇게 흘려보내는 하루하루가 마음에 자국을 남기지 않는다고 믿었다. 애당초 누구를 원망하려는 마음은 없었다. 그저 길을 잃었다 생각했고, 출구를 찾으려는 마음을 접었을 뿐이다. 그리고 이제는, 모르겠다고 사카이는 혼잣말을 했다. 정말 모르겠다. 팀장은 어디로 갔으며, 찬우는 어디에 있고, 자신은 어디로 가야 하는지. 사카이는 창가에 기대 휴대폰을 들었다. 시간은 오전 8시. 상대방 휴대폰의 전원은 꺼져 있었다. 자기가 은행도 아니면서 전화는 왜 9시가 되어야 받는 걸까. 사카이는 짐 가방에 등을 대고 멍하니 앉아 있다가 문득 떠올랐다는 듯 다시 휴대폰을 들었다.

"어이, 사카이. 꼭두아침부터 웬일이야?"
"웬일은. 보고 싶어서 전화했지."
"와타시와 아나타가 이치반 키라이~"
"뭔 소리냐?"
"나는 니가 제일 싫어."
"미친놈. 보험은 잘 되고?"
"아니. 죽겠다. 혹시 거기 자리 없냐?"
"있지. 여기로 와라. 내 자리 비었다."

"엥? 관두려고?"

"응, 그래서 뭐 하나만 물어보자."

"뭔데?"

"휴대폰 대출이라고 들어봤냐?"

"들어봤지. 왜?"

"그냥. 그거 어떤가 해서."

"야, 생각도 하지 마라. 대출을 얼마를 받건 그보다 몇십 배 많은 요금 폭탄이 날아오는 수가 있어. 궁금하면 한번 해보든 가."

"역시 사기겠지?"

"사기지."

"사기가 아닐 가능성은?"

"없지. 휴대폰을 만들어서 남한테 넘기는 거 자체가 이미 불법이야."

"친구라면?"

"누가?"

"그러니까…… 대출회사 직원이."

"너한테 그런 친구도 있었냐?"

"있다면?"

"언제부터 친구였는지는 모르겠지만 최근에 사귄 친구라면 사기일 가능성이 높지. 그리고 사기 사건의 피해자는 원래 대부분이 지인인 거 모르냐?"

"그렇겠지?"

"그렇지."

"니가 맨날 나한테 구라 치는 것처럼?"

"아하하. 와타시와 아나타가 이치반 키라이~"

사카이는 휴대폰을 쥔 손으로 이마를 두드리며 벽시계를 봤다. 8시 20분. 이 방에 처음 왔던 날처럼 또다시 시계 초침 소리가 거슬리기 시작했다. 날카로운 초침이 정수리를 콕콕 찌르는 기분이었다. 그때 방 한쪽 구석에 던져두었던 공무원 수험서가 눈에 들어왔다. 두고 갈 뻔했네. 사카이는 책 더미들 속에서 수험서를 들고 오던 밤을 떠올렸다. 그때만 해도 이렇게 갑자기 관두게 되리라고는 예상하지 못했는데. 그 무렵 건강검진 때문에 일주일이 넘도록 숙소에서 밥 먹고 잠만 자던 태균이는 현장 투입 이틀 만에 일을 그만뒀다. 아버지가 갑자기 쓰러지셔서 지방으로 급히 내려가야 한다고 했다. 그런데 태균이를 다시 만난 곳은 장씨 아저씨와 삼겹살을 먹으러 간 어느 식당에서였다. 일을 관둔 지 나흘 만에 태균이는 다른 회사 사람들 사이에 앉아 술을 마시고 있었다. 그들과 같은 작업복을 입고서. 장씨 아저씨와 사카이는 태균이를 못 본 척했다. 태균이에게도 뭔가 사정이 있겠지. 사카이는 산다는 게 참 복잡하고 미묘한 일이라는 것을 새삼 느끼고 있었다. 사람을 겪으면 겪을수록 어깨에 힘이 빠지는 순간이 많았지만 그래도 누군가를 섣불리 판단하고 싶지는 않았다. 그건 현주도 마찬가지였다.

깜빡 잠이 들었다가 벨소리에 눈을 뜨니 시계가 9시 1분을 가리키고 있었다.

"오빠가 웬일이야? 부재중 찍혀 있길래 바로 걸었지."

"응. 잘 있었어?"

"당근 잘 있었지. 하룻밤 사이에 별일 있었겠어?"

"메신저로만 얘기하다가 목소리 들으니까 왠지 오랜만인 거 같네."

"그러게. 그런데 무슨 일이야?"

"돈이 좀 필요해."

"그래? 따로 방 얻어서 살기로 한 거야?"

"아니, 그건 아니고. 일을 관둘 거야."

"언제?"

"오늘."

"어제까지도 그런 말 없었잖아?"

"갑자기 그렇게 됐어. 그래서 말인데 정말 휴대폰만 개통해서 보내주면 되는 거야?"

"그렇기는 한데……. 오빠, 정말 후회 없겠어? 너무 갑자기 관두는 거 같아서."

"괜찮아. 당분간 노량진에서 지낼 생각이거든. 마지막으로 학원도 좀 빡세게 다녀보고."

"잘 생각했어. 어쩐지 공사판은 오빠랑 안 어울리는 거 같았어."

"그래. 휴대폰 한 대당 30만 원이 맞는 거지?"

"응. 그런데 정말 하려고? 몇 대나?"

"다섯 대."

"음……. 오빠, 솔직히 내가 친오빠 같아서 이런 얘기 하는 건데……."

현주가 수화기 너머에서 잠시 머뭇거렸다. 열어놓은 창 너머로 화창한 햇살이 쏟아지고 있었다. 사카이는 햇살이 닿는 곳으로 손바닥을 내밀었다. 누군가가 손을 잡아주는 듯한 느낌이 들었다.

"다른 사람 같으면 한 대당 최대가 30만 원이거든. 근데 오빠는 특별히 50에 맞춰줄게."

"그래, 고마워. 그럼 내가 어떻게 하면 되는 거지?"

"지금 빨리 가서 휴대폰 개통부터 해."

"그다음엔?"

"시외버스터미널에 가서 동서울터미널로 가는 버스에 실어서 보내. 버스 기사 아저씨한테 말하면 접수증 같은 걸 써줄 거야. 거기 버스 번호랑 도착 시간이랑 다 적혀 있으니까 그걸 사진 찍어서 나한테 보내주면 돼. 그럼 우리가 터미널에서 찾아올 거야. 휴대폰 도착하면 바로 입금할게."

"그래. 알았어. 그럼 터미널에서 보내면서 문자할게."

「금강고속 2112. 오후 3시 20분 도착. 지금쯤 버스 출발했을 거야.」

「응. 고마워.」

현주에게서 온 답장을 확인하고 사카이는 차창의 커튼을 쳤다. 버스가 막 출발하고 있었다. 아무도 앉지 않은 옆 좌석에는 백팩을, 머리 위 짐칸에는 휴대폰이 든 종이봉투들을 올려놓았다. 미주시에서 서울까지는 약 두 시간. 평소 같으면 지금쯤 점심을 먹고 일을 시작할 시간이다. 이 시간에 서울로 가는 버스에 타고 있을 줄이야. 점심도 먹지 않고 부지런히 휴대폰 다섯 대를 개통하는 동안 신입들에게 몇 통의 전화가 왔지만 받지 않았다. 특별한 이유는 없었다. 할 말이 없었고, 팀장으로부터 돈을 돌려받을 수 있을 것 같지도 않았기 때문이다. 사카이가 석 달 동안 번 월급은 통장에 그대로 쌓여 있었다. 먹여주고 재워주니 돈을 쓸 데가 없었다. 한 달쯤 전에 찬우에게 연락이 와서 10만 원을 부쳐준 게 전부였다. 이 정도 돈이면 밀린 방세를 내고, 학자금 대출금을 마저 갚을 수 있을 것이다. 하지만 마지막 시험인 만큼 노량진에 고시원도 구하고 학원도 다녀보고 싶었다. 그러기엔 빠듯했다. 팀장이 잠수 탔다는 말을 들었을 때 사카이가 제일 먼저 떠올린 사람이 현주였다. 하지만 단지 돈 때문이었는지는 자신도 모른다. 휴대폰을 버스 기사 편에 보내지 않고 직접 가지고 가는 것도. 현주를 의심해서일까. 아니면 보고 싶어서일까. 서울이 가까워올수록 심장이 빨리 뛰고 있었다.

버스에서 내리니 현주도, 대출 회사 직원도 보이지 않았다. 멀리서 퀵 서비스 기사가 오토바이 시동을 켜놓은 채 이쪽을 보고 서 있었다. 양손에 종이봉투를 든 사카이와 눈이 마주치자 그가 다가왔다.

"이거 가지러 오셨나요?"

사카이가 종이봉투를 살짝 들어 보였다.

"네."

"죄송하지만 이건 제가 직접 가져다드릴게요. 퀵비를 얼마 받기로 하셨죠?"

"만 원인데요."

사카이는 지갑에서 2만 원을 꺼냈다.

"배달은 하신 걸로 치고요. 목적지만 알려주세요."

퀵 서비스 기사가 멈칫하더니 주머니에서 구겨진 메모지를 꺼냈다.

"저야 뭐 나쁠 거 없지만 이래도 되나 모르겠네요."

"제가 깜짝 선물을 주고 싶어서 그래요. 부탁드려요."

사카이는 메모지를 확인했다. '건대입구역 2번 출구'. 기분이 묘했다. 팀장과 처음에 만나기로 했던 장소였다. 결국 거기를 가긴 가는구나. 사카이는 지하철에 올랐다. 그런데 건대입구역에 도착할 즈음 낯선 번호로 문자가 왔다.

「사장님 오지 마세요. 사장님이 가지고 오는 거 다 알아요. 오지 마세요.」

아차, 사카이는 손톱을 물어뜯다 말고 무릎을 쳤다. 퀵 서비스 기사 입단속을 시켰어야 하는데. 그가 대출 업체에 이미 말한 모양이었다.

「벌써 다 왔어요. 2번 출구 계단 내려가서 서 있을게요.」

출구 앞은 매우 혼잡했다. 하지만 터질 듯한 대형 백팩을 메고, 이동통신 업체의 로고가 박힌 봉투 다섯 개를 양손에 든 사카이는 눈에 띌 수밖에 없었다. 사카이는 지나가는 사람들이 자신을 힐끔거리는 게 느껴졌다. 그럴수록 턱을 당긴 채로 정면을 응시했다. 누군가 반드시 올 거라고 믿었다. 그것만이 이 낯선 공간에서 낯선 시간을 버티게 하는 힘이었다. 등 뒤로 빠르게 지나는 사람들의 어깨에 백팩이 부딪혀 몇 번 몸이 휘청이기도 했다. 그래도 사카이는 그 자리에서 꿈쩍하지 않았다. 스스로가 고집스럽게 느껴졌지만 한편으론 마치 벌을 받는 기분이 들기도 했다. 내가 잘못한 게 있던가? 아무리 생각해도 딱히 떠오르는 게 없었다. 하지만 이제는 당연하다 생각했던 것들을 하나도 믿을 수 없게 되었다. 사카이는 고개를 들어 하늘을 바라봤다. 구름 한 점 없는 하늘에서 해가 홀로 빛나고 있었다. 눈싸움이라도 하려는 듯 사카이는 해를 정면으로 바라봤다. 눈썹에 잔뜩 힘을 줬지만 금세 눈자위가 시큰해지면서 눈물이 고였다. 눈을 감자 눈 속에 시커먼 구멍이 보였다. 구멍……. 사카이는 식은 땀이 났다. 열이 오르고, 화가 치밀어오르고, 현장에서 형들이 자신을 향해 구멍이라고 부르던 일들이 떠올랐다. 양손의 종이 봉투를 더 꽉 움켜쥐었다. 어질어질하면서 눈 속에 뭔가가 아른

거렸다. 구멍의 어둠 속으로 황급히 도망치는 누군가의 실루엣이었다. 현주인지, 연주인지, 그도 아니면 대체 진짜 이름이 뭔지 알 수 없는 그 누군가로부터, 전화벨이 울렸다.

"여보세요?"

"……."

"현주?"

"사장님, 돌아가세요."

낯선 사내의 목소리였다.

"누구시죠? 이거 현주 전화 아닌가요?"

"이거 회사 전화예요. 좋은 말로 할 때 돌아가세요."

"저를 만나지 못할 이유가 있나요? 사기 아니라면서요. 다른 금융기관들은 다 본인이 가야 대출을 해주는데 여기는 본인이 가면 대출을 안 해주는 곳인가요?"

"혹시 경찰이세요?"

"아니요. 저 대출받으러 온 건데요?"

"재밌는 양반이네. 사장님, 마지막 경고예요. 저희가 좋게 보내드릴 때 안전하게 귀가하세요. 거 가방도 무거워 보이는데."

사카이는 주변을 둘러봤다. 바쁘게 횡단보도를 건너는 인파, 손님으로 북적이는 상가, 푸른빛으로 가득한 빌딩 유리창 속에서 누군가 자신을 보고 있을 터였다.

"그럼 지금 연주랑, 아니 현주랑 통화를 할 수 있을까요? 통화만 히면 바로 길게요."

사내가 잠시 뜸을 들이다 대답했다.

"여기 그런 사람 없습니다."

전화가 끊겼다. 바로 다시 걸었지만 전원이 꺼져 있었다. 아……. 사카이는 한참을 멍하니 서 있었다. 그러자 어느 순간 부터 정체를 알 수 없는 신호음이 들리기 시작했다. 왜 이러지? 주위를 아무리 둘러봐도 이런 소리를 낼 만한 게 없었다. 하지 만 모기 한 마리가 계속해서 귓가를 맴도는 것처럼 위이잉 소리 가 그치지 않았다. 사카이는 귀를 막고, 지나는 사람들의 얼굴 들을 유심히 살펴보기 시작했다. 여기 어딘가에 현주가, 전화 속의 사내가, 아니 어쩌면 잠수 탄 팀장이 있을지도 모른다. 해 를 바라볼 때처럼 눈에 잔뜩 힘을 줬다. 그럴수록 눈물이 고여 시야가 흐려졌다. 젠장. 눈물이 흘러내리기 전에 눈을 질끈 감 았다. 신호음이 계속 커지고 있었다. 갑자기 오늘 개통한 다섯 대의 전화벨이 동시에 울리기 시작했다. 갈 곳 잃은 전화들이 뱉어내는 울음소리가 수취인 불명의 도장처럼 사카이의 의식 속에 각인되고 있었다. 사카이의 얼굴이 뜨겁게 달아올랐다. 햇볕이 정면에서 쏟아지고 있었다. 사카이는 해를 향해 오른 팔을 뻗었다. 해에 닿을 수 있게 발뒤꿈치를 들고 어깨에도 잔 뜩 힘을 줬다. 팔이 아려오고 손끝에 찌릿하게 정전기가 느껴 졌다. 그때 뭔가가 따끔하게 손끝에 닿았다. 이거다. 사카이는 한순간에 해를 덥석 잡았다. 그러고는 손목을 왼쪽으로 돌리기 시작했다. 백열전구를 돌려 빼는 듯한 속도로, 어둠이 쏟아지 고 있었다.

플래툰(Plaie*+toon)

"저기요, 무슨 일 때문에 오셨어요?"

한방병원 로비를 지나는데 원무과에서 내다보던 직원이 나를 불렀다. 대낮에 양복을 입은 남자 넷이 몰려다니니 눈에 띌수밖에.

"안녕하세요. 삼진생명에서 나왔습니다."

"네, 그런데 여기는 무슨 일로 오셨어요?"

"다름이 아니라 환자 가족분들께 저희 보험 상품 안내차……."

직원이 말을 끊었다.

"이 병원에 고객이 입원해 계신가요?"

"아니요. 그런 건 아니고요."

그가 피곤하다는 듯이 손을 내저었다.

"여기서 이러시면 곤란합니다."

뒤를 돌아보니 에디와 호식이, 그리고 혁이는 벌써 잽싸게

---

* 상처, 외상, 고통, 괴로움을 뜻하는 프랑스어.

현관 밖으로 걸어나가고 있었다. 저 인간들이 언제부터 이렇게 동작이 날렸던가. 혼자 머쓱해진 나는 직원에게 명함을 건넸다. 이런 때일수록 더 당당하게 굴어야 상대방이 얕잡아보지 못한다는 것을 지난 몇 달의 경험을 통해 배웠다. 그는 명함을 보지도 않고 재킷 주머니에 쑤셔넣었다. 그런데 어딘가 졸린 듯한 그의 얼굴이 낯이 익었다. 3대 7 가르마에 도수 높은 뿔테안경, 넓은 미간과 낮은 콧대. 어디서 봤더라. 그가 한 손을 내 등에 대고 병원 출구를 가리켰을 때, 몇 해 전 그의 안내를 받아 이 로비를 지나쳤던 기억이 떠올랐다. 나는 병원장을 인터뷰하기 위해 여기에 왔고 나를 병원장실로 안내해준 게 바로 그였다. 인터뷰를 마치고 나오자 극구 사양하는 내 손에 커다란 종이 가방을 쥐여준 것도. 그때 무슨 과장이라고 자신을 소개했던 것 같은데. 하지만 그는 나를 알아보지 못했다. 아니, 알고 싶어 하지도 않았다. 그저 뒷짐을 지고 서서 내가 밖으로 나가는지 지켜볼 뿐이었다. 한방병원은 시 외곽에 있다. 여기까지 왔는데 말 한마디 꺼내보지도 못하고 가는 게 억울해서 현관에 막 들어서는 젊은 여성에게 인사를 했다.

"안녕하세요. 삼진생명입니다."

여성이 미소 지으며 대답했다.

"안녕하세요. 수진화장품이에요."

"네. 잘 되시죠?"

"그럴 리가요."

고객을 만나러 가는지 그녀의 손에는 커다란 종이 가방이 들려 있었다. 가방 속에는 예쁘게 포장된 각종 화장품과 뭔지 모를 샘플들이 가득했다. 바쁜 걸음으로 어딘가를 향하는 그녀의 어깨너머로 직원이 여전히 나를 쳐다보고 있었다. 나는 가볍게 고개를 숙여 인사했다. 그는 인사하지 않았다. 몇 해 전 그가 건네준 종이 가방 안에는 청심환 세 개가 들어 있었다. 나는 그때 하지 못한 인사를 오늘 한 셈 치기로 했다.

　호식이와 혁이가 개척에 합류한 건 영업 4개월 차부터였다. 보험 가입을 권유할 지인이 바닥나면서 실적은 고사하고 약속을 잡는 것도 버거운 듯했다. 지인영업이 끝나면 자연스럽게 소개영업으로 전환해야 하지만, 아무리 지인 고객이라고 해도 친구에게 맛집을 소개하듯 설계사를 소개해주지는 않는다. 그것은 설계사에 대한 고객의 신뢰가 굳건할 때에만 가능한 얘기다. 고객으로부터 신뢰를 얻기 위해선 시간이 필요했다. 그러나 가동 마감, 주간 마감, 월말 마감은 끝없이 이어졌고, 우리에겐 시간과 여유가 부족했다. 우리의 실적은 지점장을 위시한 본사 직원들의 인사고과에 영향을 미쳤다. 수입이 적을수록 고통을 받는 건 우리였지만, 고액 연봉을 받는 지점장 앞에서 되레 면목이 없다는 듯 고개를 숙이고 있는 것도 우리였다. 그나마 나와 에디는 한 달에 두세 건씩 하며 근근이 버티고 있었다. 호식이와 혁이는 우리가 부러웠는지 함께 개척을 다니면 안 되겠냐고 물었다. 사실 우리도 상황이 좋지는 않았다. 가망 고객을 가장 많이 발굴했던 학교들이 일제히 개학을 하면서 선생님들이 무척 바빠졌다. 교무실에 들어가도 더 이상 우리의 말에 아무도 관심을 기울이지 않았다. 상가나 회사도 마찬가지. 넉 달 동안 열 번 이상 안 들어가본 상가나 사무실이 없었다. 고객을 꾸준히 터치해야 계약이 나온다지만 반복해서 터치할수록 사람들의 표정은 굳어져만 갔다. 그리고 거절당할 때의 내 마음이 아니라, 거절할 때 상대방의 마음이 어떨지를 비로소 헤아리게 되면서 개척을 나가는 발걸음이 점점 무거워졌다. 그렇게 개척영업이 난항에 빠진 상황에서 호식이와 혁이의 가세는 나와 에디에게 새로운 활력을 불어넣었다. 인원이 늘어난 만큼 더 큰 시장이 필요했고 우리는 좀 더 과감하게 움직였다. 최명석 FA의 말대로 고객의 보험 증권을 확보하는 게 관건이었다. 그러나 그것은 일단 사람을 만난 다음의 일이었고, 개척영업을 하면서 가장 어려운 일이 내 얘기를 들어줄 사람을 만나는 거였다. 그래서 우리는 고심 끝에 각 지역의 맘 카페를 비롯한 여러 모임과 단체들에 재테크 세미나 제안서를 보냈다. 우리가 가는 일이 한계에 부딪혔다면 고객들이 스스로 찾아오게 할 생각이었다. 그러나 그것 역시도 쉽지 않았다. 조금이라도 활성화된 맘 카페에는 이미 날고 기는 설계사들이 활발히 활동을 하고 있었다. 심지어 나중에 알고 보니 카페지기가 보험설계사인 경우도 있었다. 오지 않는 응답을 기다리며 우리는 아침 조회가 끝나면 차를 타고 시 외곽으로 향했다. 활동반경을 시외로 넓히기로 한 것이다. 가는 길에 있는 한방병원, 요양병원, 장례식장을 비롯해 눈에 띄는 모든 건물에 들어갔다. 가끔은 숨바꼭질을 하고 있는 것만 같았다. 고객들은 꼭꼭 숨었고 우리는 열심히 찾아다녔다. 일요일이면 교회 입구에서, 장날에는 시골 장터에서, 이도 저도 아니면 버스터미널에서 우리는 각자가 만든 자료집을 돌렸다. 사람들은 사방에 있었지만 매일 저녁이면 홀로 남겨진 술래가 된 기분이었다. 그렇게 개척에 대한 불안감이 날로 커지고 있을 때 에디가 새로운 개척 장소를 찾아냈다.

군대 가기 전 보험 가입의 마지막 기회,
가입 문의는 주봉가든 앞. – DH화재

공중 화장실에 다녀온 에디가 스티커 하나를 내밀었다.
"여기에 왜 이런 게 붙어 있냐?"
그곳은 시 외곽의 보충대 앞이었다. 매주 화요일이면 천 명 내외의 입영자와, 배웅하는 친지 가족을 비롯해 대략 3~4천 명 정도의 외지 사람들이 다녀가는 곳이다.
"오호라. 여기서 보험을 팔고 있었던 말이지?"
나는 차에서 내려 주변을 둘러봤다. 운동장처럼 넓은 주차장과 잘 관리되고 있는 듯 외관이 깨끗한 공중화장실. 보충대는 주차장에서 야트막한 언덕길을 4~5분 정도 올라가면 나온다. 주차장과 언덕길 입구 사이에 우뚝 솟은 식당 건물이 하나 보였다. 우리는 식당으로 올라가는 계단 아래에서 성채와도 같은 그 웅장한 외관을 올려다보았다. 수십 년 이곳에 터를 잡고 군대 가는 청년들의 허기를 채워주었을 그 식당의 이름은 주봉가든

이었다. 우리는 현관 유리문 너머에서 안을 들여다봤다. 오늘은 영업을 하지 않는지 내부의 불이 모두 꺼져 있었다. 메뉴판에는 갈비탕과 냉면 두 가지만 적혀 있었다.

"식당이 여기뿐인 거야?"

오래전 논산 훈련소로 가던 길, 부대 주변으로 도열한 수많은 식당을 떠올리며 내가 물었다.

"그러게. 희한하네."

"화요일마다 몇천 명이 오는데 식당이 이거 하나라고?"

아무리 주변을 둘러봐도 다른 식당은 보이지 않았다.

"하긴 군대 가는 날은 입맛도 없잖아요."

우리 중 가장 최근에 군대에 다녀온 호식이가 말했다.

"야, 그래도 가족이랑 친구들은 먹어야지. 아까 오던 길에 보니까 저 아래쪽으로 식당이 몇 개 있던데 오는 길에 밥을 먹고들 오나봐요."

혁이가 손차양을 하고 우리가 온 방향을 바라보며 말했다.

"혹시 우리 중에 여기서 입대한 사람 있나?"

"전 의정부요."

"전 논산이요."

"난 면제. 쏘리."

"나도 논산인데……. 입대할 때 그 앞에서 보험 파는 건 못 본 거 같은데 어떻게들 생각해?"

"저도 못 봤는데 만약 봤다면 무조건 가입했을 거 같아요."

호식이가 말했다.

"저도요. 여기서 보험 파는 거 되게 참신한 거 같은데요?"

혁이가 맞장구를 쳤다.

우리는 주봉가든 입구에 서서 아래를 내려다보았다. 계단 아래로 굉장히 넓은 공터가, 좌측으로는 보충대로 올라가는 언덕길이, 우측으로는 주차장 입구가 있었다. 이곳에서 화요일마다 대체 어떤 풍경이 펼쳐지는 것일까.

화요일 아침 조회가 끝나자마자 우리 넷은 보충대로 달려갔다. 주차장에 도착한 시간은 10시 30분. 보충대 입소는 오후 2시까지이기 때문에 주차장은 아직 한산했다. 하지만 주차장 입구부터 보충대로 올라가는 길가에는 빈자리 하나 없이 상인들이 매대를 설치해놓고 있었다. 이 많은 상인들은 다 어디서 왔을까. 이미 각자의 자리가 다 정해져 있는 듯 자리다툼을 하는 사람 하나 없었다. 질서정연했지만 뭔가 기묘해 보이는 질서였다. 수십 명의 상인들이 모두 똑같은 걸 팔고 있었다. 매대 위에는 손목시계, 노트와 펜, 육군 수첩, 물집 방지 패드, 뒤꿈치 보호패드, 그리고 깔창이 쌓여 있었다. 그 매대 앞면에는 모두들 큼지막하게 '군 입대 필수품'이라고 적어놓았다. 하지만 손목시계 빼고는 딱히 입대 필수품이라 할 만한 것이 없었다. 노트와 펜, 수첩은 훈련소에서 지급되는 품목이다. 물집 방지 패드나 뒤꿈치 보호패드, 깔창은 군 생활에 유용하긴 하지만, 훈련소에서는 개인 소지품 검사 시간에 조교에게 제재를 당할 가능성이 높았다. 기본적으로 사제 물품은 반입 금지이기 때문이다. 상인들은 택배 상자에 담겨서 다시 집으로 돌려보내질 것들을 팔고 있었다. 우리는 주차장 입구를 빠져나와 주봉가든 쪽으로 향했다. 가든 앞 공터에도 상인들이 빼곡히 자리하고 있었다. 그중에서 단연 눈에 띄는 것은 DH화재의 캐노피 천막이었다. DH화재가 의외로 제법 좋은 곳에 자리를 차지하고 있었다. 우리는 각자 흩어져서 DH화재를 면밀히 관찰하기로 했다. 넷이 몰려다니면서 그들의 눈에 띌 필요는 없었다. 캐노피 천막에는 남녀 설계사 세 명이 앉아 있었고, 테이블 위에는 노트북과 프린터가 올려져 있었다. 아직 상담을 받는 사람은 없었다. 나는 천막에서 멀찍이 떨어진 가로수에 등을 기대고 서서 곁눈질로 그들을 지켜봤다. 그때 한 사내가 성큼성큼 천막 쪽으로 걸어가는 게 보였다. 언제 내 옆으로 왔는지 호식이가 그를 보며 어, 어, 외마디 탄성을 내질렀다. 달려가서 그를 말리기에는 이미 늦었다는 생각에 나는 머리를 감싸쥐었다. 그는 벌써 캐노피 천막 한가운데 의자에 앉아 털썩 앉아버렸다. 에디였다.

"형, 괜찮을까요?"

"글쎄다. 저 양반은 대체 무슨 생각인 거냐?"

우리는 몹시 불안했지만 그걸 아는지 모르는지 에디는 DH 설계사들과 한참 동안 대화를 나눴다.

"설마 보험 상담을 하고 있는 건 아니겠죠?"

"그러게. 에디라면 저기서 보험을 들고도 남을 인간이긴 하다만."

한참 얘기하는가 싶더니 에디가 자리에서 벌떡 일어섰다.

DH 설계사들의 표정이 좋지 않았다. 천막에서 나온 에디가 이번엔 우리를 향해 걸어왔다. 아뿔싸, DH 설계사들이 우리가 있는 쪽을 쳐다보고 있었다. 나와 호식이는 에디와 아무 상관없는 사람이라는 듯 각기 다른 방향으로 흩어졌다.

"DH랑은 무슨 얘기를 그렇게 한 거야?"

우리가 다시 모인 곳은 주차장에 세워둔 차 안에서였다.

"그냥, 단도직입적으로 물어봤지. 나도 보험회사에서 왔는데 여기서 영업하려면 어떻게 하면 되냐고."

에디의 말에 우리 모두 귀가 솔깃해졌다.

"그러니까 뭐래?"

"첨엔 안 가르쳐주려고 하더라고. 자기들도 모른다고. 그래서 내가 그럼 나도 이 천막 옆에서 장사 좀 하겠다고 하니까 알려주더라. 여기는 주봉가든 사장이 왕이래."

"응? 그게 뭔 소리야. 주차장이나 공터나 전부 시 소유 토지인데."

"글쎄다. DH 말로는 주봉 사장이 허락한 사람만 여기서 장사를 할 수 있대. 안 그러면 전부 쫓겨난대. 저기 저 사람들 보여?"

에디가 손을 들어 차창 밖을 가리켰다. 서너 명의 건장한 사내들이 건들거리며 걸어가고 있었다. 그중 맨 앞에 선 사내의 팔에는 초록 완장이 채워져 있었다.

"저 초록 완장이 시 깅 사촌동생이라나 뭐라나. 허락받지 않고 장사하는 사람들은 쟤네들이 다 끌어낸대."

황당한 얘기였다. 여기가 무슨 80년대 유흥가 뒷골목도 아
니고 아직까지도 이런 식으로 장사를 하는 사람들이 있다니.

"형, 여기에 DH화재만 있는 게 아니었어요. 저 언덕길 입구
에 초록생명 부스가 있고요. 보충대 바로 앞에 서울화재 사람들
이 전단을 돌리고 있어요."

보충대 입구까지 둘러보고 온 혁이가 말했다.

"보험회사가 구역마다 나눠서 들어가 있네. 어째 자리가 다
미리 정해져 있는 거 같지?"

어처구니가 없었지만 일단 주봉 사장을 만나보는 수밖에
없었다. 12시가 넘어가자 갑자기 사람들이 몰리기 시작했다.
주봉가든에는 빈자리가 없었다. 서빙하는 사람과 들어오고 나
가는 사람, 대기하는 사람이 엉켜 아수라장을 방불케 했다. 메
뉴를 간소화한 이유를 알 거 같았다. 주문과 동시에 음식이 나
왔고, 먹고 나간 자리는 테이블을 닦을 새도 없이 다음 손님이
앉았다. 일주일에 하루 장사, 그것도 점심 한 끼 장사이니 테이
블 회전율을 높이는 게 관건이었을 것이다. 우리는 가든에서 나
와 다시 공터를 둘러보았다. 도로변에 관광버스가 줄지어 서더
니 우르르 사람들이 쏟아져나왔다. 입소 시간을 앞두고 갑자기
사람이 몰리면서 공터는 그야말로 발 디딜 틈이 없었다. 그 와
중에 DH 천막에는 두어 사람이 앉아 상담을 하고 있었다. 입대
장병의 부모님들이었다. 우리는 보충대 쪽으로 발길을 돌렸다.
언덕을 올라가는 사람들의 손에는 입대 필수품을 담은 봉투가

빠짐없이 들려 있었다.

2시가 되자 거짓말처럼 사람들이 사라졌다. 상인들은 바퀴 달린 매대를 끌며 금세 어디론가 가버렸고 여전히 그 자리에 남아 있는 건 주봉가든뿐이었다. 우리가 처음 왔을 때 본 풍경 그대로였다. 하지만 주봉가든 내부는 쓰나미가 휩쓸고 간 흔적이 고스란히 남아 있었다. 뒤엉킨 테이블 위에는 아직 치우지 못한 그릇들이 가득했고 무엇보다 직원들의 넋이 반쯤 나가 있었다. 그럼에도 우리가 갈비탕 네 개를 주문하자 역시 1분 만에 음식이 나왔다.

"우와, 갈비탕이 패스트푸드보다 빠르네."

하지만 속도보다 놀라운 건 양이었다. 큼지막한 냉면 그릇에 갈비가 가득했다. 어차피 장사가 끝날 시간이라 인심을 넉넉히 쓴 거 같았다. 언제 끓여놓은 것인지 알 수 없는 갈비는 혀끝만 살짝 대도 자동으로 뼈와 살이 분리되었다. 이런 경우는 보통 진짜 갈비가 아니라고 TV에서 본 듯도 했지만 그걸 따지고들 심산은 아니었다. 다들 허겁지겁 갈비를 뜯기 시작했다. 여기에 온 목적 따위는 아무래도 상관없다는 듯이. 그때 주방에서 오십대 후반의 남자가 슬리퍼를 질질 끌며 나오더니 홀의 한쪽 구석에 있는 방으로 들어갔다. 그는 자신의 체형보다 훨씬 커 보이는 붉은 악마 티셔츠에 고동색 7부 바지를 입고 있었다. 땀으로 등이 다 젖은 티셔츠는 목이 늘어날 대로 늘어나서 명치가 보일 지경이었다. 누구의 시선도 신경 쓰지 않는 편한 복장을 하고 있는 것으로 보아 그가 사장임이 틀림없었다.

"사장님 안녕하세요. 저희는 삼진생명에서 나왔습니다."

우리는 방 입구에 나란히 서서 인사를 했다. 방바닥에 양쪽 다리를 벌리고 앉아 수북이 쌓인 주문서를 정리하던 사장이 우리를 힐끔 쳐다봤다.

"다름이 아니라 저희도 이 앞에서 보험영업을 했으면 하는데요. 다들 사장님께 여쭤보면 된다고 해서요."

손가락에 연신 침을 발라 주문서를 넘기며 계산기를 두드리던 사장이 잠시 손을 멈추고 내 쪽으로 손을 뻗었다.

"명함."

나는 얼른 손바닥 위에 명함을 올려놓았다.

"삼진생명이라……."

그는 벽에 붙은 달력을 보더니 말했다.

"한 달은 더 기다려야 되는데 괜찮겠수?"

"네? 한 달이라면……."

"나를 찾아오는 사람이 엄청 많다고. 보험뿐만 아니라 물장수, 약장수, 팥빙수, 아이스크림, 커피, 찍사, 뭐 깔창은 말할 것도 없고. 그 사람들 다 받아주면 여기가 어떻게 되겠어. 어휴, 생각만 해도 끔찍해. 그래서 내가 묘안을 짜낸 게 뭐냐면 분기별로 나눠서 자리를 배분해요. 그러니까 업종별로 몇 팀씩만 받고, 물장수는 물장수끼리, 찍사는 찍사끼리 서로 다 장사가 잘되게 적당히 거리를 떨어뜨려서 자리를 정해준다고. 그랬더니 그다음부터 쌈박질들 안 하고 아주 좋아. 여기 칼부림도 여러 번 나고 그랬어."

"그럼 다음 분기에나 자리가 새로 배정된다는 말씀이세요?"

"그렇지. 그러니까 미리 신청을 해야 돼. 보험은 지금 세 팀만 받으니까. 신청한 게 세 팀을 넘으면 추첨으로 뽑는 거야. 지난번에도 두 팀인가는 그냥 돌아갔어. 석 달 있다가 다시 오라 그랬는데 다시 올지는 모르지."

"그러면 일단 접수해놓고 추첨해서 뽑히면 저희도 여기서 할 수 있다는 말씀이시네요?"

"그렇지. 근데 자릿값은 내야지."

"자릿값이라면 얼마나."

"오늘 DH화재가 천막 치고 장사한 데 있잖아. 아까 봤지?"

"네."

"거기가 분기에 120이야."

"120만 원이요?"

내가 반문하자 사장이 내 얼굴을 관찰하듯 쳐다보며 말했다.

"왜? 비싸? 3개월에 120이면 한 달에 40밖에 안 되는데 그게 비싸?"

자신이 굉장히 인심을 베풀고 있다는 듯한 말투였다. 하지만 엄밀히 따지면 보충대 입소가 매주 화요일 하루뿐이니까 한 달에 40이 아니라 나흘에 40이었다.

"120만 원을 그럼 누구한테 내는 건가요?"

"당연히 나한테 내야지. 그걸 뭘 물어봐."

나는 선뜻 이해가 가지 않았다.

"그럼 오늘 장사하신 분들이 다 사장님께 돈을 내고 장사를 하신 건가요?"

"다는 아니고. 동네 사람들 중에는 뭐 여기서 십수 년을 장사한 사람도 있으니까. 그런 사람들 빼고."

내가 별로 내켜하는 눈치가 아니자 그가 흥정하듯 말했다.

"좀 더 싼 자리도 있어. 저 언덕길에 초록생명이 있던 자리 봤지? 거기는 좀 더 싸. 거긴 80이야. 그리고 언덕 위 정문 앞은 매대는 못 차리고 그냥 서서 전단만 돌리는데 40. 근데 거기는 뭐 맨날 징징대. 장사가 안 된다고. 지들이 못하니까 장사가 안 되지. 딴 사람들은 다 돈을 쓸어담고 있는데."

"네. 그럼 혹시 일단 다음주에 저희가 한번 해볼 수 있는 곳 은 없을까요?"

"다음주에? 다음주는 안 되지. 지금 하는 사람들이 있는데."

옆에서 듣고 있던 에디가 끼어들었다.

"그러니까 주차장부터 식당 앞까지는 자리가 다 정해져 있 다는 거잖아요. 그러면 여기서 좀 더 먼 쪽은 자릿세가 없는 곳 도 있지 않겠습니까? 거기서 저희가 다음주에 한번 해봤으면 하는데요."

잠시 코밑을 긁적이던 사장이 말했다.

"그래? 그럼 연습 삼아 한번 해봐. 원래 저 아래 정비대대 입구까지는 다 돈을 내야 하는데 지금 그쪽은 자리도 비었고 하니까, 사거리 방향으로 내려가다 보면 하얀 가로등이 하나 서 있거든. 거기서 한번 해봐. 그 아래쪽 도로변에 차 대고 걸어오는 사람들도 많으니까."

"어떻게 생각해?"
하얀 가로등 아래서 내가 물었다.
"우이씨, 여기서 주봉은 지붕만 보이네."
에디가 보충대 쪽을 바라보며 말했다. 하얀 가로등은 주봉 가든에서 200여 미터 정도 시내 방향으로 걸어내려온 곳에 있었다. 길이 약간 내리막이었다.
"형, 일단 여기에 테이블을 세팅하고요. 우리가 정문 쪽으로 가서 눈치껏 사람들을 호객한 다음에 계약할 사람만 이리로 데려오면 되지 않을까요?"
역시 잔머리가 좋은 혁이었다.
"우리 이번 달에 한 건도 못했잖아요. 어차피 밑져야 본전인데 해봐요."
지난달에도 한 건도 못한 호식이가 말했다.
"그래, 우리 잘 준비해서 다음주에 대박 한번 치자."
누가 얘기했는지 지점에는 벌써 보충대 얘기가 쫙 퍼졌다. 좋은 아이디어라며 다들 합류하고 싶어 하는 눈치였다. 이번에는 지점장도 관심을 보였다. 시종일관 개척에 비관적인 지점장이었지만 이젠 지점장도 찬밥 더운밥 가릴 처지가 아니었다. 봄봄 FA 지점의 실적은 개점 이후 한 번도 지역단 꼴찌를 벗어난 적이 없었다. 조만간 지점장이 잘리고 파트장이 임시 지점장으로 올 거라는 소문이 파다했다. 파트장은 지역단의 2인자였다. 연차는 오히려 지역단장보다도 높아서, 승진에서 밀린 그가 호시탐탐 봄봄 FA 지점을 재기의 발판으로 노리고 있다는 소문이 돌았다. 물론 우리는 파트장이 이곳으로 온다면 승진은커녕 정년도 못 채우고 집에 가게 될 거라고 생각했지만.

국가는 내가 지키고 나는 보험이 지킨다 - 삼진생명

혁이가 호식이의 목마를 타고 하얀 가로등 중간 즈음에 미리 준비해온 현수막을 걸었다. 나와 에디는 간이 테이블 세 개를 나란히 세우고 전단지와 노트북, 그리고 휴대용 프린터를 올려놓았다. 그럭저럭 봐줄 만은 했다. 이것은 어쩌면 삼진생명 최초의 출장영업소가 아닐까. 우리는 마치 처음 가게를 오픈하는 사장처럼 서로의 눈빛에 가득한 기대와 흥분을 숨기지 못했다. 특히 지점에서 늘상 주눅들어 있던 호식이는 얼굴이 잔뜩 상기돼 있었다.

"형, 오늘 조촐하게 한 사람당 10건씩만 해요."

"그래. 그럼 딱 40건만 하고 이번 달은 쭈욱 놀러다니자."

말은 이렇게 했지만 오늘 우리가 몇 건을 할 수 있을지는 정말 예상하기 힘들었다. 10건? 20건? 100건? 설레는 맘으로 노트북에 T로그인을 꽂고 인터넷 연결을 확인하는데 테이블 옆으로 검은색 세단 한 대가 섰다. 설마 벌써? 에디가 전단지를 들고 조수석 쪽으로 달려가려는 찰나 창문이 반쯤 내려가고 낯익은 얼굴이 보였다. 지점장이었다.

"트렁크 안에 봐봐."

혁이와 호식이가 트렁크에서 라면박스를 꺼냈다. 안에는 손목시계가 가득 들어 있었다. 판촉물 아저씨가 들고 다니는 전단지에서 본 적이 있는 시계였다. 하나에 5천 원짜리. 그래도 판촉물 중에서는 제일 비싼 축에 드는 상품이었다. 산타클로스처럼 우리를 깜짝 놀라게 한 지점장은 허리춤을 추켜올리며 주봉가든 쪽을 올려다봤다.

"너무 멀지 않아?"

너무 멀었다. 오전 11시가 다 되도록 사람 그림자 하나 안 보일 만큼. 하지만 현재로선 이 하얀 가로등 밑이 우리의 최선이었고, 개척영업의 최전선이었다. 지점장은 다소 실망한 듯한 표정이었지만 다시 차에 오르며 우리를 향해 파이팅을 외치는 것을 잊지 않았다. 우리도 두 주먹을 불끈 쥐며 답례를 했다. 지점장이 매캐한 매연을 내뿜으며 떠남과 동시에 우리는 본격적인 영업에 돌입했다. 에디가 주차장, 혁이가 주봉가든 앞 공터, 호식이가 보충대 입구에서 홍보를 하기로 했다. 그리고 누구든 고객을 데려오면 내가 상담을 맡아서 계약을 체결하는 방식이었다. 누가 데려오건 실적은 넷이서 공평하게 배분하기로 했다. 보충대 방향으로 걸어가는 세 사람의 뒷모습이 그렇게 믿음직스러울 수가 없었다. 점점 작아지는 뒷모습을 한참 바라보다 나는 고객과 신속히 계약을 체결하기 위해 준비한 여러 예시와 멘트들을 다시 한번 확인했다. 아무래도 오늘은 고객과의 상담이 초를 다투는 시간 싸움이 될 것 같았다. 다른 때와 달리 두 시라는 마감 시간이 정해져 있었다. 두 사람을 동시에 상담하는 상황이 올 수도 있다. 그럴 경우에 대비해 우리는 일단 피보험자인 아들의 자필 서명을 먼저 받고, 계약자인 부모의 서명과 기타 자세한 상품 안내는 입소식이 끝난 3시 이후에 다시 만나서 하기로 작전을 세웠다. 게다가 지점장이 이렇게 시의적절한 사은품까지 준비해줬으니 그야말로 완벽한 하루가 되지 않겠는가. 그런데 아름다운 뒷모습을 남기고 떠난 세 사람에게서 아무런 소식이 없었다. 10분이 지나고, 30분이 지나고, 60분이 지나도록 나는 혼자서 무심히 지나치는 차들만 바라보고 있어야 했다. 정오가 되자 태양이 뜨겁게 테이블을 달구기 시작했다. 그늘 한 점 없는 가로등 밑에 앉아 제각기 다른 시간을 표시하고 있는 40개의 손목시계를 들여다보고 있자니 이 모든 상황이 초현실적으로 느껴졌다. 혹시 내가 지금 꿈을 꾸고 있는 건가. 눈을 질끈 감았다가 다시 떴다. 아지랑이가 현기증처럼 올라왔다. 세 사람은 지금 어떻게 하고 있을까. 보충대 쪽으로 사람들이 몰리고 있었다. 지금쯤 주봉에는 빈자리 없이 사람들로 바글바글할 것이다. 그 앞에서 에디는, 혁이는 잘하고 있을까. 설마 초록 완장에게 봉변이라도 당한 건 아니겠지? 궁금한 마음에 에디에게 전화를 걸어보았지만 받지 않았다. 아마 벨소리를 못 들은 것 같았다. 나는 혼자 자리에서 일어나 가로등 주변을 서성였다. 여기까지 내려와서 차를 대는 사람은 아직 없었다. 시간은 계속 흐르고, 세 사람에게서 소식은 없고, 나는 마치 가로등에 묶인 강아지처럼 그 주위만 뱅글뱅글 돌았다. 1시가 되어서야 차들이 도로변에 주차하기 시작했다. 드디어 주차장이 꽉 찬 모양이다. 보충대 앞부터 시작된 주차 행렬이 점차 하얀 가로등 쪽으로 내려왔다. 아예 아래쪽 동네에 차를 세우고 우리 테이블 앞을 지나쳐 걸어올라가는 사람들도 늘어나기 시작했다. 나는 테이블 옆에 한 발짝 나와서 지나는 사람들에게 인사를 하며 전단을 돌렸다.

"군대에 가셔도 보험 가입이 가능합니다."

"혹시 아직 보험 준비를 못하셨다면 딱 1분이면 됩니다."

"어머님, 보험이 아드님을 지켜줄 테니 맘 편히 주무셔요."

"아버님, 군대 병원이 어떤지 아시잖습니까. 보험 들고 민간 병원에서 치료받게 하세요."

"후배님, 진정한 군입대 필수품은 보험입니다."

"잠깐만 제 말 좀 들어보세요."

"삼진생명은 거짓말을 하지 않습니다."

"아버님, 어머님, 형제님, 자매님, 이모, 고모, 여자친구, 저기요~"

나는 거의 절규하는 마음으로 가로등을 부여잡고 멀어져가는 사람들을 향해 외쳤다.

내가 반쯤 넋이 나간 얼굴로 노드북을 가방에 넣고 있을 때

초췌한 몰골의 세 사람이 나타났다. 정장 재킷은 벗어서 한쪽 팔에 건 채로. 셋 다 와이셔츠의 등과 겨드랑이가 축축이 젖어 있었다. 우리는 묵묵히 테이블을 접고 손목시계를 다시 라면 상자에 담았다. 서로 아무 말도 하지 않았다. 이 상황에서 뭐라 말을 해야 할지 아는 사람은 아무도 없었다. 무슨 말을 하건 그 말은 바늘이 되어서 터지기 일보 직전인 무언가를 톡 하고 건드릴 테니까. 그게 울음이건 웃음이건 그것이 한번 터지기 시작하면 수습하기 어려울 것이라는 걸 모두들 잘 알고 있었다. 우리는 서둘러 차에 올랐다. 보충대까지 올라가서 유턴을 해 내려오는데 하얀 가로등에 걸려 있는 현수막이 보였다. 지금 이 순간은 국가도, 보험도, 아니 그 무엇도 우리를 지켜줄 수 있을 것 같지 않았다. 나는 가속 페달을 밟았다.

개선장군

회의실에 독고준 선배와 둘이 마주 앉았다. 테이블 위에는 두 개의 종이 신문과 하나의 온라인 뉴스 출력본이 놓여 있다. 〈제일스포츠〉와 〈Y스포츠〉, 그리고 〈스포츠데일리〉였다. 독고준 선배는 가장 먼저 제일스포츠를 집어 들어 조혜리 관련 보도가 실린 면을 펼쳤다. 김남기 변호사의 말을 인용해 내가 쓴 기사였다.

"좋았어. 빨랐고. 나름 깔끔했다고 생각해. 그런데."

이번엔 스포츠데일리를 맨 위에 올려놓았다. 큼지막하게 특종 마크가 붙은 기사의 제목은 '조혜리, 일방적 폭행 후 입막음 시도'였다. 박미소 기자가 썼다.

"니 기사랑 내용이 완전히 반대네."

박 모 씨가 자신의 남자친구에게 추근대는 조혜리에게 따지러 갔다가 오히려 폭행을 당했다는 것이다. 게다가 경찰에 신고를 못하게 협박까지 당했다는 게 기사의 요지였다. 기사 내용 대부분은 박 모 씨의 부모가 말한 것을 그대로 옮겨 쓴 것이었다

"박미소 얘가 어떻게 벌써 박 모 씨 부모를 접촉했지? 같은 집안사람인가? 그게 아니라면 모찌* 받아쓴 거 같은데. 어쨌든 박씨 주장대로라면 자기 남자친구가 조혜리랑 바람을 피웠다는 거잖아. 그런데……."

이번에는 〈Y스포츠〉를 펼쳤다. 여기에는 제목에 스토킹이 등장했다. '[단독] 조혜리, 지난 수개월간 박 모 씨에게 스토킹 당해' 이 기사는 제보자를 익명의 연예 관계자로 썼다.

"이건 또 뭐야. 박 모 씨가 조혜리의 스토커였다고. 레즈비언? 이러면 사건의 초점이 완전히 달라지는데……. 이 익명의 연예 관계자가 누굴까? 조혜리 매니저? 아니면 조혜리 본인? 그것도 아니면 기자 자신?"

독고준 선배는 다시 〈제일스포츠〉를 맨 위에 올려놨다.

"어떻게 생각해?"

"남자친구를 찾아야 하지 않을까요?"

"박 모 씨와 조혜리의 주장이 완전히 엇갈리고, 스토커라는 제3의 주장이 나온 상황에서 키는 남자친구가 쥐고 있다?"

"네. 유일한 목격자니까요."

"그런데 그 남자친구는 공인도 아니고. 그 양반이 박 모 씨랑 사귀건, 조혜리와 사귀건 그건 그 양반 사생활이니까. 그렇다면 남겨지는 건 팩트인데. 박 모 씨가 일방적으로 폭행당했다

---

* 밖에서 들어온 기삿거리, 제보라는 의미. 어느 한 일방에게 정보를 주는 것을 뜻하는 은어.

지만 멀쩡히 돌아다니고 있고, 조혜리는 전치 2주인데 입원도 안 하고 있고. 그런데 기자들은 이십대 여성 연예인의 폭행 사건이 터졌으니 이보다 더 자극적인 건 없겠지. 미모의 여배우가 한 남자를 사이에 두고 일반인과 다툼을 벌인다? 젊은 여성들 사이의 폭행, 여배우의 협박, 여기에 더해서 스토킹에 레즈비언까지. 자, 그다음은 뭘까?"

"동영상?"

"그렇지, 섹스가 빠질 수 없겠지. 한번 지켜보자고. 어디까지 가나. 일단 너는 팔로우만 해. 만회하려고 괜히 오버하지 말고. 지금 덫에 걸린 건 조혜리가 아니라 기자들인 거 같거든."

나는 서구 경찰서로 가려던 계획을 접고 CTV로 향했다. 드라마 제작발표회가 있었다. 가는 동안 왠지 맥이 탁 풀리는 기분이었다. 매일 아침 스트레이트 뉴스 회의를 할 때마다 꿀 먹은 벙어리처럼 앉아만 있던 나였다. 내 몫을 하고 있지 못하다는 생각에 하루하루가 처참했다. 그러던 와중에 조혜리 사건은 내겐 호재였다. 내게는 방송국보다 경찰서가 친숙했고 드디어 뭔가를 보여줄 수 있는 기회가 찾아왔기 때문이다. 그러나 독고준 선배의 생각은 달랐다. 어쩐 일인지 그는 적극적인 참전을 주저하고 있었다. 덕분에 나는 오늘 형사 2팀을 하루 종일 따라다녀서라도 남자친구의 신원을 확보하려 했던 계획을 접고 CTV홀에 앉아 따분한 제작발표회나 보고 있어야 했다. 여기에는 나 말고도 100여 명의 기자들이 있었다. 기사를 써노 곧 뜩 같은 제목의 수많은 기사들 속에 묻혀버릴 것이다. 나는 라운드 인터뷰 중간에 슬쩍 일어나 기자실로 향했다. 그새 조혜리에 관한 어떤 기사가 떴을지 궁금해서 참을 수 없었다. 역시나 연예 카테고리는 조혜리 관련 기사로 도배되어 있었다. 그중 톱은 스포츠데일리 기사였다. '[단독] 박 모 씨, 조혜리로부터 동영상 유포 협박당해' 이번에도 박미소 기자였다. 역시나 동영상이 등장했다. 그런데 조혜리의 동영상이 아니라 박 모 씨의 동영상이었다. 박 모 씨와 남자친구 사이에 찍은 동영상을 조혜리가 입수했고, 폭행 사실을 경찰에 신고하면 그 동영상을 인터넷에 퍼뜨리겠다고 협박을 했다는 것이었다. 아침 기사에서 살짝 흘렸던 조혜리의 입막음 시도를 더 구체화시킨 기사였다. 반응은 폭발적이었다. 검색어 1위는 조혜리 동영상, 2위는 조혜리, 3위는 조혜리 폭행이었다. 존재하지도 않는 조혜리 동영상은 지금 이 시간 가장 많은 사람들이 찾는 키워드가 되었다. 박미소 기자의 기사는 실시간 연예뉴스 1위에 올라갔다. 댓글은 차마 눈뜨고 못 볼 지경이었다. 조혜리는 경찰 조사도 받기 전에 폭행에 협박, 사생활 동영상 유포범이 되어 있었다. 잠시 후 박미소 기자의 기사가 하나 더 올라왔다. '[단독] 박 모 씨 A와의 결혼 약속, 조혜리 때문에 깨졌다', 〈Y스포츠〉의 스토킹 기사를 반박하는 내용이었다. 박 모 씨는 조혜리의 스토커가 아니며 A와 이미 결혼을 약속한 사이라는 것이다. 이 역시도 모두 박 모 씨와 그 부모의 일방적 주장이었다. 그러나 박미소 기자의 기사를 우라까이한 기사들이 실시간으로 쏟아지고 있었다. 조혜리는 이제 가정 파탄범이 될 판이었다. 나는 김남기 변호사에게 전화를 걸었다. 그는 전화를 받지 않았다. 상황이 이 지경이 되도록 조혜리의 소속사와 변호사는 지금 대체 어디서 뭘 하고 있는 걸까. 노트북을 챙겨 기자실에서 막 나오는데 전화벨이 울렸다. 부장이었다.

"허 기자, 지금 빨리 K병원 장례식장으로 가. 윤호중이 죽었어."

택시에서 내려 허겁지겁 장례식장으로 달려갔다. 입구 전광판에 윤호중의 이름이 또렷하게 적혀 있었다. 보고서도 믿기지 않았다. 이것도 그가 출연한 영화의 한 장면 같았다. 하지만 영화는 전광판의 이름에서 멈춰 있었다. 마치 엔딩 크레딧이 올라가고 있을 때 누군가 일시정지 버튼을 누른 것처럼. 그의 분향실은 3층이었다. 계단과 엘리베이터는 이미 완전히 통제되고 있었다. 가족과 소속사 관계자를 제외한 누구도 위로 올라갈수 없었다. 내가 장례식장 1층 로비에서 한참 전광판만 올려다보는 사이 기자들이 하나둘 도착했다. 그리고 곧이어 방송국 카메라들이 모여들었다. 로비가 금세 혼잡해졌다. 선착순으로 치자면 내가 1등이었지만 나는 길눈이 어두운 마라토너처럼 혼자서 갈팡질팡하고 있었다. 취재에 비협조적인 소속사의 태도에 여기저기서 짧게 고성이 오가기도 했다. 사실상 1층 로비에서 기자들이 할 수 있는 건 아무것도 없었다. 다들 불만이 가득했지만 고인과 유족들을 생각해 자제하고 있었다. 그렇게 한 시간이 지났을 무렵 소속사 대표가 내려왔다.

"간단히 브리핑을 하겠습니다. 윤호중 씨는 오늘 새벽 사망하였습니다. 집에 방문한 매니저에 의해 발견되었으며 사인은 심장마비입니다. 발인은 12일, 장지는 현재 유족들이 논의 중에 있습니다."

소속사 대표가 브리핑을 하는 동안 여기저기서 탄식이 흘러나왔다. 윤호중은 삼십대의 젊은 배우였다. 악역을 주로 맡는 배우였지만 코믹한 연기도 잘해서 언제나 관객들을 기대하게 만드는 신스틸러였다. 그의 부고 기사를 쓰기 위해 노트북을 꺼냈다. 다른 취재 현장과 마찬가지로 사방에서 키보드 두드리는 소리가 들리기 시작하자 묘한 경쟁심이 발동했다. 포털사이트에서는 제일 먼저 송고한 기사를 메인에 걸어주는 경우가 많았다. 그래서 체육부에서는 경기가 끝나지도 않았는데 기사부터 송고했다가 버저비터가 터지는 바람에 본의 아니게 오보를 하게 되는 경우도 더러 있었다. 그러나 부고 기사까지도 이런 식의 경쟁을 하고 싶지는 않았다. 나는 천천히 그의 죽음과, 그가 출연했던 작품, 그리고 그중에서도 내가 좋아하는 장면들에 관해 써내려갔다. 그러자 일시 정지된 화면이 다시 흘러가는 기분이 들었다. 기사를 송고하고 잠시 후 부장에게서 전화가 왔다.

"현재 상황은 어때?"

"빈소로 올라가는 길은 계속 막혀 있고, 타사 기자들은 반정도 돌아갔습니다. 조문객들이 조금씩 오고 있고요."

"그래? 더 취재할 건 없겠어?"

"글쎄요. 딱히……."

"지금 기사 보낸 거 봤는데. 그런 추모 기사는 내일도 얼마든지 더 쓸 수 있으니까. 일단은 현장에서 취재할 수 있는 걸 찾아봐."

"유족을 만나라는 말씀이신가요?"

"할 수 있으면."

"네. 알겠습니다."

대답은 했지만 막막했다. 3층으로 올라가는 모든 입구는 여전히 통제되고 있었다. 나는 장례식장 밖으로 나가 주변을 둘러봤다. 약국과 식당들 너머로 멀리 연립주택 단지가 보였다. 일단은 그 방향으로 무작정 걸었다. 어느새 날이 어둑해져 있었다. 장례식장에서 멀어질수록 조금씩 불안해지기 시작했다. 이렇게 무작정 걸어서 그곳을 찾을 수 있을까. 하지만 장례식장을 등지고 걷는다고 죽음에서 멀어지는 게 아니듯이, 무작정 걷는다고 해서 모든 걸 운에 맡기는 것은 아니다. 나는 편의점을 지나고, 해장국집과 사진관을 지나서, 그렇게 필름을 되감듯 몇 개의 상가들을 더 지나치고 나서, 세탁소의 문을 열고 들어갔다.

밤이 되자 조문객이 몰리기 시작했다. 나는 한 무리의 조문객들 사이에 끼어서 마치 그들과 일행인 것처럼 함께 계단을 올랐다. 다행히 계단 앞을 지키던 소속사 직원은 나를 알아보지 못했다. 소속사 대표가 브리핑을 할 때나 일부 기자들이 고성을 지를 때 뒤로 한 발짝 물러나 있길 잘했다. 하지만 2층을 지나 3층으로 올라가면서 어쩐지 내가 미로 속으로 걸어들어가는 듯한 기묘한 기분에 사로잡혔다. 삶과 죽음이 신의 영역이라면, 오직 인간의 일을 하기 위해 그 속으로 들어가는 나는 얼마나 불경스러운 존재인가. 조문객들의 얼굴은 둘로 나뉘어 있었다. 갑작스러운 소식에 놀란 얼굴과 슬픔이 가득한 얼굴. 그 사이에서 나는 호기심이 가득한 얼굴을 숨긴 채, 나보다 앞서 들어간 사람들이 조문을 마치고 나올 때까지 분향소 앞에서 기다렸다. 1호실이 특실이었고 접객실은 워낙 넓어서 아직 빈자리가 많았다. 2호실은 비어 있었다. 놀란 얼굴로 분향소에 들어갔던 사람들이 곧 슬픈 얼굴로 걸어나왔다. 나는 분향소에 들어가는 순간그 이유를 알 수 있었다. 영정 사진 앞에 서니 비로소 죽음이 즉물적으로 와닿았던 것이다. 그러나 호기심 가득한 나의 얼굴이 슬픈 얼굴로 쉽게 바뀌지는 않았다. 절을 하는데 검은색 재킷의 어깨가 너무 꽉 끼어 자꾸 신경이 쓰였기 때문이다. 한 치수 작은데다 슬림핏이라 단추는 채워지지도 않았다. 그러나 이 옷이 세탁소에서 빌릴 수 있는 유일한 검은색 정장이었다. 어수선한 마음으로 상주와 맞절을 하고 마주 섰다. 고인의 누나와 매형으로 보이는 남자였다. 눈물로 얼룩진 누나에게 나를 후배라고 소개했다. 어디 후배인지는 묻지도 말하지도 않았다.

"혹시 지병이라도 있으셨던가요?"

"아니요. 그런 건 아마 없었을 거예요. 어디가 아프다거나,

288

병원에 다닌다는 얘기를 들은 적이 없어요."

남자가 말했다.

"네……."

묻고 싶은 게 많았지만 밖에서 기다리는 조문객들이 많았
다. 상주와 인사를 하고 돌아서는데 상주방에 여자아이가 혼자
색칠놀이를 하고 있는 게 보였다. 누님의 딸인가? 그러기엔 너
무 어려 보였다. 아이는 여러 가지 색연필을 바닥에 늘어놓고
색칠놀이에 열중하고 있었다. 나는 미리 준비한 봉투를 꺼내 부
의함에 넣고 분향소에서 나왔다. 접객실은 혹시나 아는 사람을
만날까봐 들어가기 조심스러웠다. 분향소 밖에서 주변을 살펴
보는데 접객실 입구 안쪽에 홀로 앉아 계신 어르신이 보였다.
반쯤 넋이 나간 채로 천장만 바라보고 계셨다. 나는 얼른 어르
신 앞으로 가서 인사를 드렸다.

"안녕하세요. 호중이 형 후배입니다. 아버님이시죠?"

어르신이 내 두 손을 덥석 잡았다.

"아이고. 그래. 고마워요. 이렇게 달려와줘서."

"아닙니다. 아버님. 뭐라 위로의 말씀을 드려야 할지."

"그래요. 믿기지 않는구먼. 나는 당최 믿기지가 않아."

우리가 사는 세계가 한 겹이 아니라 여러 겹으로 되어 있다
는 상상을 해본 적이 있다. 타인에게 보이는 나와 나 자신이 보
는 나가 다르듯, 슬픈 얼굴을 하고 있는 나와 양복이 너무 꽉 끼
어서 짜증스러운 얼굴을 하고 있는 내가 있을 것이다. 그리고 두
손을 맞잡은 채 아버님을 위로하고 있는 나와 호기심 가득한 얼

굴로 열심히 아버님의 말씀을 받아 적고 있는 나. 내가 뭘 하려는 것인지, 뭘 알고 싶은 것인지, 내가 진짜 원하는 것이 무엇인지 알지 못한 채 그저 사람들을 따라 들어간 미로의 끝에는, 무표정한 얼굴로 타인의 슬픔을 받아 적던 시절의 내가 서 있었다.

"그런데 아버님, 저기 상주방에 있는 여자아이는……."

한순간 아버님의 얼굴이 또다시 슬픔으로 가득 차올랐다.

"그러게 말이우, 저 어린 것을 혼자 두고 떠났으니."

"그럼 저 아이가……. 호중이 형은 결혼을 하지 않은 걸로 알고 있었는데요."

"결혼은 안 했지. 핏덩이만 주고 애 엄마는 갔으니까."

"네."

안타까운 마음에 탄식을 내뱉는 나와, 제대로 한 건 올렸다며 쾌재를 부르는 나. 이걸 어떻게 기사화할까 순간적으로 머리를 굴리는 사이 한 무리의 사람들이 접객실로 들어섰다. 그들에게 내 모습을 들키지 않기 위해 나는 얼른 벽 쪽으로 물러섰다. 그때 속주머니에서 진동벨이 울렸다. 김남기 변호사였다. 나는 얼른 2호실로 가서 전화를 받았다.

"허수영 기자님이시죠?"

"네. 제가 아까 전화드렸던 허수영입니다."

"아까는 전화 못 받아서 죄송하고요. 전화가 하도 많이 와서 오늘 제가 기자분들 전화는 하나도 받지 않았습니다."

"그랬군요. 오늘 기사 나온 거 보셨죠?"

"네, 빠짐없이 전부 봤습니다."

"동영상 협박은 사실인가요?"

"그 부분은 저희가 내일 명예훼손으로 고소장 접수 예정입니다."

"오늘 보니까 특정 언론사에서 박 모 씨의 일방적인 주장을 계속 받아서 보도하던데, 조혜리 씨 쪽에서는 그에 대한 대응은 하지 않으실 건가요?"

"사실은 그 점 때문에 허 기자님께 연락드렸습니다. 제가 지금 조혜리 씨가 폭행의 피해자라는 증거를 허 기자님께만 보내드리려고 하는데요. 그 전에 반드시 보도를 하겠다는 약속을 해주셔야 합니다. 이게 제 입장에서는 도움을 요청하는 것이기도 하고요. 한편으로는 단독 보도의 소스를 드리는 것이기도 하니까요. 어떻습니까? 다른 기자분들에게는 아직 전화드리지 않았습니다."

"그렇다면 왜 하필 저한테 연락하신 거죠?"

"솔직히 말씀드리자면 두 가지 이유가 있습니다. 첫 번째는 매체 영향력을 생각하지 않을 수가 없습니다. 〈스포츠데일리〉는 인터넷신문 아닙니까. 〈제일스포츠〉는 제일미디어 그룹에서 발행하는 신문이고 발행부수도 상당히 많은 걸로 알고 있습니다. 둘째는 기자님에 대한 신뢰입니다. 어제 쓰신 기사도 읽었고요. 이 사건이 접수됐을 때 저한테 제일 먼저 연락주신 분도 허 기자님이시니까요."

"그렇지만 그 증거라는 것을 보지 않은 상태에서 보도를 약속드릴 수는 없습니다. 서희도 절차가 있고 결정은 데스크와 상의를 해야 합니다. 다만 최대한 노력은 해보겠다고 말씀드리지요."

"알겠습니다. 그럼 제가 지금 이메일로 보내드리겠습니다."

"그런데 그게 뭔가요?"

"사진 파일입니다."

"네. 그럼 제가 10분 뒤에 확인하고 연락드리겠습니다."

PC방에 들어와 메일함을 열었다. 세 장의 사진 파일이 들어와 있었다. 민소매 티셔츠와 반바지를 입은 여성이 의자에 앉아 있는 모습과, 시퍼렇게 멍이 든 손목과 팔, 그리고 허벅지를 가까이에서 찍은 사진이었다. 심해 보이는 상처는 아니었지만 폭행의 흔적은 고스란히 남아 있었다. 휴대폰을 들어 김남기 변호사의 번호를 눌렀다.

"네, 김남기입니다."

"사진 잘 받았습니다. 그런데 사진에 얼굴이 보이지 않네요."

"네. 얼굴 사진은 빼고 보냈습니다."

"얼굴이 나오는 사진은 보도하길 원치 않기 때문인가요?"

"그렇습니다."

"그렇더라도 이 사진들을 보도하기 위해서는 사진 속의 인물이 조혜리 씨 본인이라는 것을 저희가 우선 확인해야 합니다. 이것은 검증 차원이고 얼굴이 나오는 사진은 보도하지 않겠습니다."

"알겠습니다. 그럼 지금 보내드리겠습니다."

"네."

잠시 후 나머지 사진 한 장이 추가로 도착했다. 조혜리 본인 사진이 확실했다. 나는 쾌재를 불렀다. 최근 가장 핫한 이슈의 단독 보도를 할 기회였다. 부장에게 바로 보고하고 사진을 보냈다. PC방에서 나오니 길 건너 장례식장은 사람들로 북적이고 있었다. 밤이 되자 연예인들의 조문이 이어지고 있었고, 연예정보 프로그램 카메라들이 모여들었다. 나는 3층을 올려다봤다. 조금 전의 시간들이 아주 오래된 일인 것처럼 느껴졌다. 지금은 또 다른 겹의 세계에 내가 서 있는 것일까. 3층 창문에서 밤하늘로 불빛이 쏟아져나오고 있었다. 극장 영사실 같다는 생각이 들었다. 이것이 영화라면 주인공은 누구일까. 택시에 오르는 내 손에는 두 개의 단독 보도가 들려 있었다.

편집국으로 들어가면서 나는 백남준 선생의 작품 〈개선장군〉을 떠올렸다. TV를 이어 붙여 만든 개선문 아래로 백마를 타고 당당하게 들어가는 장군의 모습. 마침 내가 타고 온 택시도 흰색이 아니었던가. 그러나 나를 기다리고 있던 부장과 독고준 선배의 표정이 어두웠다. 두 사람에게 들려주고 싶은 얘기가 많았지만 둘은 이미 뭔가를 작심한 듯한 얼굴이었다. 퇴근 시간이 지난 터라 편집국에는 기자들이 몇 명 없었다. 우리는 회의실에 들어갈 것도 없이 부장의 책상 앞에 모였다. 부장의 모니터에는 여전히 실시간으로 올라오고 있는 조혜리 관련 기사 목록이 펼쳐져 있었다.

"허 기자, 수고 많았어."

부장이 말했다.

"그런데 이 사진은 허 기자가 요구한 거야, 아니면 변호사가 먼저 제안한 거야?"

"그러니까 그게…… 전화는 제가 먼저 하긴 했었는데, 제안 은 변호사가……."

독고준 선배는 심각한 얼굴로 팔짱을 낀 채 듣고만 있었다.

"그래. 주 기자랑 내가 고민을 좀 해봤는데. 이 사진은 보도 하지 않기로 했어. 지금 거의 모든 연예 매체들이 박 모 씨와 조 혜리 편으로 갈라져서 대리전을 하는 듯한 양상을 띠고 있거 든. 그런데 아무리 봐도 이건 이럴 만한 사안이 아니야. 생각해 봐. 만약 이슈의 중심이 조혜리가 아니라 동년배의 남자 배우라 면 어땠을까. 과연 언론이 이 정도로 호들갑을 떨었을까? 아마 도 작은 해프닝 정도로 다루고 넘어갔을 거야. 그런데 정반대의 상황이 벌어졌어. 물론 독자들의 관심과 요구를 따른다면 이 사 진은 보도해야겠지. 하지만 많은 연예 매체들이 앞다투어 이 사 건을 보도하는 목적과, 사람들이 이 사건에 관심을 갖는 이유를 생각해보면, 우리는 여기서 멈추는 게 맞아."

"네……."

나는 실망감을 감춘 채 담담하게 대답했다. 옆에서 듣고만 있던 독고준 선배가 입을 열었다.

"조혜리에겐 미안한 얘기지만 나는 피해자의 사진을 보면 서 선정적이라는 생각이 든 건 오늘이 처음이야. 사진 속 몸의 상처가 정말로 박씨로 인한 것이든 아니든 간에. 진실이 뭔지는 우리도 알 수 없어. 하지만 적어도 이 사진이 있어야 할 곳은 담당 경찰관의 책상이지 독자들의 책상 위는 아니야. 허 기자, 혹시 실망하거나 그런 거 아니지?"

"네. 그럼요."

"참, 그리고 장례식장에서는 어떻게 됐어? 더 취재한 건 없어?"

부장이 물었다.

"네……. 없습니다."

"그래, 알았어. 그만 퇴근해."

백남준 선생의 〈개선장군〉을 처음 본 이후 내겐 아직까지도 풀리지 않는 의문이 하나 있다. 장군이 왼손에 들고 있는 것의 정체. 물레 모양의 둥그런, 그러나 실이 마구 뒤엉켜 있는 그것은 무엇일까. 사실 그걸 볼 때마다 내가 떠올린 것은 실패였다. 그런데 개선장군과 실패라니. 백남준 선생이 그걸 의도했을지는 없겠지만, 오늘은 도무지 어울릴 것 같지 않은 그 두 단어가 편집국을 나서는 내 마음을 짓눌렀다. 부장과 독고준 선배의 말에 틀린 것은 하나도 없었다. 회사 로비를 걸어 나가는데 또다시 가슴 통증이 도지기 시작했다. 제대로 숨을 쉬기가 힘들었다. 나는 잠시 통유리에 한쪽 팔을 대고 허리를 숙였다. 안내 데스크에 서 있던 보안 요원이 나를 쳐다봤다. 나는 괜찮다는 표시를 하고 다시 심호흡을 했다. 조혜리의 시퍼렇게 멍이 든 허벅지를 보며 쾌재를 부르던 내 모습이 떠올랐다. 나는 고개를 저었다. 이번에는 허리를 곧추세우고 오른손으로 등을 두드렸다. 다시 또 현기증이 올라오면서 눈앞이 새카매졌다. 그 어둠 속에 색칠놀이를 하는 여자아이가 앉아 있었다. 내가 특종이라 이름 붙인, 내가 함부로 세상에 꺼내고 싶어 했던 그 아이. 나는 인정해야 했다. 세계가 여러 겹으로 이루어진 것이 아니라 단지 여러 겹의 내가 있을 뿐임을. 나는 심한 부끄러움을 느꼈다.

"심전도, 복부초음파, 운동부하검사 모두 정상입니다."

나의 증세를 들은 의사는 협심증을 의심했지만 검사 결과 아무 이상이 없었다. 흉부외과에서도 마찬가지였다. 의사는 흉부 엑스레이를 본 뒤 정상이라고 말했다. 내가 원하면 CT를 찍어볼 수는 있지만 흉부 엑스레이가 정상인데 CT에서 문제가 발견될 가능성은 적다고 했다. 하지만 가슴 통증은 여전히 사라지지 않고 있었다. 이번에는 소화기 내과를 찾았다. 의사의 권유대로 위내시경을 했지만 결과는 역시 정상이었다. 의사는 내가 순환기 내과와 흉부외과를 거쳐 여기까지 온 것을 알고 있었다. 그 모든 검사의 결과가 정상이라는 것도. 의사가 모니터를 향한 시선을 거두고 내 차트를 들여다봤다.

"평소 스트레스를 많이 받는 편이신가요?"

"네…… 조금……."

〈제일스포츠〉에 합류한 이후 하루도 맘 편히 잠을 잔 적이 없었다. 늘 새로운 뉴스 아이템을 쫓았고 그런 나 자신에게 쫓겼다. 밤새 뒤척이다 빈손으로 출근할 때는 쥐구멍에라도 숨고 싶은 심정이었다.

"음…… 말씀드리기 조심스럽지만 지난 며칠간의 검사 결과를 종합해봤을 때, 허수영 님께서는 정신과에 가서 검진을 받아보셔야 할 거 같습니다."

"네? 정신과요?"

"아무래도 지금 호소하시는 가슴 통증이나 현기증은 심리적인 요인에서 발생하는 공황장애의 일종이 아닌가 싶어요. 그 분야는 제가 전문가가 아니기 때문에 더 구체적으로는 말씀드릴 수는 없습니다만, 일단은 정신과 의사를 만나보시는 게 좋을 거 같습니다."

〈제일스포츠〉를 생각하면 가장 먼저 떠오르는 것은 두 개의 작은 공간이다. 나 혼자서 시간을 보냈던, 아니 그래야만 했던 침묵의 공간. 눈을 감으면 아직도 그곳을 홀로 서성이는 나와, 두 손에 얼굴을 묻은 채 숨죽여 울고 있는 내가 보인다. 기억의 가장 깊고 어두운 복도에 아직 불이 꺼지지 않은 두 개의 방. 그 나머지 하나의 문 앞에는 아무것도 적혀 있지 않았다. 그곳은 제일미디어센터 8층 자료 보관실의 화장실이었다. 거기에 화장실이 있다는 것을 아무도 모르는 게 아닌가 싶을 만큼 이용하는 사람이 없었다. 나는 가끔 가슴이 답답하거나 숨이 막힐 때면 그 화장실에 가서 한참을 멍하니 앉아 있곤 했다. 그런데 공황장애라는 말을 듣고 난 뒤부터는 그곳에만 가면 하염없이 눈물이 쏟아졌다. 이유는 알 수 없었다. 자기 연민인지. 아니면 마음 깊숙이 억눌려 있던 무언가가 터져나온 것인지. 나는 꽤 오랜 시간 화장실 어둠 속에 앉아서 눈물을 흘렸다. 어서 편집국으로 올라가서 기사를 마감해야 하는데 도무지 눈물이 멈추지 않았다. 얼마나 시간이 흘렀을까. 내가 아무런 움직임이 없자 갑자기 화장실의 센서등이 탁하고 꺼져버렸다. 그 순간 문득 한 시절이 완전히 끝나버렸다는 생각이 들었다.

Open Your Eyes

사카이는 석사 천변 벤치에 앉아 수험 교재를 들여다보고 있었다. 몇 번 통화를 하긴 했지만 얼굴을 본 건 반년 만이었다.

"뭐냐, 이제 시험 붙을 때까지 친구들 안 만난다더니."

"구라야. 오늘은 니가 친구라서 만나는 게 아니잖니?"

고생을 하다 와서 그런가. 얼굴이 좀 삭은 것도 같았다.

"신장이랑 콩팥은 잘 있고?"

"아마도. 그런데 그거 말고 다른 걸 떼였지."

"그래? 뭔데?"

"몰라, 말하자면 길어."

사카이는 천변 너머 배드민턴 코트 쪽을 바라보며 한숨을 쉬었다. 젊은 남녀가 배드민턴을 치고 있었다. 두 사람의 가벼운 옷차림에서 어느새 훌쩍 다가온 여름이 느껴졌다. 그런데 사카이는 이 더운 날 러닝셔츠 위에 깔깔이를 걸치고 있었다.

"우리도 배드민턴이나 칠걸 그랬나. 날씨도 좋은데."

"나 당분간 배드민턴 못 쳐."

"왜?"

사카이가 오른쪽 팔꿈치를 만지며 말했다.

"테니스 엘보. 직업병이야. 배드민턴은 고사하고 마우스 클릭할 때마다 팔꿈치가 아주 그냥 찌릿찌릿해."

"혹시 그걸로 병원 다녀왔나?"

"아니. 약국에서 소염제만 사다 먹었어. 그런데 조만간 병원 한번 가봐야지 싶다."

"잘했어. 병원은 보험 가입하고 가. 괜히 보험 들기 전에 병원 가서 치료받은 이력 있으면 너한테 좋을 거 하나도 없으니까. 참 그러고 보니 너 전에 나한테 보험 이미 다 들었다고 하지 않았냐?"

"응, 그랬지. 휴대폰 파손 보험."

"미친놈."

"내가 말한 건 가져왔고?"

"당연하지."

나는 가방에서 상품설명서와 청약서가 담긴 서류 봉투를 꺼냈다. 사카이가 보험에 대해 물어온 건 어젯밤이었다. 지난주에 외삼촌이 간암으로 돌아가셨다더니 생각이 많아진 듯했다. 밤 12시에 난데없이 전화를 걸어와서는 B형 간염도 보험 가입이 되느냐고 물었다. B형 간염은 인수 거절되는 보험사도 많았다. 세계적으로 75% 이상의 원발성 간암이 B형 간염 보균자들에게 발생할 정도로 위험도가 높기 때문이다. 우리나라 경우 인구의 5~8% 정도가 B형 간염 바이러스 보균자인 것으로 추산되고 있다. 그래서인지 포털사이트 커뮤니티에는 B형 간염 보균과 보험 가입에 관한 질문들이 많이 올라왔다. 나는 상담도 하고 공부도 할 겸 퇴근 후에는 틈틈이 보험 관련 커뮤니티에서 활동을 해왔다. 덕분에 B형 간염과 보험에 관해서도 많은 공부를 할 수 있었다. 다행히 삼진생명은 B형 간염 보균자도 가입이 가능했다. 단, 간과 관련된 질병에는 부담보*가 적용된다.

"나는 여기 사인만 하면 되는 거냐?"

"응. 그리고 간과 관련해서는 부담보인 거 알지?"

"그래. 니가 아까 전화로 말했잖아."

"너는 다른 사람들과 달리 간과 관련된 질병은 보험이 보장을 안 해주니까 이제 술도 끊고, 각별히 건강에 신경을 써. 최소한 5년 동안 만이라도."

나는 지점에서 챙겨온 보험 약관을 사카이에게 들이밀었다.

"여기 한번 읽어봐. '특정 부위 및 질병 부담보 특별약관 제2조 특별 면책 조건의 내용' 거기 내가 밑줄 쳐놓은 거."

사카이는 눈을 찡그리고 소리 내 읽기 시작했다.

"'회사가 보험금을 지급하지 않는 기간을 보험 계약의 보험 기간 전체로 적용한 경우 최초 보험계약 청약일부터 5년 이내에 특정 질병으로 재진단 또는 치료를 받지 않은 경우에는 이 특별약관을 적용하지 아니합니다' 뭔 소리냐 이게?"

---

* 가입된 보험 기간 중 특정 부위 및 특정 질환에 대해서 일정 기간 또는 전 기간 질병으로 인한 수술이나 입원 등의 각종 보장에서 제외하여 조건부로 가입하는 것을 말한다.

"니가 5년 동안 간 관련 질병이 생기지 않으면 5년 후에는 부담보를 풀어준다는 얘기야. 그럼 다른 사람들처럼 간 포함 모든 질병에 대해 보장해주는 거야. 그러니 5년 동안은 신생아처럼 살아라. 좋은 것만 먹고, 잠도 많이 자고."

"그래. 잘 알았으니 가서 술이나 한잔 사. 설마 건수 올려줬는데 그냥 갈 생각은 아니겠지?"

나는 서류들을 정리해 봉투에 넣었다. 술 대신 밥집으로 녀석을 데려갈 생각이었다.

"야, 노가다 하면 보통은 살이 빠지지 않냐? 너는 어떻게 살이 쪄서 왔냐?"

"거기 함바집이 맛집이라서 그래. 맨날 컵라면만 먹다가 밥다운 밥을 먹으니까 거기가 천국인가 싶더라."

사카이는 뒷짐을 지고 뒤뚱뒤뚱 걸어갔다.

"오늘부터 가망 고객을 만나러 가는 분들은 저한테 들려서 스크래치 복권 받아가세요."

파트장이었다. 출근을 하니 지점장실에 그가 앉아 있었다.

"이게 꽝이 없는 복권입니다. 물론 고객에게는 비밀이고요. 지점 특별 이벤트라고 하고 고객에게 동전으로 긁어보라고 하세요. 그래서 당첨되면 서로 기분이 좋지 않겠습니까? 바로 그 상태에서 보험 상품 얘기를 해보세요. 1인당 복권 세 장까지 지점에서 지원합니다. 어떤 상품이 당첨되건 지점 차원에서 책임지고 지원해드려요. 그 세 건 중에서 계약이 나오면 추가로 복권 세장을 더 드립니다."

계약 고객에게 사은품을 주는 대신 가망 고객에게 선물을 줘서 환심을 사자는 얘기였다. 그 선물은 복권을 긁어서 나온 것이니 받는 고객도 부담이 없고, 설계사는 행운의 파랑새가 되었으니 계약을 체결할 확률이 높아질 것이라는 계산이었다.

"그리고 이번 달부터 신입들도 정착 지원금을 200만 원씩 주기로 했습니다. 제가 본사에 강력하게 얘기해서 얻어낸 것입니다. 그러니 각 팀장님들은 도입에 특별히 더 신경 써주세요. FA분들도 마찬가지예요. 지금이 보험 일을 시작할 절호의 기회입니다. 주변 지인들에게 많이 알려주세요."

우리 때는 없던 신입 정착 지원금이 생겼다. 하지만 타 보험사는 이미 시행 중인 제도다. 그래서 오 팀장이 도입을 하기 더 어려웠는지도 모른다. 다른 보험사의 팀장들은 구직자들에게 교육만 받아도 돈을 준다고 사탕발림을 해댔을 테니까. 그러나 설계사에게 볼펜 한 자루 주지 않는 보험사들이 신입들에게 몇백만 원의 돈을 거저 줄 리가 없다. 교육을 받은 뒤 보험사들이 제시하는 영업 실적을 올렸을 때에만 정착 지원금을 준다. 기준 실적에 미달하면 당연히 한 푼도 주지 않는다. 그리고 지원금을 받았다고 해도 약속된 근무 기간을 채우지 못하면 지원금은 환수된다. 보험영업을 그만두려는 사람에게는 정착 지원금이 도리어 족쇄가 될 수도 있는 것이다.

"파트장님이 의욕이 넘치시네요."

"그렇겠지. 파트장에게는 여기가 마지막 기회니까. 이래저래 여러 사람 피곤하게 생겼어. 이번 달부터 도입이랑 실적을 팀별로 평가해서 페널티 적용한다는데. 나보고 나가라는 소리지."

회의실 창가에 서서 창밖만 바라보던 오 팀장이 말했다. 어느새 8월이었다. 지난 8개월 동안 몇 명의 신입들이 다녀갔지만 여전히 팀에 남아 있는 건 나와 진숙 선배뿐이었다.

"지점장님은 어떻게 되신 거예요? 송별회도 없이 이렇게 갑자기."

"응, 어제 팀장들하고만 간단히 술 한잔했어. 좀 쉬려고 한다는데. 대기발령이라는 소리도 있고."

"네. 사실 송별회를 한다고 해도 서로 맘이 편치는 않았겠죠. 잘돼서 가시는 것도 아니고. 결국 우리 때문에 그렇게 되신 거잖아요."

"누구 탓이랄 게 있겠냐. 여긴 뭐 어차피 다 각자 자기 일을 하는 곳인데."

그래도 어쩐지 기분이 이상했다. 지점장이 교체될 거라는 얘기는 그전부터 있었지만, 막상 이렇게 지점장이 가고 나니 왠지 나도 가야 할 것만 같은 느낌이 들었다. 춘근이 형님을 비롯해 지점 개소식 때 있었던 사람의 반 정도가 이제는 보이지 않았다. 그 사람들은 지금 어디서 뭘 하고 있을까. 빈자리는 곧 새로운 얼굴로 채워졌지만 가끔 개소식 멤버들이 보고 싶을 때가 있었다.

"오늘은 어디로 갈 거야?"

"모르겠어요. 이젠 더 갈 곳도 없어요."

오 팀장이 희미하게 웃었다.

회사 지하 주차장에서 차에 오르는데 전화벨이 울렸다. 오 팀장이었다.

"수영아, 큰일 났다. 너 방금 품보 떴어."

"네? 품보요?"

"그래. 두 달 전에 계약한 농공단지 무슨 부장 있잖아. 그 사람이 품보 접수했어. 얼른 연락해봐."

"네."

품보라는 말에 눈이 동그래진 에디가 나를 쳐다봤다.

"무슨 일이야?"

"6월에 계약한 만두 공장 부장 있잖아. 그 사람이 품보 접수했대."

보험을 가입한 고객이 계약 취소를 원할 경우 보험 증권을 받은 날로부터 15일 이내에 청약철회를 할 수 있다. 이 경우 보험회사는 고객에게 받은 보험료를 전액 돌려준다. 그러나 15일이 지나서 고객이 계약을 해지할 경우엔 이미 낸 보험료는 돌려받을 수 없다. 딱 한 가지 경우만 제외하고. 바로 품질보증해지 접수를 하는 것이다. 품질보증이란 자필 서명이나, 약관 및 청약서 부본 미전달, 상품 주요 내용 설명 부족 등의 사유가 있을 경우에 한해 고객이 보험 계약을 취소할 수 있는 제도다. 계약

성립 후 90일 이내에 품질보증해지를 접수하면 납입한 보험금을 전액 돌려받을 수 있다. 이것은 불완전판매로 인한 피해에서 고객을 보호하기 위해 만들어진 제도다. 하지만 불완전판매가 아니더라도 고객이 주요 내용의 설명을 제대로 듣지 못했다고 주장하면, 설계사 입장에서는 계약 과정을 녹취하지 않은 이상 자신의 과실이 없음을 증명할 방법이 없다.

"부장이 계속 전화 안 받네. 나 아무래도 만두 공장에 다녀와야겠어. 오늘 형 혼자 개척 가야겠는데?"

호식이와 혁이는 보충대 이후 개척영업에서 빠졌다. 개척 영업은 안 된다고 팀장들이 강하게 만류한 눈치였다.

"같이 가자. 사실 난 오늘 별로 개척 나가기 싫었어."

에디가 안전벨트를 당겼다. 당초 인근 대학교 교수실을 돌아보려 했던 우리는 농공단지로 차를 몰았다. 요즘 들어 에디는 보험 영업에 의욕이 없어 보였다. 이런저런 생각도 많은 듯했고 예전에 하던 일을 다시 하려고 슬슬 준비를 하는 것도 같았다.

"너는 이 일을 언제까지 할 거야?"

에디가 물었다.

"글쎄, CFP 딸 때까지는 해야 하는데……."

"그거 정말 따려고? 그럼 이 일을 앞으로도 계속할 거야?"

"몰라. CFP 따려면 아직도 1년 이상 더 해야 하는데 요새 공부도 안 되고, 영업도 안 되고, 그렇다고 뭐 다른 건 할 줄 아는 것도 없고."

"없긴 왜 없어. 나랑 사업이나 하자."

"무슨 사업?"

"뭘 하긴, 다시 오퍼상 해야지."

"내가 무역에 대해 뭘 안다고."

"일은 내가 할 테니까 너는 옆에서 페이퍼 워크만 해."

"말은 고맙지만 친구 따라 강남 갈 순 없지. 영화 사업이면 또 몰라도."

"무역으로 돈 벌어서 극장 차리면 되지. 시내에 망한 극장 있잖아. 그걸 우리가 인수하는 거야. 그래서 예술영화도 틀고, 한쪽은 소극장처럼 꾸며서 연극 공연도 하고. 그 앞에 보험 부스도 하나 놓을까?"

"아이고, 보험은 듣기만 해도 지겹네."

"아무튼 생각해봐. 뭘 해도 지금보다 낫지 않겠어?"

"알았어. 하지만 기대는 하지 마."

만두 공장 부장은 나를 보자마자 나가서 얘기하자며 공장 밖에 있는 벤치로 잡아끌었다. 그는 지난 몇 달간 내가 가장 공들인 가망 고객 중 한 명이었다. 상품 설명도 여러 번 했고, 재테크 관련 대화도 많이 나눴다. 그에게 있어 이 계약은 충동적인 결정이 아니었다. 그런데 왜 품질보증해지를 접수했을까.

"부장님, 제가 계약 과정에서 실수한 게 있었나요?"

부장이 나무 벤치 위에 쪼그려 앉아 담배에 불을 붙였다.

"아니지, 실수한 건 없지."

"그러면 왜……."

"내가 계약서 쓸 때 그랬잖아. 나도 아는 설계사 많다고. 친구 중에도 세 놈이나 보험을 하고. 그래도 수영 씨가 가장 열심히 하는 거 같아서 가입을 하긴 했는데……."

부장이 내 시선을 피하며 말했다.

"가입을 하긴 했는데 증권을 보험 한다는 친구분에게 보여주셨군요?"

"응. 그랬지."

더 듣지 않아도 뻔한 얘기였다. 친구라는 설계사가 타사의 상품을 좋게 말했을 리가 없다. 품질보증을 통해 해지하는 방법 또한 그 설계사가 자세히 안내해주었을 것이다. 개척영업의 맹점 중 하나가 이것이었다. 고객과 인간적인 신뢰와 유대감이 부족한 상태에서 계약을 하는 것. 그러다 보니 경쟁관계에 있는 타사의 설계사들이 고객을 흔들기 쉬웠다. 보험이나 연금은 무형의 상품이고, 설계사가 말로 어떻게 포장을 하느냐에 따라 그 형태가 왜곡되곤 하니까.

"네. 알겠습니다."

이미 품보까지 접수한 마당에 그에게 더 매달릴 생각은 없었다. 단지 이유가 궁금했을 뿐이다. 지난달 받은 수수료는 전액 환수가 들어올 것이다. 주차장을 향해 걷는데 시멘트 바닥에서 뜨거운 열기가 올라왔다. 얼굴이 후끈거리고 약간 두통이 있었다. 〈제일스포츠〉를 관둔 이후 신기하리만큼 사라졌던 가슴 통증 또한 요즘 다시 시작되고 있었다. 나는 또다시 실패의 예감에 사로잡혔다.

조금 늦게 출근하고 보니 지점 분위기가 심상치 않았다. 파트장은 굳은 표정으로 지점장실에 앉아 있었다. 오늘은 아침 조회를 하지 않는 모양이다. 대신 지점 입구에 서 있는 낯선 남자가 호명하는 대로 FA들이 한 명씩 어디론가 불려가고 있었다.

"무슨 일이에요?"

오랜만에 진숙 선배가 나와 있었다.

"감사 떴대. 짜증나. 나 오늘 괜히 나왔어."

"감사요? 본사가 아니라 이런 지점도 감사를 할 게 있어요?"

"그러게. 지들이나 잘하지. 왜 우리만 갖고 그런다니."

진숙 선배가 짜증을 내며 책상 서랍을 열었다. 볼펜 몇 자루가 또르르 굴러나왔다.

"뭐 없어진 거 있으세요?"

"아니. 난 뭐 두고 다니는 게 없으니까. 넌?"

나도 책상 서랍을 열어봤다. 텅 비어 있었다.

"전 좀…… 많이 없어진 거 같은데요?"

오 팀장이 걱정스러운 눈빛으로 나를 쳐다봤다.

"허수영 씨."

그때 입구에 서 있던 남자가 내 이름을 불렀다. 나는 그가 시키는 대로 4층 지역단 회의실로 갔다. 회의실 문 앞에는 김 주임이 서 있었다.

"여기 잠깐 앉아 계세요."

회의실 문 앞에는 작은 의자가 놓여 있었다. 기분이 이상했다. 뭔가 죄를 지은 것도 같고 아닌 것도 같고. 내가 왜 이러저리 불려다녀야 하나 싶으면서도 나를 부른 사람들이 무슨 말을 할까 궁금하기도 했다. 5분 정도 앉아서 기다리자 회의실의 문이 열리고 에디가 나왔다. 나를 보더니 가뜩이나 못난 인상을 더 찌푸렸다. 인상 쓰는 걸 보니 그다지 기분이 나쁜 거 같지는 않았다.

"들어가세요."

김 주임이 회의실 문을 잡고 말했다. 회의실의 긴 테이블에는 마치 면접관이라도 되는 양 세 명의 낯선 얼굴들이 앉아 있었다. 가운데가 여성, 왼쪽과 오른쪽이 남성이었다. 나는 그들을 마주보고 앉았다.

"허수영 씨?"

"네."

왼쪽에 앉은 직원이 종이 상자를 테이블 위에 올려놓았다. 내가 책상 서랍에 넣어놨던 자료집들이었다.

"이걸 다 직접 만드셨어요?"

가운데 앉은 직원이 자료집을 꺼내며 물었다.

"네."

세 사람 다 자료집을 쌓아놓고 뒤적거리기 시작했다. 오른쪽에 앉은 직원은 한 글자도 빼놓지 않겠다는 듯 한 줄 한 줄 밑줄을 그으며 읽었다. 이따금 감탄사를 내뱉기도 했다. 나는 만화방 주인처럼 그들에게 '요것도 좀 읽어보세요' 하고 책상에 두지 않은 다른 자료집도 권해주려다가 말았다.

"우리가 뭐 하는 사람 같으세요?"

한참 읽다 말고 가운데 앉은 직원이 안경을 고쳐 쓰며 물었다.

"감사과에서 나오셨다고 들었어요."

"네. 맞아요. 우리가 이런 거 잡는 사람들이에요."

자료집을 내려놓으며 말했다. 그녀는 월척을 잡았다는 듯 회심의 미소를 짓고 있었다.

"제가 지금껏 수많은 지점을 다녀봤지만 이 정도로 다양하고 디테일하게 자료집을 만드는 분은 처음 봤어요. 영업이 아니라 우리 홍보팀에서 일하셔야 할 거 같은데."

나는 웃어야 할지 울어야 할지 몰라서 그냥 어리둥절한 표정으로 그들을 쳐다봤다.

"자료집을 아무리 잘 만들어도 영업하실 때는 회사에서 공식적으로 인증된 자료만 사용하셔야 돼요. 이렇게 개별적으로 만든 자료들은 사용 금지예요. 저희 영업지원 사이트에 가시면 올라와 있는 자료들 있잖아요. 거기 보시면 다 인증번호가 찍혀 있어요. 인증번호가 찍혀 있지 않은 자료들은 함부로 사용하시면 큰일나요."

물론 나는 자료집을 만들기 전에 영업지원 사이트에 올라가 있는 자료들도 전부 찾아봤었다. 하지만 그것들은 출력할 때마다 돈을 내야 하는데다 실전에서 쓸 만한 건 하나도 없었다.

"이 자료집들은 전부 압수하겠습니다. 처음이시니까 이번에는 엄중 경고를 하는 선에서 마무리할게요. 앞으로는 인증된 자료만 사용하시기 바랍니다."

회의실 문을 열고 나서는데 문 앞에 호식이가 앉아 있었다. 내가 입모양으로 '왜 왔어?'라고 말하자 호식이가 양쪽 손가락으로 동그라미를 그리며 말했다.

"동의서요."

고객에게 받은 동의서를 책상 서랍에 보관하다 걸린 모양이다. 개인 정보 관리 소홀이었다. 대체 몇 명이나 걸린 건지 지점에는 다들 인상을 구기고 앉아 있었다. 감사팀은 파트장이 오면서 모처럼 활기를 띠었던 지점 분위기에 아침부터 찬물을 끼얹었다. 감사에 걸리지 않은 사람은 영업 활동을 거의 하지 않는 진숙 선배뿐인 듯했다. 에디가 나를 보더니 손가락으로 위를 가리켰다. 우리는 옥상으로 올라갔다.

8월이지만 오늘은 열기가 한 풀 꺾인 듯했다. 아래 지방에서부터 태풍이 올라온다는 예보가 있었다. 나와 에디는 옥상 난간 앞에 서서 빠르게 몰려오는 구름들을 바라봤다.

"오늘 감사, 파트장 때문에 온 거라는 얘기가 있어."

"에이 설마. 그냥 의례적인 거 아니었어?"

"아까 팀장들끼리 하는 소리 들었는데, 파트장을 견제하는 세력들이 일부러 우리 지점을 노리고 보낸 거 같대."

"그래? 그럼 우리는 고래 싸움에 새우 등 터진 건가?"

"그런 셈이지. 이제 어떡할 거야? 앞으로 자료집도 못 쓰게 생겼는데."

"글쎄……."

문득 지난겨울 처음 교육받던 때가 떠올랐다. 박 EM과 열 명의 동기들. 상품교육과 자격증 시험. 그리고 나에게 충격을 주었던 최명석 FA의 강연. 두렵기도 했고 걱정도 많이 했지만 그래도 지난 8개월 동안 나름대로 잘 버텨왔다고 생각하고 있었다. 이제 AFPK 시험이 한 달 앞으로 다가왔다. 계획만큼 공부를 많이 하지는 못했지만 아직 포기할 단계는 아니었다.

"나 옛날에 미국에서 무역회사 다닐 때, 제프라고 백인 친구가 있었거든. 얘가 나랑 입사 동기인데 얼마 전에 연락이 왔어. 내가 한국에 있다니까 혹시 아동복 팔아볼 생각 없냐고."

"웬 아동복?"

"얘가 지금 중국하고 베트남을 왔다 갔다 하면서 일하고 있거든. 그런데 아동복 공장 쪽에 줄이 있는 모양이야. 그래서 물건을 원가 이하로 빼올 수가 있대. 이걸 나한테 보내줄 테니까 팔아보라는 거지. 전부 미국 브랜드 제품이야. 너도 딱 들으면 알 만한 브랜드야. 그래서 내가 시장조사를 해봤는데, 한국에서 최저가로 팔아도 40% 정도 마진이 남아."

"그런 물건이면 한 번에 몇 톤씩 사야 되는 거 아냐? 물건을 컨테이너로 받는다거나."

"일단 샘플 개념으로 몇백 장 정도만 받아서 시작할 거야. 팔아보고 대박이 나면 더 많이 들여올 수도 있겠지. 제프는 예전에 나랑 같이 고생을 많이 한 친구라 서로 끈끈한 게 좀 있어. 너랑 나처럼. 시간은 얼마든지 줄 거야."

"그걸 나보고 같이 하자고?"

"그래. 난 그런 거 어떻게 팔아야 하는지 몰라. 인터넷 쇼핑도 모르고. 넌 그런 거 잘하잖아. 인터넷도 잘하고. 보험 파는 것보다 쉽지 않겠어?"

구미가 당기는 제안이었다. 사실 나는 개척영업에 지쳐 있었다. 며칠 전 초등학교에 개척을 갔다가 어느 교실에 들어서려는데 문 앞에 붙어 있는 학급안내판이 눈에 띄었다. 무심코 들여다보니 선생님의 성함과 얼굴이 낯익었다. 그분은 초등학교 시절 나의 담임선생님이었다. 거의 20년 만에 처음 뵙는 거였다. 반가운 마음에 얼른 들어가서 인사를 드릴까도 생각했지만 문득 지금의 나 자신이 너무 초라하게 느껴졌다. 왜 그랬는지는 나도 모르겠다. 그냥 지금 이 모습으로 인사를 드리는 건 아니라는 생각이 들었다. 나는 복도 창문 너머로 선생님 얼굴만 훔쳐보다가 발길을 돌렸다.

"어떡할래? 같이 할래? 나 벌써 사무실도 얻었어. 넌 몸만 오면 돼."

사실 남아 있어도 이제는 할 수 있는 게 별로 없었다. 자료집 없이 개척을 한다는 건 기자가 필기도구 없이 취재 현장에 나가는 것과 다를 바 없다. 나는 빌딩 아래를 내려다봤다. 오늘도 많은 사람들이 어딘가를 향해 걷고 있었다. 다들 어디로 가는 걸까. 특별한 목적지 없이 떠돈 지 8개월이었다. 길다면 길고 짧다면 짧은 시간. 정말 여기서 끝내야 하는 것일까 망설이고 있을 때 전화벨이 울렸다. 백나연 고객이었다.

"허수영 설계사님이시죠?"

"네. 안녕하세요. 고객님 오랜만이시네요. 잘 지내셨어요?"

"그럼요. 덕분에요. 전에 와인 보내주신 거 잘 받았어요. 제가 진작에 연락을 드렸어야 했는데 깜빡했네요."

"아니에요. 제가 더 자주 연락드리고 이것저것 챙겨드렸어야 하는데 그러지 못해서 죄송해요."

"어머, 설계사님 같은 분 처음 봤어요. 사실은 그래서 말인데요. 제 친구가 여태껏 보험이 하나도 없대서 설계사님을 소개해드리려고 하거든요. 설계사님 연락처를 알려드려도 될까요?"

"정말 감사하네요. 그런데 고객님."

"네?"

"죄송하지만 제가 저보다 더 좋은 분을 추천드려도 될까요? 저는 개인 사정이 있어서 지금 고객 상담이 어려울 거 같아요."

"그래요? 혹시 무슨 일 있으세요?"

"네. 그런데 개인적인 일이라 말씀드리기는 어렵고요. 정말 좋은 설계사분이 계시거든요. 고객님도 전에 만나보셨는데. 카페에서 저랑 같이 상담했던 여성분 기억하시나요?"

"아, 네. 기억나요. 그때 팀장님이라고."

"네. 그분이 지금은 교육 담당 쪽으로 옮기셨는데요. 그래도 영업도 하시고 고객 관리도 계속하세요. 저보다 훨씬 아는 것도 많고 큰 도움이 되실 거예요."

"네……. 아쉽지만 그럼 연락처 부탁드릴게요. 무슨 일인지는 몰라도 힘내시고요."

"네. 고맙습니다."

전화를 끊고 백나연 고객에게 박 EM의 번호를 전송했다. 어디선가 물기를 머금은 시원한 바람이 불어왔다. 옆에서 통화를 듣고 있던 에디가 내 등을 쓸어주었다.

"형, 옛날에 여자 고등학교 가서 방석 훔쳤었다고 그랬잖아. 시험 보기 전날 밤에. 그래서 시험 잘 봤다고."

"응, 그랬지."

"그 여학생은 어떻게 됐을까? 방석 잃어버린 여학생. 그 여학생도 시험 잘 봤을까? 아니면 방석 때문에 시험을 망쳤을까?"

"글쎄……. 그 생각은 못했네."

"우리 고객들도 머지않아 장미 고객이 되겠지?"

"음, 그렇게 되겠지."

에디가 한숨을 쉬었다. 비구름이 제법 가까이까지 몰려와 있었다.

4장

특정 부위·질병 부담보 특별약관

반박

물건은 약속한 날짜에 도착했다. 제프는 2주에 한 번씩 커다란 종이박스에 200벌 정도를 담아서 보냈다. 티셔츠와 바지는 물론, 우주복, 바디슈트 등의 유아복과 7세 이하 작은 사이즈 아동복들이라 생각보다 부피가 작았다. 에디의 말대로 모두 유명 브랜드 제품들로 서너 개의 브랜드가 섞여 있었다. 색깔 사이즈별로 구분된 게 아니라 제각기 다른 디자인의 옷들이 각각 한 벌씩 섞여 있었다. 재고뿐 아니라 디자인실의 샘플이나 공장에서 막 생산된 옷까지 마구 뒤섞여 있는 것 같았다. 상품당 오직 한 벌뿐이기 때문에 사진 촬영과 포토샵 작업에 공들일 필요가 없었다. 속전속결로 상품 페이지를 만들어 빨리 파는 게 능사였다. 하나가 팔리면 그 상품은 품절이었다. 다른 쇼핑몰들처럼 상품 페이지 하나를 정성껏 만들어서 똑같은 옷을 수십 벌 파는 게 아니었다. 그러다 보니 일이 많았다. 200벌을 팔기 위해서는 200개의 상품페이지를 만들어야 했다. 만드는 족족 옥션과 G마켓에 하나하나 등록했다. 나는 아예 사무실에서 숙식을 하며 일에만 몰두했다. 보험과 비교해 고객들의 반응이 빨리 나오니 그렇게 재밌을 수 없었다. 그리고 무엇보다 남의 사무실 문 앞에 서서 들어갈까 말까 따위의 고민을 하지 않아도 되니 마음이 편했다. 물론 업무의 90% 이상이 비대면으로 이뤄진다 해도 스트레스가 전혀 없는 것은 아니다. 제프는 옷들을 보낼 때마다 이메일로 미리 품목 리스트를 보냈다. 그런데 박스를 열어보면 매번 품목 리스트에서 서너 벌씩 옷들이 빠져 있었다. 에디는 통관 과정에서 누군가 물건에 손을 대는 거 같다고 했다. 에디가 여기저기 항의 전화를 해봤지만 범인을 잡을 수는 없었다. 에디는 제프에게 이제부터 물건을 보낼 때 옷 두 벌을 종이봉투에 담아서 맨 위에 올려놓으라고 했다. 그리고 봉투 겉에는 이렇게 써달라고 부탁했다. '옷이 필요하시면 이걸 가져가시고 제발 물건에는 손대지 말아주세요.' 그날 이후 더 이상 사라지는 물건이 없었다. 종이봉투도 우리에게 그대로 도착했다. 범인이 자존심이 센 사람인 거 같았다.

사업자는 내 이름으로 냈다. 아무래도 국내에서 별다른 금융기록이 없는 에디보다는 신용등급이 높은 내 이름으로 사업자를 내는 게 대출받을 때 유리할 테니까. 사업자를 내기 위해 사무실 임대차 계약서도 내 이름으로 다시 썼다. 나는 일개 사원에서 졸지에 사장이 되었다. 회사 이름은 에디가 'AP 글로벌'이라고 지었다. AP는 'Advance People'의 약자다. 우리는 오픈마켓 외에 우리만의 쇼핑몰도 만들기로 했다. 쇼핑몰의 이름은 '트윈스데이'였다. 아동복과 더불어 유아용품도 판매할 계획인데, 다른 유아용품 쇼핑몰과 차별화하기 위해 쌍둥이 콘셉트를 내세운 것이다. 쌍둥이 엄마 모임 카페의 회원 수가 3만 명이 넘었다. 우리는 타깃 마케팅을 통해 1+1 이벤트 등을 하며 시선을 끌 생각이었다. 하지만 이런 몇 가지 콘셉트를 제외하면 일반 유아용품 쇼핑몰과 별반 다르지 않았다.

쇼핑몰을 만드는 일은 생각보다 쉬웠다. 쇼핑몰 솔루션 업체와 계약을 하고 정해진 기본 틀 위에 내용만 채워넣으면 되었다. 블로그나 카페를 만드는 것과 비슷했다. 다만 플래시를 비롯해 기본 틀에 포함되지 않은 디자인이나 새로운 기능을 넣게 되면 그때마다 추가 요금이 발생했다. 나는 최대한 기본 틀 안에서 해결하고자 노력했다. 취미로 틈틈이 배워놓은 HTML과 포토샵이 큰 도움이 되었다. 쇼핑몰을 완성하기까지는 한 달 정도의 시간이 걸렸다. 온라인 쇼핑몰은 오프라인 매장과 달리 개업식이고 뭐고 할 게 없었다. 포털사이트에 쇼핑몰을 등록하는 순간이 곧 영업의 시작이었다. 사이트 등록을 하자마자 어떻게 알았는지 사무실 전화가 불이 나기 시작했다. 쇼핑몰 광고 대행업체들이었다. 며칠 내내 전화가 하도 많이 와서 업무가 마비될 지경이었다. 나는 광고 대행업체라고 하면 양해를 구하고 전화를 바로 끊었다. 대행업체를 잘못 만나서 큰 낭패를 봤다는 글들을 쇼핑몰 운영자 카페에서 이미 많이 봐온 터였다. 쇼핑몰의 광고 관리도 내가 직접 할 생각이었다. 그런데 생각지 못한 곳에서 전화가 왔디.

"안녕하세요. 〈스포츠데일리〉입니다."

"〈스포츠데일리〉요?"

"네. 〈스포츠데일리〉 광고팀의 이미숙 대리입니다."

광고팀에는 사원이나 주임이라는 직함은 없는지 모두들 대리 아니면 과장이라고 자신을 소개했다.

"네, 안녕하세요."

"트윈스데이의 대표님이신가요?"

"네. 그렇습니다만."

"축하드립니다. 트윈스데이가 올해의 히트 상품으로 선정되어서 전화를 드렸습니다."

"올해의 히트 상품이요?"

"네. 히트 상품으로 선정되어서 〈스포츠데일리〉 특집 기사에 쇼핑몰을 소개하는 기사가 실릴 거고요. 〈스포츠데일리〉 홈페이지 하단에 보시면 올해의 히트 상품 배너가 있거든요. 그걸 클릭하시면 히트 상품 목록에 트윈스데이도 소개가 될 거예요. 정말 축하드려요."

"저희 사이트가 오픈한 지 일주일도 안 됐는데 올해의 히트 상품이라고요?"

수화기 너머로 잠시 어색한 침묵이 흘렀다. 그러곤 몇 번 헛기침을 하는가 싶더니 다시 명랑한 목소리로 말했다.

"아하, 트윈스데이가 올해의 히트 상품 신인상 부문에 선정되었다고 말씀을 드린 겁니다."

"신인상이요?"

"네. 신인상 부문도 마찬가지로 기사와 배너 광고 혜택을 드리고요. 제가 보도자료 작성 서비스도 해드릴 수 있어요. 대표님, 보도자료 써보신 적 없으시죠? 트윈스데이 기사가 인터넷 신문에 실리면 고객분들이 쇼핑몰을 검색했을 때 신뢰도 향상에 큰 도움이 되실 거예요."

"저기, 자꾸 뭔가로 뽑아줘서 감사하기는 한데요. 그럼 저희가 선정된 거니까 지금 말씀하신 혜택들은 무료로 받을 수 있는 건가요?"

"아, 그게, 무료로 해드리면 좋겠지만 아무래도 언론 매체로 소개되는 것이다 보니까 약간의 진행비는 생각하셔야 돼요."

"얼마인데요?"

"대표님, 광고 효과에 비하면 정말 정말로 저렴한 금액이에요."

"네. 그래서 얼만데요?"

"200만 원이요."

"네? 200이요?"

나는 어이가 없어서 웃음이 나오려는 걸 겨우 참았다. 쇼핑몰을 만드는 데 100만 원이 들었는데 히트 상품 선정에 200만 원이라니.

"대표님. 히트 상품 신인상 부문은 저희가 오직 열 개 업체밖에 선정을 안 하기 때문에 지금 자리가 몇 개 남지 않았어요. 빨리 이 자리를 선점하시는 게 중요해요. 빠르면 오늘이나 늦어도 내일이면 마감될 거예요."

"죄송하지만 그 자리는 다른 분께 양보할게요."

"어머, 지금 서로 여기 들어오고 싶어서 난리인데 대표님 왜 그러세요."

"아니에요. 저희는 그런 거에 관심 없어요."

"대표님. 그럼 며칠 더 생각해보시고 다음주에 제가 다시 한 번 연락드릴게요."

"내일이면 마감된다면서요?"

"대표님께서 하신다고만 하면 제가 자리를 만들어서라도 넣어드릴게요."

"아하, 히트 상품은 정말 됐고요……. 저기, 그런데 연예부 의 박미소 기자님은 잘 계시죠?"

"네? 누구요?"

"아, 아니에요. 그럼 수고하세요."

눈 뜨고 코 베이는 세상이라더니. 아직 한 개도 못 팔았는데 히트 상품이 웬 말인가. 신뢰로 먹고사는 언론사가 이런 식으로 영업을 해도 되는 건지 실소가 나왔다. 한숨을 쉬며 다시 일을 시작하는데 전화벨이 울렸다. 이번에는 휴대폰이었다.

"구라야, 나다."

"어이, 사카사카 사카이. 공부 안 하고 대낮부터 웬일이야?"

"너 나한테 또 구라 쳤지? 삼진생명."

"응? 삼진생명이 왜? 뭔 일 있어?"

"내가 어제 병원 가서 정기 검진받고 왔거든. B형 간염은 아폰 데가 없어도 6개월에 한 번씩 정기적으로 검사하라고 권유하잖아. 간 수치도 재고. 초음파 검사도 하고."

"응, 그렇지."

"근데 내가 검진받고 나서 혹시나 하고 삼진생명에 전화해 봤거든. 5년 지나면 그때부터 부담보 풀어주는 거 맞냐고."

"그런데?"

"난 안 된대. 5년간 부담보가 아니라 영원히 부담보래."

"그게 무슨 소리야? 너 어제 검사 결과가 어땠는데?"

"혈액 결과는 아직 안 나왔지만 초음파는 정상이었어. 근데 검사 결과 때문이 아니라, 어제 검진을 받았기 때문에 부담보를 영원히 풀어줄 수 없대."

"나는 당최 네가 무슨 말을 하는지 모르겠는데?"

"나도 내가 무슨 말을 하는지 모르겠다."

"알았어. 하여튼 내가 지금 삼진생명에 전화해서 알아볼게. 잠시 후에 삼진 쪽에서 본인 확인 전화 갈 거니까 받아서 바로 확인해주고."

"그래. 알았어."

B형 간염 건강 보균 상태란 몸속에 B형 간염 바이러스가 있는 것으로, 비활동성이기 때문에 아무런 증상도, 특별히 치료할 것도 없다. 하지만 의사들은 혹시나 바이러스가 활동성으로 변하지는 않았는지 체크하기 위해 6개월에 한 번씩 정기적으로 검사받을 것을 권한다. 활동성 B형 간염의 경우에는 간경화나 간암으로 진행될 가능성이 크기 때문에 조기 발견해서 그에 대

비하려는 것이다. 사카이는 의사의 권유대로 병원에 가서 간 기능 검사와 간 초음파 검사를 했다. 이것은 B형 간염 보균자에게는 일상적인 검사로, 그 결과가 정상(비활동성)이라면 보험 가입 당시에 고지한 내용과 달라질 게 없었다. 그런데 검사를 했다는 사실만으로 약관의 예외 조항을 어긴 게 되어 부담보를 영원히 풀어줄 수 없다는 것은 말이 안 된다. 사카이가 뭔가 잘못 알아들은 거 같았다.

"안녕하세요. 삼진생명 상담원 고미경입니다."

"네. 안녕하세요. 저는 박용수 고객의 보험을 설계한 허수영이라고 합니다. 그 보험에 설정된 부담보 관련해서 박용수 고객이 방금 어떤 상담원분하고 통화를 했다고 하는데 혹시 그분하고 제가 지금 다시 통화를 할 수 있을까요?"

"네. 고객님 해당 상담원과 연결을 해드리겠습니다만 본인이 아니면 상담 내용에 제한이 있을 수 있습니다."

"네. 제가 박용수 고객을 대리해서 상담을 받고자 하는 것이니까요. 그 상담원분께 우선 박용수 고객과 통화해서 본인 확인을 하시고, 저에게 연락을 달라고 해주세요."

"네, 알겠습니다."

5분 정도가 지난 후 전화가 걸려왔다.

"안녕하세요. 삼진생명 상담원 김지숙입니다."

"안녕하세요. 방금 박용수 고객 상담하신 내용 관련해서 문의가 있어서 연락드렸습니다."

"네. B형 간염 전 기간 부담보 관련해서 상담하신 내용 말씀이신가요?"

"네. 박용수 고객이 상담원님으로부터 전 기간 부담보를 풀어줄 수 없다는 얘기를 들었다고 하는데요. 하지만 박용수 고객이 가입한 '파트너 건강보험'의 경우 5년 이내에 간 관련 입원이나 치료 이력이 없으면 부담보 특별 약관을 적용하지 않는 상품이지 않습니까?"

"네. 설계사님 말씀이 맞습니다만 박용수 고객님께서 어제 병원에 방문하셨다고 하셨습니다."

"그것은 치료 목적이 아니고 단순 검진 차원의 방문입니다."

"단순 검진이라 하더라도 해당 부위와 관련해 병원에 방문하신 것이기 때문에 부담보 특별약관은 전 기간 적용됩니다."

"네? 무조건 병원에 갔다는 사실만으로 그러는 게 어디 있습니까? 방문 목적을 확인하고 검진과 치료는 구분을 해야지요."

"설계사님, 해당 보험 약관에는 '보험계약 청약일부터 5년 이내에 특정 질병으로 재진단 또는 치료를 받지 않은 경우에만 이 (부담보) 특별약관을 적용하지 않는다'라고 적혀 있습니다. 어제 검진을 받은 것은 재진단을 받은 것이기 때문에, 저는 약관에 적혀 있는 대로 안내를 드리는 것입니다."

"정기검진을 받은 것이 재진단이라고요?"

"네. 그렇습니다."

"이미 보험사에 고지한 간염 바이러스의 비활동성 사실을 다시 한번 확인한 것이 왜 재진단이죠? 약관에서 말하는 재진단은 그게 아니라, 이를테면 위암 완치 판정을 받은 분이 다시 위암이 재발했을 때 그것을 재진단이라고 하는 것 아닌가요? 박용수 고객의 경우에는 이미 알고 있는 사실을 병원에 가서 다시 한번 확인한 것뿐인데 이것은 재진단이 아니라 그냥 진단이지요."

"고객님, 여기는 단순 상담부서이고요. 약관의 해석이나 보상 관련해서는 상세한 상담은 어려우세요."

"그런데 상담원께서는 단순 상담부서라고 말을 하시면서도, 자의적으로 약관을 해석해서 고객에게 단정적으로 말하신 거 아닌가요?"

"다시 한번 말씀드리지만 저는 약관에 적혀 있는 대로 안내 말씀을 드린 겁니다."

"그럼 지금까지 모든 B형 간염 보균 고객들에게 이렇게 상담을 했다는 말인가요?"

"설계사님, 지금 하시는 질문에 대해서는 제가 답변을 드릴 수가 없습니다."

"알겠습니다. 그럼 보상팀을 연결해주시겠어요?"

"보상팀이요?"

"네. 지금 말씀하신 내용을 담당하고 있는 부서가 보상팀 아닌가요?"

"알겠습니다. 그럼 제가 이 내용을 보상팀에 전달해서 담당자가 설계사분께 연락드리도록 하겠습니다."

"안녕하세요. 허수영 설계사님 되십니까. 저는 보상팀의 이
승희 대리입니다."

"네, 안녕하세요."

"내용은 대략 전달받았는데요. 특정 부위 부담보 특약 가입
되어 있는 것과 관련해서 보상 문의를 남겨주셨습니다. 제가 전
화드리기 전에 부담보 확인을 했는데, B형 간염을 저희 쪽에 고
지해주셔서 간, 담낭, 담관 전 기간 부담보 설정되어 있으신 걸
로 확인되시고요. 기본적으로 부담보가 전 기간으로 설정이 되
어 있으신 거라고 한다면 계약 전 기간, 그러니까 계약이 만기
될 때까지 이 부위에 대해 생기는 질병에 대해서는 보상을 하지
않는 걸로 가입이 되신 부분이세요. 다만 저희가 약관 관련해서
5년 관련한 문구는요. 최초 보험계약 청약하신 날로부터 5년
동안 이 해당 부위에 대한 질병으로 진단, 입원, 투약 등의 치료
를 받지 않았다는 게 확인되면 이 부담보를 설정을 하지 않겠다
는 내용이에요."

"네. 대략적인 내용은 지금 말씀하신 게 맞습니다만, 저는 5년
이내에 간과 관련해서 건강상에 아무런 문제가 없다면 부담보
를 해제하기로 보험사와 고객 사이에 약속이 되어 있다는 것을
다시 한번 확인하고자 연락드린 것입니다."

"어쨌든 제가 말씀드린 것처럼 5년간 지금 부담보가 간, 담
낭, 담관에 지금 설정되어 있다고 말씀드렸잖아요. 이 부위와

관련된 어떠한 검사나 치료 내역도 없으셔야 돼요. 말씀해주신 것처럼 당연히 이것과 관련된 진단이 없다고 한다면 저희가 그런 내용을 확인하고 5년이 경과했을 때는 약관상 문구를 적용해서 진행을 해드리는 부분이세요."

"치료 내역이 없어야 한다는 건 알겠는데, 어떠한 검사도 없어야 한다는 부분에 대해서 좀 더 자세히 설명해주시겠어요?"

"보통 저희가 말씀드리는 건 어떤 질병이나 그런 게 의심된다고 하면 추적 검사나 이런 걸 하잖아요. 그러한 검사도 모두 포함된다고 말씀드리는 거예요."

"추적 검사의 결과를 보고 나서 판단하는 게 아니라, 단지 추적 검사를 했다는 사실만으로도 이미 부담보 해제가 안 된다는 것인가요?"

"네. 그렇습니다."

"그건 좀 이상한데요. 이를테면 B형 감염 보균자는 6개월에 한 번씩 정기적인 검사를 받지 않습니까. 이것은 예방 차원에서 하는 검진이고 치료의 목적이 아닌데 이것도 안 된다는 말씀이신가요?"

"어쨌든 간염 보균자이기 때문에 6개월에 한 번씩 검사를 받아보셔야 한다고 하면, 그 검사도 저희가 말씀드리는 검사에 포함되는 부분이세요. 그런 내용들조차도 전혀 없으신 경우에만 부담보 제외가 되는 거예요."

"아니, 그건 모순이 아닌가요? 6개월에 한 번씩 정기검사를 받아야만 하는 사람을 보험에 가입시켜놓고, 5년 동안 검사를 한 번도 안 하면 부담보를 풀어준다? 이 말대로라면 결국 아무도 부담보를 풀어주지 않겠다는 얘기 아닌가요?"

"저희가 말씀을 드리는 거는요. 간염 보균자이기 때문에 그로 인해서 검사를 받으시는 거 자체가 어쨌든 간염으로 인한 검사에 해당되므로 부담보를 풀어드릴 수 없다고 말씀드리는 거예요."

"그러면 안 되죠. 대리님께서는 지금 약관을 굉장히 좁게 해석하고 계시거든요. 무슨 말이냐면 B형 간염 보균자에게 6개월에 한 번씩 받는 정기검진이 안 된다고 하는 것은, 당뇨 환자에게 '보험회사에서 보장을 받으려면 5년 동안 혈당 검사를 한 번도 하지 말라'라고 말하는 것과 같은 이치거든요. 이게 말이 안되지 않습니까. 제 생각에는 대리님께서 B형 간염에 대해 잘 모르시거나 조금 오해하고 계신 거 같아요. 6개월에 한 번씩 하는 검사는 치료 목적이 아니고 단지 상태를 확인하는 검사예요. 일반적인 건강검진과 다를 게 없습니다. 그러니까 그 결과가 중요한 것이지 검진 자체가 중요한 것은 아니라는 얘기예요. 만약 6개월에 한 번씩 하는 검사에서 간 수치가 나빠졌다거나, 바이러스가 비활동성에서 활동성이 되었다면 대리님의 주장대로 당연히 부담보를 풀어주지 않는 것이 맞습니다. 5년이 지나지 않은 상태에서 해당 부위에 치료를 받게 되었으니까요. 하지만 그것이 아니라 검사 결과가 여전히 정상이라면, 가입 당시 보험사에 고지한 상태와 다를 게 전혀 없지 않습니까. 그런데 왜 부담보를 풀어줄 수 없다는 건가요?"

"설계사님, 제가 말씀을 드린 건요. 간염 보균자이기 때문에 검사의 목적 자체가 이게 활성화가 되었느냐 아니냐를 확인하기 위해 받아보시는 경우잖아요. 그런 추적 검사도 부담보 해지 불가 사유에 포함된다고 말씀드리는 거예요. 그런 목적을 가지고 하는 검사는 어쨌든 추적 검사에 포함되기 때문에 청구가 어렵다고 말씀을 드리는 거예요. 약관상."

"약관 어디에도 추적 검사를 하는 경우에는 부담보를 풀어주지 않는다는 조항은 없습니다. 대리님, '특정 부위 질병 부담보 특별약관 제2조 3항'이 말하고자 하는 의의에 대해서 생각을 해주셨으면 좋겠어요. 3항에서 5년이 지난 후에는 부담보 특별약관을 적용하지 않는다고 단서 조항을 달아놓은 이유가 뭔가요. 5년 동안 건강하면 부담보를 풀어줄 수 있는 기회를 고객에게 주는 것 아닐까요? 그런데 건강 상태를 확인하는 검진을 했다는 이유만으로 평생 부담보를 풀어줄 수 없다는 것은 고객에게 너무 가혹한 해석이라는 생각을 지울 수가 없는데요."

"그 검사하시는 것 자체가 B형 간염에 대한 확인을 위해서 하시는 거잖아요. 그렇기 때문에 이건 단순 건강검진에 해당되지 않으세요. 추적 검사는 재진단을 위해서 하는 검사이고요."

대화가 제자리를 맴돌고 있었다. 한숨이 나왔다. 하지만 아무리 생각해도 이승희 대리의 말을 그대로 수긍할 수는 없었다.

"네. 대리님의 말씀은 잘 알겠습니다. 물론 동의를 하지는 않습니다만. 그래서 혹시 제가 이 문제에 관해서 다른 분과 더 얘기를 해볼 수 있을까요?"

"다른 분이라면 저희 팀장님을 통해서 상담을 받고 싶으시다는 건가요?"

"네."

"알겠습니다. 지금 바로는 힘들고요. 괜찮으시다면 오후에 연락을 드리도록 하겠습니다."

몇 시간 후 보상팀장에게 연락이 왔다. 그녀는 내부 논의를 해보고 내일 다시 연락을 줘도 되겠느냐고 물었다. 우리는 내일 2시에 다시 통화하기로 약속을 잡았다.

"안녕하세요. 보상팀장 이정연입니다."

"네. 안녕하세요."

"어제 문의하셨던 부분에 대해서 저희가 오늘 오전 회의 시간에 내부적으로 이야기를 했고요. 물론 단지 이 사안 때문에 회의를 한 것은 아닙니다만, 아무튼 회의에는 저희 자문을 맡고 계신 의사 선생님들도 참석을 했습니다."

"네. 그래서 어떤 결론이 나왔나요?"

"보상팀에서는 보험금 청구가 들어오면 고객분들의 과거력을 조사하게 됩니다. 그런데 비활동성 간염이다 보니까 아무래도 추적 검사를 하신다고 하셨잖아요. 그런데 이러한 추적 검사를 하신 사실 관계가 확인되면, 청약일로부터 5년 이후에는 보험에서 보장을 해드린다는 이 문구를 적용해드리기가 어렵다는 말씀을 드립니다."

"어제 상담했던 대리님하고 같은 말씀을 하시네요. 그럼 B형 간염 보균자는 5년 동안 병원에 가서 자신의 간 건강 상태를 확인해서는 안 된다는 말씀인가요?"

"그런 의미로 말씀드린 것은 아니고요. 저는 보상팀 입장에서 말씀을 드리는 거라서."

"그러니까요. 지금 보상팀의 입장에서 B형 간염 비활동성을 고지한 고객이 보험의 보장을 받으려면, 5년 동안 간 기능 검사를 받아서는 안 된다라고 말씀을 하시는 거냐고요."

"아닙니다. 설계사님. 그런 의미로 말씀드리는 게 아니라 고객이 고지한 질병과 약관에 규정되어 있는 내용을 가지고 말씀을 드리는 겁니다."

"저도 그 얘기를 하는 거예요. 지금 말씀하신 그 특별약관의 적용을 제외해주지 않는 사유에, 단순히 검진 차원에서 하는 간기능 검사가 포함되어서는 안 된다는 것입니다. 특별면책 조건의 내용 제3항에 대한 해석은 '고객이 5년 동안 간 기능 검사를 꾸준히 받고, 그 결과가 모두 정상이라면 부담보를 해지해준다'라고 해석하는 게 맞는 것이지, '한 번이라도 검사를 받으면 영원히 부담보를 풀어주지 않는다'라고 하는 것은 보험사의 횡포라는 말씀을 드리는 겁니다."

"박용수 고객님께서 진단받으신 게 비활동성 간염이잖아요? 그래서 부담보가 전 기간에 걸려 있는 것이고. 그런데 약관이 왜 이렇게 만들어졌냐는 것에 대해서는 보상팀에서 설명드리기 어려운 부분이고요. 지금 청약 전에 발병한 비활동성 간염에 대해서 6개월이나 1년에 한 번씩 체크 검사를 하시는 거잖아요. 저희는 보통 그것을 추적 검사라 말씀드리고, 그 진단에 대해 확인을 하시러 병원에 가시는 거잖습니까. 그렇기 때문에 이후에는 보험의 적용을 받을 수 없다고 말씀드리는 겁니다."

"팀장님. 똑같은 얘기를 오늘 또 반복해서 듣게 되네요. 제 입장에서는 팀장님이나 어제 대리님의 말씀이 주장만 있고 근거는 없는 것 같은데 제가 하나 물어봐도 되겠습니까?"

"네. 그러세요."

"박용수 고객처럼 보험 가입 당시에 전 기간 부담보가 걸릴 만큼 심각하게 받아들여지는 질병 중에서, 5년 동안 단 한 번도 검사를 받지 않아도 되는 질병이 뭐가 있을까요?"

"······."

"팀장님? 저는 아무리 생각해도 없는 거 같은데 하나라도 있다면 말씀해주시겠어요?"

"······."

"만약 그런 질병이 존재하지 않는다면, 삼진생명의 약관 해석에 따라 대한민국의 그 누구도 한번 부담보가 적용되면 영원히 그 부담보를 해제하는 것은 불가능하겠군요. 그렇죠? 전 기간 부담보가 잡힐 정도의 질병에 걸린 사람이라면 누구든 최소한 5년에 한 번은 해당 질병에 대한 검사를 받아야 하니까요."

"설계사님, 제가 의료인은 아니기 때문에 의학적인 부분은 대답을 드리기 어렵습니다. 다만 B형 간염 비활동성의 경우는 검진을 하러 가는 이유가 고지한 그 질병에 대한 확인이기 때문에 문제가 된다고 말씀을 드리는 겁니다."

"네. 그러니까 제가 여러 번 말씀드렸지만 질병에 대한 그 확인의 결과가 중요한 것이지 왜 확인을 하는 행위만을 가지고 그것은 안 된다고 하느냐는 말입니다. 확인 결과가 비활동성이라면 보험 가입 전에 이미 보험사에 고지한 건강 상태와 다를 게 없지 않습니까. 달라진 게 전혀 없는데 왜 마치 고객이 어떤 약속이나 룰을 어긴 것처럼 불이익을 받아야 하는 거죠?"

"같은 말이 반복돼서 너무 죄송하지만 그것은 문제가 됩니다. 과거에 진단받은 것에 대해서 그것이 변화가 있는지 없는지를 확인하기 위해서 검사를 받으시는 거잖아요. 이것은 저희가 단순 건강검진으로 볼 수가 없고, 그렇기 때문에 문제가 된다고 말씀을 드리는 겁니다. 제가 순수하게 저의 의견만 갖고 답변을 드리는 것은 아니고요. 이것이 보상팀의 결론이기 때문에 제가 다른 답변을 드릴 수는 없습니다."

"네. 유감이로군요. 아무튼 알겠습니다."

전화를 끊고 나는 한동안 마음을 추슬러야 했다. 지점에서는 아침마다 고객의 행복을 지키기 위해서 우리가 나서야 한다고 교육을 하면서, 정작 자신들은 이런 식으로 일을 하고 있었단 말인가. 그동안 대체 얼마나 많은 B형 간염 보균자들이 이와 같은 이유로 보험의 적용을 받지 못했을까. 이제는 단순히 사카이만의 문제는 아니라는 생각이 들었다. 나는 사카이를 호출했다.

"공부하는데 미안하지만 우리 사무실로 좀 와야겠다."

"왜?"

"나랑 같이 뭐 좀 써야겠다. 글빨 하면 또 사카이 아니냐?"

"연애편지라도 쓰시게?"

"그래, 금융감독원에 연애편지 한 통 찐하게 쓰자."

사카이는 또 깔깔이를 걸치고 왔다. 제대할 때 챙겨온 최상급이라더니 어느새 국방색은 누렇게 빛이 바래 있었다.

"그게 사계절용이 아닐 텐데?"

깔깔이를 가리키며 내가 물었다.

"독서실이 여름엔 에어컨 때문에 춥고 봄 가을 겨울엔 그냥 춥다. 햇볕이 안 들어 거기가. 독서실 한 번 안 가본 니가 뭘 알겠냐. 먹이를 찾아 산기슭을 어슬렁거리는 하이에나를 본 일이 있냐?*"

사카이는 마치 제 집인 양 냉장고에서 콜라캔을 꺼내 소파에 앉았다. 나는 사카이에게 삼진생명 보상팀과 이틀 동안 상담한 내용을 들려주었다. 통화는 모두 녹음하고 있었다. 기자 시절부터 몸에 밴 습관이었다. 그리고 이제 사카이가 선택할 수 있는 것은 두 가지라고 말해주었다. 첫 번째는 금융감독원에 불완전판매로 나에 관한 민원을 제기하는 것이다. 보험 가입 당시에 내가 설명했던 '특정 부위 질병 부담보 특별약관 제2조 3항'이 사실과 달랐고 이로 인해 본인이 받을 피해를 주장하면 된다. 나는 불완전 판매를 인정할 것이다. 그러면 사카이는 지금까지 낸

---

* 조용필, 〈길리만사로의 표범〉 가사.

보험료를 모두 돌려받을 수 있고 계약은 취소될 것이다. 두 번째 는 금융감독원에 삼진생명을 대상으로 민원을 제기하는 것이 다. 부담보 특별약관에 대한 삼진생명과의 논쟁과 관련하여, 삼 진생명 측의 약관 해석에 대한 부당함을 호소하는 것이다. 물론 금융감독원이 약관 해석에 대한 최종적인 판결을 내리는 곳은 아니다. 그러나 만약 금융감독원이 삼진생명의 약관 해석에 대 해 시정을 권고한다면, 사카이는 물론, B형 간염 보균자와 보험 사 사이의 부담보 계약에 대한 좋은 선례를 남길 수 있다. 그러 나 보험사가 금융감독원의 권고도 받아들이지 않는다면 그다 음은 소송까지도 각오해야 한다. 사카이는 잠시 고민하는가 싶 더니 두 번째를 선택했다. 사카이 본인뿐만 아니라 B형 간염 환 우들을 위한 선택이라고 했다. 우리는 서로를, 연대의 힘을, 무 엇보다 세상의 변화를 믿고자 했다. 아니, 믿고 싶었다.

금융감독원 앞으로 쓴 장문의 글 제목은 'B형 간염 비활동 성 보균자에 대한 부담보 해지 관련 약관 해석의 부당함'이었 다. 쓰다 보니 너무 길어져서 금융감독원 홈페이지에는 요약해 서 쓰고, 전문은 한글 파일과 메모장 파일을 첨부해서 넣었다. 그리고 약관의 '특정 부위 질병 부담보 특별약관 제2조 3항' 부 분도 사진을 찍어서 함께 첨부했다. 민원을 접수하고 나니 마음 이 무거웠다. 봄봄 FA 지점을 대상으로 민원을 제기한 것은 아 니었다. 하지만 금융감독원에 고객이 민원을 넣었다는 사실만 으로, 해당 보험의 계약 지점에도 어떤 식으로는 안 좋은 영향이 미칠 것이다. 문득 함께 일하던 동료들이 떠올랐다. 호식이와 혁이를 통해 지점의 소식은 계속 전해듣고 있었다. 내가 나가면서 4팀은 공중 분해되었고, 오 팀장은 다른 보험사에 팀장으로 갔다고 했다. 이번에도 진숙 선배와 함께. 파트장은 여전히 의욕이 넘치지만 지점의 실적은 계속 떨어지고 있었다. 그리고 최명석 FA는 요즘 장 팀장과 차를 바꿔 탄다고 했다. 최명석 FA의 제네시스를 장 팀장이 타고, 장 팀장의 마티즈를 최명석 FA가 타고 다닌다는 것이다. 그곳은 정말 이해할 수 없는 일이 너무 많았다. 돌이켜보면 추억도 많았지만 그래도 나오길 잘했다는 생각에는 변함이 없었다.

뱅크 오브 네버랜드

트윈스데이는 생각보다 매출이 나오지 않았다. 오프라인 매장과 달리 온라인 쇼핑몰은 오픈을 해도 아무도 그 사실을 알 수가 없다. 광고를 하기 전까지는 인터넷이라는 망망대해의 작은섬에서 혼자 좌판을 펼쳐놓고 있는 것과 마찬가지인 셈이다. 우리는 우선 포털에서 운영하는 가격비교 사이트에 입점했다. 그러나 '아동복' 같은 1차 키워드나 '아동복 쇼핑몰' 같은 2차 키워드는 등록된 상품들이 워낙 많다 보니, 트윈스데이의 상품은 수십 페이지 뒤에 가야 하나 보일까 말까였다. 그나마 상위 페이지에 노출되는 것은 '쌍둥이 민소매 원피스' 같은 3차 키워드였지만, 그것은 검색 빈도나 클릭수가 너무 적었다. 그래서 쇼핑몰 운영자들이 가장 많이 하는 것은 포털사이트의 키워드 광고였다. 이를테면 누군가 검색창에 '아동복'이라고 검색했을 때 맨 위에서부터 나오는 열 개의 링크들. 그게 다 광고였다. 사이트와 블로그, 카페 등의 검색 결과보다도 먼저 보이는 그 열 줄의 자리를 차지하기 위해 온라인 쇼핑몰들 사이에선 전쟁이 벌어지고 있었다. 포털사이트에 가장 비싼 입찰 금액을 써낸 업체가 승자가 된다. 그렇게 1위부터 10위까지가 정해지고 그들이 검색 페이지의 상단을 차지한다. 11번째로 높은 금액을 적어낸 업체는 웹페이지에 노출되지 않는다. 놀라운 것은 키워드의 단가였다. 그것은 경쟁 업체 수와 입찰 가격에 따라 그날그날 달라지지만, '아동복'의 경우 한 번 클릭할 때마다 나가는 비용이 대략 400원 내외였다. 그러니까 만약 내가 아동복 키워드에 500원을 입찰했다면, 나보다 더 비싼 금액을 제시한 업체가 없을 경우 트윈스데이는 '아동복'의 검색 결과 최상단에 노출된다. 그리고 '아동복'으로 검색한 누군가 트윈스데이의 링크를 클릭하는 순간 내 적립금에서 500원이 빠져나간다. 그 고객이 트윈스데이에 들어와서 물건을 사든 안 사든, 1분을 머물든 1초 만에 바로 나가든 상관없다. 해당 포털사이트의 '아동복' 키워드를 통해서 트윈스데이로 유입이 이뤄졌으니 나는 광고비를 내야 하는 것이다. 키워드 광고비는 무시무시했다. 대표키워드를 선점한 만큼 쇼핑몰로의 유입은 확실히 늘지만 통장에서 만 원이 사라지는 게 순식간이었다. 게다가 구매 전환율은 처참한 수준이었다. 구매 전환율을 높이기 위해 상품명에 색상을 덧붙이는 식의 세부키워드를 구매했지만 이번에는 유입율이 너무 적었다. 우리는 키워드 광고를 일주일 만에 포기했다. 우리의 적은 예산으로는 감당을 할 수도, 기대하는 효과를 볼 수도 없었다. 대신 에디가 아주 흥미로운 카페를 찾아냈다. '중고나라'였다.

에디의 중고차를 알아보려 웹서핑을 하다 알게 된 중고나라는 집에서 사용하던 중고 물품만 거래하는 게 아니었다. 우리처럼 새 상품을 저렴히 팔거나, 중고를 전문적으로 파는 '업자'도 많았다. 회원 수가 수백만 명이다 보니 별의별 물건이 다 있었다. 우표 수집책부터 각종 골동품은 물론이고 대통령 기념 시계까지. 우리는 시험 삼아 트윈스데이의 상품을 올려봤다. 상품소개글에 '선물받았는데 사이즈가 안 맞아서 저렴히 올려요'라고 썼다. 어차피 우리가 국내 최저가 아니던가. 반응은 폭발적이었다. 올리는 족족 구매하고 싶다는 연락이 왔다. 나는 밤새사진을 찍어 아예 게시글 하나에 10벌 정도의 옷들을 한꺼번에올렸다. 하루 종일 휴대폰 문자로 들어오는 주문을 정리해 내가에디에게 전달하면 에디가 택배를 포장하고 발송했다. 200벌을 일주일 만에 팔았다. 수기 송장을 쓰다가 손목이 아파 죽겠다고 에디가 엄살을 떨었다. 드디어 대박이로구나 하는 순간 늘그렇듯 문제가 발생했다. 첫 번째는 포털사이트 아이디였다. 어느 날 글쓰기 버튼을 클릭하자 팝업창이 떴다. '아이디당 게시글 등록 제한을 초과해 신규 게시글 등록이 제한됩니다.' 카페에 도배글이 넘쳐나자 포털사이트 측에서 아이디당 글쓰기 횟수를 월 50회로 제한한 것이다. 두 번째는 제프였다. 추가 주문을 하려는데 더 이상 물건을 부칠 수 없다는 연락이 왔다. 개인적인 사정이 생겨서 미국으로 돌아간다는 것이다. 그럼 에디가직접 중국으로 들어가서 물건을 가져오면 안 되겠느냐고도 해봤지만 아동복 공장 쪽과도 문제가 생겨 곤란하다는 답이 돌아왔다. 난감했다. 포털사이트 아이디는 친구들 것을 모아본다지만 물건은 어떻게 할 방도가 없었다. 나와 에디는 넋 나간 사람처럼 모니터만 바라보고 있었다. 그때 에디가 턱을 매만지며 말했다.

"그냥 중고 옷을 팔까?"

"중고 옷?"

"그래. 중고나라잖아."

"중고 옷이 어디 있는데?"

"아파트에 의류 수거함 있잖아."

"아하!"

우리는 그 길로 차를 끌고 주변 아파트를 돌았다. 의류 수거함에는 두 종류가 있었다. 뚜껑이 열리는 것과 열리지 않는 것. 뚜껑이 열리지 않는 것은 포기하고, 뚜껑이 열리는 의류함을 설치한 아파트 단지를 돌며 옷들을 쓸어담았다. 버려진 물건에 주인이 있을 리 없었다. 그래도 왠지 찜찜한 기분이 들어서 눈치껏 경비실과 멀리 떨어진 수거함 위주로 작업했다. 자동차 트렁크와 뒷좌석은 금세 옷과 신발, 가방들로 가득 찼다. 만선이었다. 사무실로 돌아오는데 그렇게 기분이 좋을 수가 없었다. 우리는 사무실 바닥에 옷들을 부려놓고 분류를 시작했다. 바로 팔수 있는 것, 세탁하면 팔 수 있는 것, 그냥 버려야 할 것. 비율은 대략 1:2:1 이었다. 에디는 바로 보풀 제거기와 중고 세탁기를 주문했다. 세탁기는 30분 만에 배달이 왔다. 그런데 세탁기를 설치하려던 중고 가전 사장님이 머리를 긁적였다.

"어?"

"왜요?"

"여긴 배수구가 없는데요?"

"어라? 그러네?"

사무실에 수도는 설치가 되어 있는데 아무리 찾아봐도 배수구가 없었다.

"이런 경우는 처음 보네."

"그러게요. 대체 무슨 생각으로 이렇게 지은 거지?"

"아마도 정수기 때문에 만들어놓은 거 같아요. 설마 여기에 세탁기를 놓을 거라고는 생각하지 못했겠죠. 그나저나 어떻게 할까요?"

사장님이 머리를 긁적이며 물었다. 사무실 밖에 있는 화장실은 너무 좁아서 세탁기를 설치할 수가 없었다.

"그냥 사무실에 설치해주세요."

에디가 말했다.

"배수는 어떻게 하고요?"

"제가 알아서 할게요."

사장님이 가신 후 나는 사무실 벽 중에서 비교적 깨끗한 쪽을 골라 부착식 옷걸이를 붙였다. 그리고 세탁 안 하고도 팔 만한 옷들을 가져와 하나씩 촬영하기 시작했다. 형광등 아래서도 사진은 그럭저럭 쓸 만하게 찍혔다. 책상에 있던 스탠드를 가져다 보조 조명으로 사용하며 한참을 촬영하고 있는데, 사무실 문이 덜컥 열리더니 에디가 시퍼런 통 두 개를 어깨에 메고 들어왔다. 정수기 물통이었다.

"그게 뭐야?"

"배수통."

에디는 정수기 물통 하나를 세탁기 배수구 호스에 연결했다. 잠시 후 세탁기가 요란한 소리를 내며 돌아가기 시작했고, 중간중간 물이 배출될 때마다 에디가 물통을 바꿔 끼워가며 몇 번씩 화장실을 들락거렸다. 차라리 손빨래가 편하지 않겠나 싶었지만 에디는 뿌듯한 얼굴로 콧노래를 불렀다. '쉽'이 충만해져 있었다. 덕분에 중고의류 판매도 성공적이었다. 점퍼나 코트는 무조건 만 원, 티셔츠, 남방, 바지는 3~4천 원에 올리니 안 팔릴 수가 없었다. 다른 판매자들과 가격 비교 자체가 되지 않았다. 5만 원을 주고 산 바지를 4천 원에 올리기는 힘들어도, 그냥 가져온 바지를 4천 원에 올리기는 쉬우니까. 우리는 우리만의 카페도 만들었다. 한 번이라도 거래한 고객은 단골로 붙잡아 두기 위해 옷을 보낼 때 우리 카페 주소가 적힌 안내문을 함께 보냈다. '저희 카페로 오시면 언제든 매일 업데이트되는 물건을 보실 수 있어요.' 카페 이름은 '뱅크 오브 네버랜드'로 지었다. 보험영업을 할 때 자료 정리를 하느라고 만들어놓은 블로그 이름이었다. 네버랜드의 회원 수는 금세 늘어났다. 네버랜드의 회원 수가 천 명 정도만 돼도 그다음부터는 중고나라가 아니라 네버랜드만으로도 안정적인 매출이 가능할 것 같았다. 그날이 올 때까지 우리는 쉴 없이 달려야 했다. 내가 늦은 밤까지 촬영과 포토샵 작업을 하고 들어가면 에디는 새벽에 나와서 세탁기를 돌리고 다림질을 했다. 다시 내가 오전에 나오면 함께 중고나라에 상품을 올리고, 택배를 싸고, 물건을 수거하러 다녔다. 그런데 사무실 바닥에 물건을 잔뜩 쌓아놓고 잠시 한숨 돌리는 사이, 웹서핑을 하던 에디가 심각한 얼굴로 나를 불렀다.

"잠깐 와서 이것 좀 볼래?"

에디는 포털사이트의 기사를 보고 있었다. 그 기사의 제목은 '의류 수거함 털어 재판매한 사십대 구속'이었다.

버려진 물건에도 주인이 있었다. 아파트 분리수거장에 파지, 플라스틱, 의류함을 설치하기 위해 여러 자원들이 서로 치열하게 경쟁한다는 것을 그제야 알게 되었다. 그것은 키워드 광고와 마찬가지로 경쟁 입찰 방식이었다. 가장 비싼 금액을 적어낸 업체가 1년간의 재활용품 수거권을 갖게 된다. 그러니 의류함에 들어 있는 옷들은 누군가의 쓰레기가 아니라, 자원이 비싼 돈을 내고 수거한 상품이었던 것이다. 나는 아파트 관리사무소에 전화를 걸었다. 주인이 있다면 그 주인을 찾아야 했다.

"여보세요. 그린 아파트 관리사무소입니다."

"네. 안녕하세요. 아파트에 의류함 설치한 업체 연락처 좀 알 수 있을까요?"

"무슨 일 때문에 그러시죠?"

"아, 네. 제가 중요한 물건을 옷 속에 넣은 채로 의류함에 버려서요."

"네. 그러시다면 거기가…… 자원 이름은 삼진 자원이고요.

전화번호는 253-XXXX 입니다."

우연 치고는 좀 묘했다. 하필이면 자원 이름이 삼진이라니. 삼진을 박차고 나왔는데 나와 에디는 또 다른 삼진의 문 앞에 서 있었다. 자원이라고 해서 동네 고물상을 떠올렸던 우리는 그 규모에 놀라지 않을 수 없었다. 대충 봐도 초등학교 운동장보다 더 넓어 보이는 땅에 구역별로 고철과 파지, 각종 재활용품과, 옷들이 수북이 쌓여 있었다. 한쪽에는 파지 압축기가 거대한 쇳소리를 내며 컨테이너 박스 절반만 한 파지 덩어리들을 토해내고 있었고, 또 다른 한쪽에서는 집게차가 연신 고철들을 들어올려 트럭에 싣고 있었다. 우리는 사무실로 들어갔다.

"안녕하세요. AP 글로벌에서 나왔습니다."

책상에 앉아 장부를 들여다보던 사장이 걸어 나와 악수를 청했다. 목에는 수건을 두르고 피부는 새카맣게 그을려 있었다.

"무역회사에서 왔어요? 수출하시려고?"

"아니요. 저희는 무역회사는 아니고요. 아까 전화드렸었는데 수거하신 옷들을 저희가 좀 골라갈 수 있을까 해서요."

"아, 내수? 난 또 회사 이름이 무슨 글로벌이라고 그래서. 근데 내수하시려면 여기 일을 좀 거들어야 하는데 괜찮겠어요?"

"여기 일이라면 어떤……."

"우리가 의류를 실어올 때 신발, 가방, 커튼, 가죽이 다 섞여 오니까. 옷을 고르면서 그걸 제각각 분류해줘야 돼요. 가끔 쓰레기도 섞여 있고 그러니까."

"네. 그런 거라면 저희가 얼마든지 하겠습니다."

"그래요. 그럼 의류 집하장 쪽으로 가면 직원이 있을 거예요. 그 직원한테 말해놓을 테니까 그리로 가봐요."

"네. 그런데 저희가 가져가는 단가는 어떻게 되나요?"

"그거야 뭐 1, 2, 3이지."

"1, 2, 3이요?"

"티는 1천 원, 춘추는 2천 원, 잠바 코트는 3천 원."

의류함을 터는 것보다 집하장에서 옷을 고르는 게 훨씬 나았다. 대체 이런 걸 왜 버리고 싶은 옷들이 의외로 많았다. 태그가 달린 새 상품이나 명품들도 심심치 않게 나왔다. 분류 작업은 힘들었지만 보물찾기하는 재미에 시간 가는 줄 몰랐다. 나와 에디는 먼지를 잔뜩 뒤집어쓴 채 옷더미에 파묻혀 있는 서로를 보고 배꼽을 잡았다. 그렇게 한바탕 웃고 나면 눈가에 눈물이 맺혔다. 우리가 하다하다 이제는 쓰레기 더미에서 구르고 있구나. 그런데 이건 그냥 쓰레기가 아니었다. 그야말로 황금알을 낳는 거위였다. 우리는 노스페이스 바람막이를 2천 원에 사가지고 가서 4만 원에 팔았다. 천 원에 가져온 박찬호의 텍사스 레인저스 친필 사인 유니폼은 18만 원에 팔았다. 그나마도 유니폼 상단에 김칫국물 자국이 있어서 2만 원을 깎아준 거였다. 삼진 자원은 그야말로 금광이었다. 매일 삼진으로 출근하게 되면서 우리는 정장 바지 대신 리바이스 청바지를 꺼내 입었다.

금융감독원에 민원을 넣은 지 한 달 정도가 지났을 무렵 전화 한 통이 걸려왔다.

"안녕하세요. 금융감독원에 접수하신 민원의 담당자 김상미입니다."

"네, 안녕하세요."

"박용수 님께 전화를 드렸는데 담당 설계사이신 허수영 님과 통화를 하는 게 좋을 거 같다고 해서 전화드렸습니다."

"네. 제가 보험 일을 그만둔 상태라 현재는 담당 설계사가 아니지만, 아무튼 박용수 고객과 상의 후 함께 민원을 접수했습니다."

"접수해주신 민원은 그동안 저희가 신중하게 검토했고요. 사실 민원 결과에 관해 대개는 홈페이지로 회신을 드리는 선에서 끝내는 게 보통입니다. 그런데 제가 이렇게 직접 전화를 드린 것은 접수해주신 민원의 내용이 대단히 중요한 사안이라고 생각했기 때문입니다."

"네. 신경 써주셔서 감사합니다."

"민원을 접수받고 저희가 보험사에 정식으로 답변 제출을 요구했고요. 보험사 측 답변 제출이 지연되어서 처리 결과가 오래 걸린 점 양해 부탁드리겠습니다."

"네."

"그럼 결론을 말씀드릴게요. 우선 보험사에 '박용수 고객에게 부담보 해지는 안 된다고 단정적으로 말한 것을 사과하라'고 했습니다. 아마 따로 연락이 갈 겁니다."

"네."

"다만 약관상에 '특별면책조건의 내용'을 보면 부담보 특별약관의 적용 여부를 5년 이후부터 판단하게 되어 있지 않습니까? 그런데 지금 보험에 가입하신 지 5년이 지나지 않았기 때문에 현시점에서 이를 판단하는 것은 별 의미가 없다고 봅니다. 따라서 5년이 지난 후에 다시 민원을 제기해주시면 그때 판단하는 것으로 결정하였습니다."

"네? 5년을 기다리라는 말인가요?"

"소송으로 가더라도 현 시점에서는 박용수 고객에게 큰 의미가 없지 않겠습니까? 승소하더라도 어차피 박용수 고객이 적용받는 것은 아니니까요."

"네. 그렇기는 합니다만."

"그러니 5년 후에 다시 민원을 제기하시면 그때 어떤 식으로든 결론을 내도록 하겠습니다. 그럼 제가 오늘 중으로 홈페이지에 민원에 대한 회신을 하도록 하겠습니다. 늦어도 저녁에는 확인하실 수 있으실 겁니다."

"네. 알겠습니다."

몇 시간이 지난 후 확인해본 회신의 처리 내용에는 이렇게 적혀 있었다.

1. 금융감독원은 금융소비자가 겪는 어려움과 각종 불편사항을 해결하기 위해 항상 노력하고 있습니다.

2. 우리원에 접수(접수번호 : 20XXXX)된 귀하의 민원에 대한 회신입니다.

3. 귀하는 5년 이후 해당 질병에 대한 별도의 재진단 또는 치

료기록이 없으면 부담보 특별약관을 적용하지 않는다는 약관조항에도 불구하고, 관련보험사(삼진생명보험(주))가 일방적으로 이를 적용하지 않는다고 하는 것은 부당하다는 내용으로 우리 원에 민원을 신청하셨습니다.

4. 먼저, 해당 보험 48. 특정부위·질병 부담보 특별약관 제2조(특별면책조건의 내용) 제3항에 의하면, 제2항에서 회사가 보험금을 지급하지 않는 기간을 「보험계약의 보험기간 전체」로 적용한 경우 최초 보험계약 청약일로부터 5년 이내에 제1항 제1호에서 정한 특정부위에 발생한 질병, 또는 제1항 제2호에서 정한 특정질병으로 재진단 또는 치료를 받지 않은 경우에는 최초 보험계약 청약일부터 5년이 경과한 이후에는 이 특별약관을 적용하지 아니한다고 규정하고 있음을 알려드립니다.

- 이에, 관련 보험사는 귀하의 계약은 현재 청약일부터 5년이 경과하지 않아 해당 약관의 적용 여부를 확정하기 어려운 형편이므로, 추후(보험계약 청약일부터 5년이 경과한 이후) 동 특별약관의 적용 여부를 판단할 예정이라고 답변하였습니다.

- 다만, 관련 보험사는 본 건 민원처리과정에서 귀하에게 불편을 끼쳐드린 부분에 대하여는 깊이 사과드리고, 추후 동일한 사안이 발생하지 않도록 업무에 만전을 기할 것이라고 우리 원에 보고하여왔음을 알려드리오니 이 점 깊은 이해 있으시기 바랍니다.

5. 귀하와 귀하의 가정에 건강과 행복이 함께 하시기를 기원합니다.

민원 담당자의 말과 달리 삼진생명의 그 누구도 사카이에게 사과 전화를 하지 않았다. 대신 사카이는 많은 이들로부터 축하 전화를 받았다. 7급 공무원 시험 합격자 명단에 사카이의 이름이 있었던 것이다. 그런데 사카이가 응시한 시험은 9급이었다. 사카이는 처음엔 자기가 아니라고 솔직히 말하다가 나중에는 축하해줘서 고맙다고 하고 전화를 끊었다. 차라리 그 편이 전화를 더 빨리 끊을 수 있었기 때문이다. 7급 합격자 명단의 이름은 동명이인이었다. 9급 합격자 명단에는 사카이의 이름이 없었다.

"사카야, 나와서 알바나 해라."

돈이 다 떨어졌는지 사카이는 의외로 순순히 사무실로 나왔다. 사카이의 역할은 나와 에디가 물건 하러 간 사이에 빨래를 돌리고, 옷을 널고, 다림질을 하고 그 틈틈이 중고나라에 상품을 올리는 일이었다. 중고나라 의류 카테고리에는 워낙 많은 판매글들이 올라오기 때문에 우리가 새 글을 올려도 순식간에 다음 페이지로 밀려났다. 가전제품이나 그 외 다른 중고 물품과 달리 의류는 검색해서 원하는 상품을 찾는 데는 한계가 있었다. TV나 냉장고처럼 모델명이 있는 것도 아니고, 특정 브랜드명으로 검색을 해도 워낙 많은 상품들이 나오기 때문이다. 게다가 검색어 테러도 빈번했다. 자신의 판매글 하단에 온갖 키워드 수백개를 복사해 붙여놓고 글자 색상을 하얀색으로 바꿔서 숨겨놓는 꼼수였다. 그렇게 해서 모든 검색 결과에 자신의 판매글을 노출시키고자 하는 판매자들이 제법 있었다. 타이어를 팔면서 왜 꽃무늬 원피스의 검색 결과에 자신의 글을 노출시키고 싶어 하는지 우리로선 이해하기 힘들었다. 중고나라에서 물건을 가장 많이 파는 방법은 역시 자신의 판매글을 첫페이지 상단에 자주 노출시키는 것이다. 뒤쪽 페이지로 넘어갈수록 당연히 사람들의 시선에서도 멀어졌다. 그래서 사카이가 뒤로 밀린 글을 복사해서 새 판매글을 작성했다. Ctrl+C와 Ctrl+V의 무한 반복이었다. 물론 아이디당 게시글 수 제한이 있기 때문에 최소한의 시간 간격을 유지했다. (게시글 수 제한은 매월 1일이면 리셋되었다.) 우리에게는 인맥을 총동원해 빌려온 30개의 아이디가 있었다.

낯선 사내로부터 전화를 받은 것은 자원에서 일을 마치고 막 사무실로 들어설 때였다.

"안녕하세요. 중고나라 판매자분 맞으시죠?"

"네, 그런데요?"

"중고나라에 판매글 올리신 거 봤는데요."

"네."

"옷을 사려고 전화한 건 아니고요. 저기, 프로그램 어떤 거 쓰시나 궁금해서요."

"무슨 프로그램이요?"

"제가 중고나라에서 그쪽 글이 계속 올라오는 거 봤거든요. 그거 프로그램으로 올리는 거 아니에요?"

"아니요. 제가 직접 올리는 건데요?"

"그 많은 걸 다 수작업으로 하신다구요?"

"다들 그렇게 하는 거 아니었나요?"

"아…… . 알겠습니다. 그럼 실례했습니다."

사내는 황급히 전화를 끊었다. 예상치 못한 답변에 당황한 눈치였다. 옆에서 듣고 있던 사카이가 물었다.

"무슨 전화야?"

"글쎄, 중고나라에 무슨 프로그램으로 올리냐는데?"

"프로그램? 그런 게 있었어?"

사카이가 눈을 반짝이더니 뭔가를 검색하기 시작했다. 그러더니 곧 유레카를 외쳤다.

"그래, 21세기에 복붙 노가다가 웬 말이냐. 자, 얼른 와서 이것 좀 봐."

나와 에디는 사카이의 PC 앞으로 모였다.

"여기가 프로그램 거래 사이트거든. 그러니까 프로그래머들의 오픈 마켓이라고 생각하면 돼."

그 사이트에는 사카이의 말대로 별의별 프로그램이 다 있었다. 주식 매매일지 프로그램부터, 각종 사무, 교육 프로그램, 포털사이트 쪽지 대량 발송 프로그램과 블로그 상위 노출 프로그램까지. 그리고 그중에는 '중고나라 게시글 자동 등록기'라는 프로그램이 있었다. 한 달 사용료는 10만 원이었다.

"이걸 어떻게 하는 거지?"

"이 프로그램을 설치하고 게시글을 미리 입력시켜놓으면, 설정한 시간 간격에 따라 자동으로 중고나라에 글을 올려준

대.”

사카이가 상품 설명서를 읽고 말했다.

“와, 그럼 이제 24시간 내내 자동으로 글을 올릴 수 있는 거야?”

에디가 말했다.

“잠깐, 그런데 아이디는?”

“그렇지. 이 프로그램이 제 기능을 발휘하려면 포털사이트 아이디가 많아야 하는데.”

사카이가 다시 프로그램 상품설명서를 들여다봤다. 그리고 Q&A 카테고리에서 그 답을 찾아냈다. 이미 우리가 궁금해하는 것을 질문한 사람이 있었다. ‘아이디당 게시글을 한 달에 50개밖에 못 쓰는데, 그럼 그다음은 어떻게 하나요?’ 질문에는 이런 답글이 달려 있었다. ‘아이디는 각자 알아서 구매하시면 됩니다. 검색창에 포털사이트 아이디 구매라고 쳐보세요’

사카이는 답글대로 ‘포털사이트 아이디 구매’라고 검색했다. 그러자 거짓말처럼 수많은 판매글들이 올라왔다.

“와, 별걸 다 파는구나.”

우리는 새삼 감탄했다. 판매글에는 메신저 아이디가 적혀 있었다. 우리는 호기심에 말을 걸어보기로 했다.

「안녕하세요. 포털사이트 아이디 문의드려요.」

「네. 안녕하세요. 개당 500원이에요.」

「저희가 중고나라에 상품을 올리려고 하는데 그런 것도 가능한가요?」

「물론이죠. 여러분이 쓰고 계신 아이디랑 똑같은 거예요.」

「그럼 이거 혹시 해킹한 건가요?」

「아하하. 왜요? 찜찜하세요?」

「아무래도. 그건 좀 곤란하죠.」

「걱정하지 마세요. 생성 아이디도 있어요. 그건 개당 천원이에요.」

「생성 아이디는 뭐죠?」

「가상 주민번호로 우리가 만든 거예요. 한마디로 아무도 사용하지 않은 새 아이디예요. 로그인이 안 될 시 저희가 24시간 내로는 다 A/S 해드려요. 그럼 이걸로 하시겠어요?」

우리는 서로를 쳐다봤다. 셋 다 입가에 알듯 모를 듯한 미소를 머금고 있었다. 나는 처음으로 우리가 좀 닮은 것 같다는 생각이 들었다. 대답이 없자 모니터 안의 누군가가 '저기요' 하고 우리를 불렀다. 그때 헹굼 모드에 들어갔던 세탁기가 물을 뿜어내기 시작했다. 18리터의 생수통에 빠르게 물이 차오르고 있었다. 우리는 서로에게 대답을 떠넘기듯 앞다투어 세탁기 앞으로 달려갔다. 마치 연사로 찍힌 사진처럼 서로가 서로를 흉내 내듯이.

해를 묻은 오후

눈을 감으면 더 선명하다

모든 걸 다 안다고 생각하는 순간 순식간에 시시해져버린 여름, 우리는 둑방을 따라 안개의 도시에서 열리던 축제에 갔다 너무 빨리 늙어버렸다는 얼토당토않은 체념을 뒤로 한 채로, 아무리 고무총을 쏘아대도 넘어지지 않는 인형들과, 바람잡이만이 던져넣을 수 있는 고리들과, 술 취한 사내가 뽕짝에 맞춰 춤을 추던 귀신의 집을 지나서, 애들은 가라던 빙고 천막 뒤에 앉아 쭈쭈바를 빨았다

눈을 감으면 더 선명하다

그 여름의 햇빛은 너무나 눈부셨고, 눈부시기만 해서 아무것도 볼 수 없었고, 축제는 또한 그토록 시시했지만, 우리는 미친개처럼 보랏빛 혓바닥을 할딱거리며 야시장 바닥을 돌아다녔다 흥분한 사내들이 고무총을 부러뜨리는 간이 사격장을 지나, 바람잡이가 아직도 고리를 던지고 있는 포장마차를 지나, 매표소 직원이 술 취한 사내의 멱살을 잡아끌던 귀신의 집을 지나서, 1부터 25까지 우리들의 나이를 호명하는 빙고 천막 뒤에 앉아 담배꽁초에 불을 붙였다

아직, 눈을 감으면 더 선명하다

몇 번의 기침만으로 꽁초는 완전히 쪼그라들었고, 그렇지만

어른들도 그렇게 금방 쪼그라들었고, 선도부 선생에게 끌려가 다시 처박힌 교실에서 우리는, 야바위꾼과 바람잡이와 주정뱅이를 닮아갔다

　세상을 속이고 있다고 생각했던 철부지가 어디 우리들뿐이 었을까

epilogue

"우리가 예전에 돈 벌면 사려고 했던 망한 극장 있잖아. 기억나?"

에디가 술을 따라주며 말했다. 왼손잡이인 그의 손목에서 금장 시계가 빛나고 있었다.

"기억나지. 거기서 아직도 등산복 땡처리 행사 같은 거 하고 그러잖아."

"그래. 아까 오다가 봤어. 보니까 옛날 생각나더라."

우리는 미래로 시간 이동을 할 순 없지만 과거로는 할 수 있다. 에디와 오랜만에 마주 앉아 술잔을 기울이니 AP 글로벌 시절로 돌아간 것만 같았다. 함께 의류함을 털고, 집하장에서 뒹굴고, 생수통을 메고 몇 번씩 화장실을 들락거리며 빨래를 하던 시절, 우리는 소주 한 병을 곁들여 간단히 저녁을 먹고 나면 극장으로 달려가곤 했다. 2차 회식이 영화 관람이라니. 이 얼마나 건전한 회식 문화던가.

"그때 우리가 본 영화 있잖아. 어떤 남자가 힘들게 취업했는데 출근 첫날 회사가 망해가지고 또 백수가 되고 그러는 거. 그거 참 재밌었는데. 그 영화감독 이름이 뭐더라? 유…… 머시기 였는데."

"윤여훈 감독."

"그래. 그 감독. 우리 가게에 왔었어. 영화 준비하러 왔다가
들렀나봐. 우리 가게에서도 며칠 찍어도 되냐고 하길래 그러라
고 했지."

"어느 가게? 태국? 베트남?"

"응. 베트남."

에디는 지금 태국과 베트남의 번화가에서 한국 식당을 운
영하고 있다. 특히 베트남은 한류에 이어 박항서 축구 대표팀
감독 열풍으로 식당이 덩달아 대박이 났다고 했다.

흔히들 동업을 하면 원수가 된다고 하지만 우리는 더 돈독
해졌다. 다만 오래 함께할 수는 없었다. 삼진 자원에 거의 매일
나가게 되면서 사무실에 점점 옷들이 쌓여갔고, 우리는 오프라
인 매장을 내기로 결정했다. 20평 규모의 작지 않은 매장이었
다. 반응은 나쁘지 않았다. 구제의류는 경기가 나쁠수록 잘 팔
리는 아이템이니까. 나와 에디는 하루씩 번갈아가며 매장을 보
기로 했다. 영업시간은 아침 10시부터 밤 10시까지. 그런데 에
디가 하루 종일 매장에 갇혀 있는 걸 못 견뎌 했다. 마치 폐소공
포증이라도 있는 사람처럼 진저리를 쳤다. 할 수 없이 내가 매
장을 맡고 그 외의 일들을 에디가 하기로 했다. 그런데 그 무렵
에디에게 좋은 제안이 들어왔다. 지방에 있는 중소기업 제품들
을 수출하고 싶은데 도와줄 수 있느냐는 제안이었다. 해외 영업
팀이 없는 작은 기업들이었다. 그 역할을 에디에게 맡기고 싶어

했다. 에디는 처음엔 컨설팅만 해주다가 나중에는 직접 동남아에 나가 수출 계약을 성사시켰다. 그게 지역 사회에 화제가 되면서 여기저기서 의뢰가 몰리기 시작했다. 사람들과 쉽게 친해지는 성격인 에디는 업체 사장들의 소개로 공무원들과도 가까이 지내게 되었고, 그들의 조언대로 아예 법인을 세웠다. 정부 지원 사업을 따내는 데 법인이 유리하기 때문이라고 했다. 그 과정에서 에디는 여러 차례 나에게도 함께하자고 했다. 하지만 무역은 나에겐 완전히 생소한 분야였다. 뱅크 오브 네버랜드의 회원 수가 2천 명을 막 넘어선 시점이었다. 나는 고민 끝에 그냥 내가 잘할 수 있는 일을 계속하기로 했다.

"그 극장 말야. 지금이라도 얼마인지 알아볼까? 나 돈 많이 벌었어. 조금만 빚내면 살 수도 있지 않을까?"

"글쎄, 그 일이 틀림없이 재미는 있겠지만 돈벌이는 안 될 거야. 난 아직 돈 많이 벌어야 돼. 그리고 그런 사업은 빚내서 하는 거 아냐. 나중에 좀 더 여유가 있을 때, 그때 생각해보자."

에디와는 몇 년 만에 만난 자리였다. 이따금씩 연락을 해보면 에디는 항상 외국에 나가 있었다.

"그래. 그럼 일단 돈을 더 벌어보자. 극장 홍보대사로 브래드 피트를 영입해야 하니까."

에디가 웃었다. 10년 전의 그 장난기 어린 얼굴 그대로였다.

"고마워."

"뭐가?"

"그냥."

에디는 술만 취하면 자신을 가리켜 약한 사람이라고 말했다. 그러곤 나에게 고맙다고 했다. 하지만 정작 고마운 건 나였다. 에디를 만나지 않았다면 나는 지금쯤 뭘 하고 있을까. 종잡을 수 없지만 뭘 하든 지금보다 행복하지는 않을 것이다. 나는 에디의 잔에 술을 채우며 조용히 속으로 말했다. 형, 고마워, 이것저것 아주 사소한 것까지.

사카이는 공무원 시험을 포기하고 대기업 연수원의 관리직 사원으로 입사했다. 연수원 식당이 맛집이라며 가끔씩 식판 사진을 찍어 카톡으로 자랑을 하곤 했다. 이 녀석에게 맛집이 아닌 곳이 있었던가. 그 연수원은 얼마 전 코로나19 생활치료센터로 제공되었다. 덕분에 요즘에는 식당에서 도시락을 만들어 나눠준다고 했다. 그런데 그게 또 그렇게 맛있다며 사진을 찍어 보내왔다. 나는 처음으로 '그래, 맛있어 보인다'라고 답장을 했다. 모두에게 힘든 시절이니까. 사카이는 내게 그랬듯 그곳에서도 많은 이들에게 긍정의 기운을 불어넣고 있을 것이다.

호식이는 전공을 살려 경호업체에 입사했다. 같은 정장이지만 경호업체에서 입는 정장이 호식이에게 훨씬 더 잘 어울렸다. 호식이도 가끔씩 연예인과 찍은 사진을 내게 보내오곤 했다. 그중에 한 명은 아주 오래전 내가 인터뷰하려다 실패한 배우였다. 호식이는 그를 회장님이라고 불렀다. 내가 보기엔 호식이가 더 회장님 같았지만.

혁이는 아직도 삼진생명에서 일하고 있다. 봄봄 FA 지점이 해체된 뒤 고모가 있는 지점으로 코드를 옮겼다. 영리한 친구라 영업도 꾸준히 잘하는 모양이었다. 삼진생명에 남아 있는 봄봄 FA 출신의 마지막 설계사였다.

최명석 FA를 다시 본 곳은 사진관이었다. 여권 사진을 찍으러 들른 사진관에 최명석 FA의 가족사진이 걸려 있었다. 최명석 FA와 아내, 그리고 두 딸이 소파에 다정히 앉아 있는 사진이었다. 언제나 시간에 쫓기고, 심각한 얼굴로 서류를 뒤지고, 확신에 찬 눈빛으로 말하던 평소의 그와는 전혀 다른 표정이었다. 사실 최명석 FA를 떠올리면 내 머릿속에는 언제나 물음표만 가득했다. 나는 어쩌면 한순간도 그를 안 적이 없다는 생각이 들었다. 그는 지금 또 어디에서 누구와 상담을 하고 있을까.

그리고…… 금융감독원의 회신을 받은 날로부터 5년을 기다린 후 나와 사카이는 다시 삼진생명 보상팀에 전화를 걸었다. 보상팀의 입장은 바뀐 게 없었다. 다만 보상팀장은 5년 전의 강경한 입장에서 한발 물러서 결국엔 '절대 부담보를 풀어줄 수 없다'가 아니라 '나도 모르겠다'라고 말했다. 자신도 모르겠으니 일단 보험료를 청구해보라는 것이다. 그러면 심사팀에서 어떻게든 결론을 내지 않겠느냐고. 나와 사카이는 이 모든 내용을 정리해 다시 금융감독원에 민원을 넣었다. 약관 내용에 대한 추가 검토와, 삼진생명의 답변 제출 지연을 이유로 두 차례 처리

기한이 연기된 뒤 금융감독원의 새 담당자로부터 전화가 걸려
왔다. 그는 확신에 차 있었다.

1. 우리 원에 접수된 귀하의 민원에 대한 회신입니다.
2. 귀하는 B형 간염 보균자로 삼진생명의 "(무)삼진생명 건
강파트너보험"에 B형 간염을 부담보로 가입 시 5년 동안 재진단
및 치료 사실이 없을 경우 해당 부담보를 적용하지 않는 조건으
로 가입하였으나, 가입 후 5년 동안 정기검진을 받았다는 이유
로 부담보를 계속 적용하는 것은 부당하다는 취지의 민원을 제
기하였습니다.
3. 해당 보험사에서는 위 민원 내용과 관련하여 귀하가 보험
가입 후 5년 이내에 재진단 또는 치료를 받지 않고 단순 정기검
진만 받은 것이 확인될 경우 해당 부담보를 적용하지 않겠다고
우리 원에 통보해왔음을 알려드리오니 관련 절차에 대해서는
해당 보험사 담당자와 협의하여 처리하시기 바랍니다.

다음날 사카이는 간 기능 검사와 간 초음파 검사를 했다.(결
과는 정상이었지만 이미 5년이 지났기 때문에 결과가 중요한 건 아니
다.) 우리는 보험료를 청구했고 이틀 뒤 보험사로부터 위탁받은
손해사정사가 방문했다. 그는 사카이의 치료 과거력을 조사할
예정이라고 했다. 지난 5년간 사카이는 내과 병원 한 곳과 건강
관리협회에서 운영하는 검진 센터에서 정기검진을 받았다. 손
해사정사는 두 곳을 방문 조사한 뒤 특별히 치료받은 이력이 없

으면 보험금이 지급될 거라고 말했다. 별일 아니라는 듯한 말투였다. 오늘에 이르기까지 우리가 얼마나 많은 길을 거쳤는지 그는 짐작도 못하고 있었다. 사카이는 담담하게 손해사정사가 내민 동의서에 사인을 했다. 그 옆에 서서 나는 사카이의 한쪽 어깨를 가볍게 주물러주었다. 녀석을 격려하는 척했지만 사실은 괜히 내 다리가 후들거리는 걸 숨기기 위해서였다. 언젠가 본 TV 속의 소처럼 나는, 아니 우리는 비틀거리는 마음을 숨기며 여기까지 왔으니까. '국내든 외국이든 부딪쳐보고 도전하라'는 충고가 우리에겐 '일어서, 아니면 죽어'라던 농장 인부의 겁박과 다르지 않았으니까.

손해사정사가 다녀가고 며칠 뒤 사카이의 통장으로 자기부담금 1만 5천원을 제외한 검사비가 전액 입금되었다. 마침내 부담보가 풀린 것이다. 사카이는 이제 다른 장기와 마찬가지로 간에 대해서도 평생 보험의 보장을 받을 수 있게 되었다. 녀석은 이게 얼마나 엄청난 일인지 실감하지 못하는 눈치였다. 그저 덤덤한 얼굴로 낮술이나 한잔하러 가자며 내 어깨를 잡아끌었다.

"생애 첫 보험료를 탄 기념이다."

우리는 안개의 대주주라도 된 것처럼 의기양양하게 둑방 위를 걸었다.

사카이(さかい)는 경계, 갈림길, 기로를 뜻한다.

이 소설은 사실 단편소설로 구상한 작품이다. 그런데 A4 3매를 넘기는 순간 문득 장편소설로 쓸 수도 있겠다는 생각이 들었다. 왜 그런 생각이 들었는지는 모르겠다. 문창과를 나왔지만 시 전공이었고, 먹고사는 일이 바빠 소설책 한 권 읽지 못한 10년이었다. 그런데 어느 날 우연히 대학 친구들이 꾸려오던 독서모임에 술 마시러 나갔다가 눌러앉게 되었다. 그날부터 다시 책을 읽기 시작했고, 읽으니 쓰고 싶어졌다. 장편은 커녕 단편도 고작 두어 편밖에 써보지 않았지만, 왠지 이 이야기는 좀 더 긴 호흡으로 써야겠다는 생각이 들었다.

아무것도 모른 채 덤벼들면 '모른다'라는 사실 자체가 동력이 되기도 한다. 지피지기면 백전백승이라지만 나는 99패 뒤에 숨어 있을지 모를 1승만 바라보며 뛰었다. 당연히 계획대로 된 건 거의 없었다. 쓰다가 멈추고, 시점과 구성을 바꾸고, 다시 취재를 하고, 그렇게 A4 40매를 쓰는 데 3년이 걸렸다.

소설만큼이나 먹고사는 문제도 중요했다. 매일 조금이라도 시간을 내서 노트북 앞에 앉으려고 노력했지만 텅 빈 화면만 노려보다 덮는 날이 대부분이었다. 그런데 2020년 초에 신종 코로나 바이러스가 확산되기 시작했다. 매장에 손님이 하나둘 줄기 시작하더니 급기야 사람들이 거리에서 사라졌다. 문득 이제는 소설을 완성할 수도 있겠다는 생각이 들었다. 왜 그런 생각이 들었는지는 모르겠다. 하지만 손은 어느새 접이식 침대의 주문 버튼을 누르고 있었다.

그날부터 매장에서 먹고 자며 석 달 동안 A4 100매를 썼다. 그리고 초고의 마지막 문장을 끝맺는 순간, 소설의 완성도와는 별개로 앞으로도 계속 글을 쓸 수 있겠다는 확신이 들었다. 매장을 완전히 접은 건 4월 말이었다. 등단이나 출판에 대한 아무런 기약 없이 작업실에 틀어박혀 소설을 퇴고하기 시작했다. 처음 한두 달은 재밌었다. 그런데 석 달 넉 달이 지나자 슬슬 불안해지기 시작했고, 낙엽이 질 무렵부터 장바구니에 배달통이 달린 오토바이를 담았다 지우길 반복했다. 신춘문예 당선작이 발표되는 연말이 마지노선이었다.

피자집을 하신 부모님 덕분에 배달에 대한 두려움은 없었다. 배달은 고등학교 때부터 대학교를 졸업할 때까지 주말마다 해오던 일이었으니까. 하루는 아버지께서 이런 말씀을 하셨다. 배달을 가다 가끔씩 지금 어디로 가고 있는지 생각이 안 날 때가 있다고. 그럴 땐 일단 가던 방향으로 계속 간다고. 가다 보면 다시 생각이 나더라고. 소설을 쓰는 동안 그 말씀을 자주 떠올렸다. 내가 지금 어디로 가고 있는지, 어디쯤에 와 있는 건지 도무지 알 수 없을 때마다, 붙들 수 있는 건 언젠가는 독자들을 만나게 될 거라는 믿음뿐이었다. 그렇게 계속 달렸고 이렇게 당신에게 닿았다.

이 소설이 경계에 서 있는 외로운 마음들에게, 갈림길에서 고민하는 청년들에게, 그래서 기로에선 누군가에게 작은 위로가 될 수 있다면 더 바랄 게 없겠다.

재능과 끈기를 물려주신 부모님, 나의 첫 번째 독자인 진이, 소설을 쓰는 동안 조언을 아끼지 않은 여훈이와 원형이, 언제나 내 곁의 근영이와 종우, 남기와 윤호, 글모임 친구들, 멀리 있는 승만이형, 보고 싶은 준걸이, 하늘나라에 계신 최종남 선생님, 취재에 도움을 주신 박병인 선생님, 은행나무 백다흠 편집장과 김서해, 박연빈 편집자, 그리고 이 소설을 세상 밖으로 꺼내주신 김인숙, 손정수 선생님께 고개 숙여 감사드린다.

2021년 봄
허남훈

2021 한경신춘문예 당선작

우리가 거절을 거절하는 방식

1판 1쇄 발행 2021년 4월 20일

지은이 · 허남훈
펴낸이 · 주연선

총괄이사 · 이진희
책임편집 · 김서해
편집 · 백다흠 박연빈
표지 및 본문 디자인 · 박민수
마케팅 · 장병수 김진겸 이선행 강원모 정혜윤
관리 · 김두만 유효정 박초희

(주)은행나무
04035 서울특별시 마포구 양화로11길 54
전화 · 02)3143-0651~3 ┃ 팩스 · 02)3143-0654
신고번호 · 제 1997—000168호(1997. 12. 12)
www.ehbook.co.kr
ehbook@ehbook.co.kr

잘못된 책은 바꿔드립니다.

ISBN 979-11-91071-49-8 (03810)